森林不曾限定鸟鸣的声频，

它默默站立，每一片叶子都是倾听的姿态；

长路从不替野花做选择，

它亲密相随，指向河流蜿蜒的方向；

天空不曾设计云朵的舒卷，

它深情注视，借风推动出千变万化；

大海从不规范浪花的样貌，

它宽厚包容，由力与力对撞成澎湃的样子。

春山可望

佟丽霞 —— 著

辽海出版社

图书在版编目（CIP）数据

春山可望 / 佟丽霞著 . -- 沈阳：辽海出版社，
2024. 9. -- ISBN 978-7-5451-7079-5

I. I25

中国国家版本馆 CIP 数据核字第 2024CV8616 号

总 策 划 　郭文波
出 品 人 　柳青松
特约编审 　任铁石

出 版 者：北方联合出版传媒（集团）股份有限公司
　　　　　辽 海 出 版 社
　　　　　（地址：沈阳市和平区十一纬路 25 号　邮编：110003）
印 刷 者：辽宁新华印务有限公司
发 行 者：北方联合出版传媒（集团）股份有限公司
　　　　　辽 海 出 版 社
幅面尺寸：170mm × 240mm
印 　张：20
字 　数：250 千字
出版时间：2024 年 9 月第 1 版
印刷时间：2024 年 9 月第 1 次印刷
责任编辑：秦红玉　胡佩杰　吴勇刚
印制统筹：曾金凤
营销统筹：袁丽娜
责任校对：张 　柠　张 　越

书 　号：ISBN 978-7-5451-7079-5
定 　价：68.00 元

购书电话：024-23285299
网 　址：http://www.lhph.com.cn
法律顾问：辽宁普凯律师事务所　王 　伟
如有质量问题，请与印刷厂联系调换
印刷厂电话：024-31255233
盗版举报电话：024-23284481
盗版举报信箱：liaohaichubanshe@163.com

第一章　**靳海霞：小城里的大校长**

办一所师生理想的学校：

让教育自然而然，让学生自主生长。

第二章　**靳海霞和她的伙伴们：
教师幸福的模样，就是学生幸福的模样**

自然和谐的校园，温暖明媚的教室，精神灿烂的老师，

一群能自由表达的学生。

第三章　　**被爱包围的孩子很松弛**

教育是人与人心灵上最微妙的接触，
教育应该在人的心灵中播种爱心，播种善美，
播种智慧，播种幸福。

第四章　　**看见未来的自己**

好教育能让所有的孩子找到希望。

第五章　　**少年迎风而来**

幸福人生，首在体育。

第六章　　**无用之大用**

如果教育就在艺术馆里发生，
人人都能像艺术家一样生活。

第七章　遇见五彩缤纷的生活

劳动赋予解决问题的能力，
而不是纸上谈兵。

第八章　以学生为中心的同心圆

家长和老师是学生生命成长的合伙人。

靳海霞说："我坚信——成功是熬出来的，本事是逼出来的。越是难熬的时候，越不能消沉，天资不如人，那就苦学不辍，一天天努力、进步，不断精进。我知道——所有美好的事情都要时间去沉淀，火候儿到了，滋味自然就有了。"

本章内容，扫码聆听

——

第一章

靳海霞:
小城里的大校长

从容的小城，从容的人

　　地处辽北的开原市，是一座小城，隶属于著名的"大城市"铁岭。它像一粒结实的纽扣，将昔日的皇家围场西丰、"国家粮仓"昌图、白鹤起舞的法库、"煤城"调兵山、辽宁"东大门"清原，牢固地扣在一起。长白山余脉在开原的东部和北部腾起刚劲的山梁，辽河、清河、柴河、沙河、寇河、马仲河、亮子河，在山谷之间辗转腾挪，冲积出肥沃的原野。从开原城中心开车十几分钟，就会看到大片大片的玉米地、大豆田。

　　开原有悠久的城市历史，是三朝古城、五朝重镇，辽金时期称之为咸州，曾是明清时贵族的流放地，中原文化与游牧文化在这里碰撞、交汇。在中华文明的各个时期，开原从未缺席。在时光经久不息的流转中，这座古老的小城养育了一代代优秀儿女，也形成了热情、开朗、幽默、机智的民风。

　　在开原的街路上，能看到十二个大字：开心之原，欢乐之城，幽默之都。这是开原的城市定位，也是开原人的性格写照。这里的居民收入并不高，却丝毫不影响开原大戏院里每晚的笑声；小城里，颜色鲜亮的新楼旁是已经废弃的红砖老楼，窗口黑洞洞的，新旧对比在一处，谁也不挤对谁。人民公园里，天天都有扭秧歌、跑旱船的队伍，他们的服装，从几十年前到现在，仍保持着大红大绿的鲜艳。公园矮墙外，卖一手二手三手货的小地摊儿，从这头摆到那头，有旧衣旧帽，也有新衫新鞋。

开原地方小，打出租车转几圈也花不上 20 块钱；开原并不小，因为这里的人，从来没看小自己。开原人把生活的难题和迫不得已都消解在幽默之中，他们嘴角泛着笑意，从容不迫地过着日子。这里离山离水都近，物价不高，活得不用太"卷"。最让他们心满意足的是，家门口就有一所"大学校""好学校"——开原民主教育集团。

说它大，不是说它规模大，而是这里的教育者心怀中国教育的大理想，校园里的一切呈现出真正好教育的样态。中国教育学会副会长、华东师范大学李政涛教授评价这所学校时说："在经济欠发达地区，这个学校办出了中国义务教育最理想学校的样子。"

说它好、说它"理想"，是因为德智体美劳全面发展，这所学校没有短板。花式篮球，八字跳绳，班班有歌声，人人会书法，甚至大城市里的学校也未必会有的管乐队、弦乐队、民乐队，这里全有。国画、水彩、纸艺、泥塑、版画、编织、铁艺、服装设计……150 多种校本、班本课程，丰富到令人"眼花缭乱"。幼儿园的孩子包饺子、烤饼干、制作驴打滚儿；小学的孩子从系鞋带开始，绳艺一学就是 6 年；校园的菜园里，农业专家带着孩子们打理着番茄和土豆。这里的孩子呈现出一种罕见的松弛感。课堂上，他们的坐姿或许并不端正；课间时，他们在操场疯跑，高高的攀爬架随便玩。更令人惊奇的是，虽然有这么多的"闲事"，但学生的学习成绩在铁岭市仍然名列前茅。

当然，这所学校的规模也不小。现有 4 个校区、6 个教学点，学制 12年，从幼儿园到初中，7000 余名学生、560 名教师。

2024 年年初，某个普通的一天，也是幸福的一天。开原民主教育集团党委书记、校长靳海霞刚刚送走一个毕业 10 年的学生，这个穿着军装的学生，军装里面穿的是在里仁校区中学部读书时的校服，见了靳校长，他亲切地喊着"靳姨"。这是独属于一个教育工作者的幸福时刻。

靳海霞是在新中国的第一个教师节走上讲台的，至今已在这所学校工作了 40 年，其中当校长 20 年，集团化办学 13 年。40 年来，她把自己对教育、对家乡父老的深情都倾注在了这所学校里。

现在，这座全公有制政府办学的集团化学校，拥有一串闪亮的牌匾。学校先后荣获全国文明校园、全国义务教育教学改革实验校、全国教育系统先进集体、全国学校艺术教育先进单位、全国硬笔书法示范学校、全国基础教育特色学校、全国中小学中华优秀文化艺术传承学校、全国科普示范校等荣誉称号。2010 年，全国体育艺术"2+1"现场会在这里召开，时任体卫艺司司长题词："重视体育艺术，促进学生全面发展。"2017 年，教育部首期中小学领航校长进校考察时，评价道："这里呈现了真正好教育的样态，这里的教育是低调的奢华，开原民主集团的教育人办了一所令人尊敬的学校。"2023 年，集团入选首批全国义务教育教学改革实验校。同年，被中央主题教育第四巡回指导组批示："全面贯彻落实习总书记关于德智体美劳五育并举，办好人民满意教育重要论述的优秀典型，经验十分宝贵。"

开原民主教育集团的办学成果令人瞩目，全国教育界的专家、同行频繁前来参观、学习。从独善其身办好自己的学校到兼济他校，"开原民主"成为教育部首批教育扶贫的骨干学校、全国校长培训基地。靳海霞在接待铁岭县农村小学校长们"跟岗学习"时，对他们说："我也是农村贫困家庭的子女，对从事农村教育工作的老师有一份特殊的情怀，因为做农村学校的校长可能付出的要比城市里的校长多，所以我一定全力以赴支持你们，有什么需要我做的，尽管说！"在无缝隙、近距离的亲密学习之旅中，来自乡村小学的校长们感受到了不一样的教育，也得到靳海霞校长的倾囊相授。

有人问开原、铁岭的领导干部，如何在开原这么个小地方建成了这么一所优秀的学校？当地官员用"宇宙尽头"式的幽默和谦逊，回答了这个问题：没有什么特别的，我们就是基于信任，不折腾。

学校的发展离不开地方政府的支持。除了财政支持外，开原市委、市政府还给予了开原民主教育集团充分的信任和自由度。管理部门在重大问题上，尽可能尊重学校的意见，没有频繁地调动学校管理层，让"靳海霞们"把在教育上的所思所想，完整、扎实地呈现在这所学校里。对此，靳海霞说："我感恩组织上一直让我留在这所学校，我才有机会实现我的职业理想。"在学校的人事提拔选用上，上级组织部门也充分尊重学校的意见，让这所学校的专业性得以不间断地落到实处。特别是 2011 年之后，学校招聘了一批大学本科毕业生。靳海霞在招聘合同上，明确规定必须为学校服务十年。当一些新教师缺乏扎根学校的勇气，有的领导前来说情调动时，靳海霞顶住各种压力，稳定队伍，组织上也给予了充分的谅解和支持。

开原市政府给予了民主教育集团相对宽松自主的办学环境，把教育交给懂教育的人，把专业工作交给专业团队。

民主教育集团拥有从幼儿园到小学、初中三个学段，共计 12 年时间，幼、小、初一体化的设置，为课程系统化、科学化设计提供了可能性。从幼儿园看小学、初中的教育，又从初中的教育回望幼儿园、小学的课程，哪些错误可以避免，哪些优势需要持续，学校管理者拥有相对长的时间面对、护佑、助力生命的成长，不慌不忙，稳扎稳打，不为一时之名、一时之利而拔苗助长、违背规律。他们像等待着不同花期的花开放，今天不行，还有明天，这个项目不优秀，还有别的项目，总有一份光荣，总有一份盛开，属于不同的孩子。

75年薪火相传，一代又一代民主教师扎根辽北大地办学育人，实现集团化办学一体化优质发展；集团成立13年，一群人、一条心，踏实践行"用优质教育阻断家庭贫困的代际传递"的要求，集团学位从1300人增至7000人，助力近万个城乡家庭改变命运；成功探索了经济薄弱地区办学治校的有效范式，为辽宁乃至全国基础教育县域学校高质量发展提供了可学可鉴的样板。

靳海霞擅长坚持与苦熬。她常对伙伴们说："成功是熬出来的，本事是逼出来的。越是难熬的时候，越不能消沉，天资不如人，那就苦学不辍，一天天努力、进步，不断精进。所有美好的事情都要时间去沉淀，火候儿到了，滋味自然就有了。"每天下午一点到一点半，是集团师生的"午写"时间，学生写，教师也要写。练字贵在经常，在日复一日长达30年的坚持里，在书写方法的不断改进中，"人人能写一笔好字"成了开原民主教育集团的一大教育特色。靳海霞说："什么是特色？把正确的事坚持下去就是特色。"学校的合唱活动与乐队，也都有了25年的历史。时间的沉淀，让今天民主教育集团的根扎得更深。

40年的时间里，曾经那个青涩的"小靳子"已成为东北教育界的"靳大姐"。靳海霞躬耕一隅，宁静致远，她多次放弃了到其他城市工作的机会。"发达地区也不差我一个，但是在开原，我却可以引领和改变一个地区的教育发展。"她也放弃了市教育部门的领导岗位。2010年，她被提拔为开原市教育局的副局长兼管民主小学，只兼管了两年，靳海霞就主动辞去了副局长一职，专心在小学校当校长。"教育是阻断贫困代际传递的治本之策"，她的初心从没有改变，就是一心要办人民满意的教育，教好父老乡亲的孩子，她始终认为"教育公平是促进社会公平的基础"。

回望过去，靳海霞如此描述自己的职业生涯：

懵懵懂懂中，我走进了教育，参与了孩子们的成长，发现这份工作是那样的沉重。我不知道怎样做是对的，于是一批批孩子们陪着我不断反思、修正、成熟……豁然间，我领略到这份职业竟是如此神圣美好，我和我的同行者们在塑造孩子的灵魂。于此，谁能不惊讶自己力量的伟大？可是我们又战战兢兢、如履薄冰……只有用心去寻找那条使孩子们成长更科学的路径，并努力使所有身边的老师一起探索这条路径，才是教育去伪存真最正确的路……我们在这条路上相遇，彼此陪伴并坚定不移地向前。我们做着有意义并愉悦自己的事，这就是一种踏实、一种长久的快乐、一种真正的幸福。

一辈子只干了一件事，一件事干了一辈子。
每一棵大树都是借助时光的力量，向下生根，向上长大。

小学校的旧时光

1950 年，新中国成立之初，开原民主小学应运而生。

开原民主小学最初的校舍，是用 20 世纪 30 年代日本侵略者留下的马号改建的。教室是泥地，操场是泥操场，操场上的领操台是用砖头砌起来的土台子。别看这个小学只有一个马号那么大，但在废墟上建起来的民主小学，也寄托着历经苦难的人们"以教育民主推进社会民主、进步与发展"的美好愿景。

回望建校之初，民主小学的开拓者们就在办学主张中明确提出：把"真、善、美"作为学校教育的核心，培养理想的人、完美的人、全面和谐发展的人。刚刚成立的学校一方面完成全日制教学任务，一方面兴办夜校，推动扫盲，担负起促进社会文明的责任。之后历任校长，都在坚守并传承这一主张，并结合不同时代的教育要求进行适当切实的调整。

19 岁的靳海霞来到开原民主小学，是 20 世纪 80 年代的事。她明净白皙的脸上，总是洋溢着暖暖的笑。这里，距离她的老家挠贝村 50 公里，这里有她所爱的一切，父母、亲朋、学生、事业。

冬天，辽北的色彩单调得似乎只有白和黑。白的是雪，远近高低、山川河流都被包裹其中。黑的是冬季的夜，清冷的日光总是来得晚走得急，城市的微光也被冬夜吞噬殆尽，落尽繁叶的树，伸着灰褐色的枝桠，把天和地连缀在一起。寒冷，把北方的小城抽象成一幅线条单一的简笔画，而生活在这里的人们，却总是在拼尽全力把日子过得有滋有味，热气腾腾。

早晨 5 点钟，天黑得还像锅底，靳海霞就准时起床，5 点半就来到了学校。教室的采暖设备，是一个立在地当间儿的铁炉子。空气里充溢着刺骨的冷，一张嘴就硬硬地打在牙上，灌入喉咙。在学生到校之前，靳海霞要把炉子生好，当她的学生们陆续走进教室的时候，才会被温暖包围。

生炉子是个技术活儿，先放苞米叶，再放豆梗，最上面放煤块，一层层散散落落地放着，火自下而上慢慢引燃，最后，是煤块稳定而持续的燃烧。"火心要虚，人心要实。"这是老辈儿人常挂在嘴边的话，说的是火，也是做人。

教室里的烟气慢慢散尽，铁炉子散发的暖，已辐射到四周，靳海霞再把教室收拾干净整齐。当一切停当，她在炉火前小坐一会儿，等着她的学生们。刚刚参加工作的靳海霞，会不自觉地在心里模仿她小学班主任的样子，温柔的笑容，写字的动作，甚至抑扬顿挫的声音……那是一位端庄、博学的乡村女教师。靳海霞最初的教育理想，就源于她。6 点钟左右，孩子们陆陆续续到校了。靳海霞忙碌的一天，也在冬季的晨光中开始了。

靳海霞是三子一女的农村家庭里唯一受了中等职业教育的孩子。虽然生在农村，但靳海霞的家里并没有重男轻女的传统观念，这也让她对家庭、对故土有了更多的感恩和责任。能在家乡成为一名小学老师，和父辈祖辈相比，不再土里刨食，不用看天吃饭，能挣工资、拿现钱，这个 19 岁的姑娘觉得特别满足。知识改变命运，对她来讲，这个改变如此真切。在一辈辈人对美好生活的努力里，知识给予了她最大的底气和力量。

20 世纪 70 年代末，民主小学经历了一段低谷期。教师队伍主体，一部分是老教师退休子女接班儿的，另一部分是下乡知青回城安置的。靳海霞、刘久远以及其他几位十八九岁的中师毕业的师范生，是这所小学里的大知识分子。刘久远还记得，有的教师也挺谦虚，上课之前向她求教："小刘，快给我说说这道题咋回事，咋讲？"上课前做过了临时培训，他们才去给学生上课。教师的专业素养有待提升，个人修养也需要提升，个别教师有时甚至一言不合就会动手。

靳海霞虽然年轻，但是敢想敢表达。一次，她因护生心切和后勤干部发生冲突，据理力争，立眉瞪眼，争得面红耳赤，让站在办公室窗前的老校长林群看了个正着。

两三年的共事、观察，林群认准了这个厉害的"小靳子"。她专业能力强，不怕事儿，原则清晰，对认准的事儿有股轴劲儿，这些正是这所千疮百孔的学校最需要的品格。

靳海霞经历了多个岗位的历练。她先是当班主任、大队辅导员，同时兼管财务，三个身份一肩挑，后来做教务主任。出力，长力，靳海霞努力把每一项工作做好，她的本事也在繁密的工作中一点点儿大起来。

1990年，经过校领导潜心研究制定的"双百考核评价机制"（《教职工百分考核条例》和《学生百分考核条例》）产生了。对教师和学生的行为都进行考核打分，"双百"考核分数成为班主任工资的发放依据。"双百考核评价机制"的实行，调动了教师的工作热情，也规范了学生的日常行为，为学校初步建立起良好的校风、教风和学风起到了推动作用。

1994年，靳海霞被提拔到民主小学副校长的岗位，主抓教学、人事。经过几年的摸索和实践，校领导们对学校的人事制度和分配制度进行了更深层次的改革，创建了更为科学的管理机制——"3311"工资奖励制度。

在新的管理制度下，平时工作量大、业绩突出的老师要比工作量小、业绩平平的老师多挣近一倍的工资。在20世纪90年代，这样的改革力度是相当大的，靳海霞当时面临着很大的压力。管理上的难点，一个接着一个，但刚过 30 岁的靳海霞似乎从来没怕过。

在学校工作走向正轨、形势向好的同时，开原民主小学开始注重学校的内涵发展。在 20 世纪 90 年代中期，校领导提出"办全面优质学校"的目标，这对教师和学生都提出了新的要求。

学校特别重视教师基本功的培训，强调教师"三字一画一说"的基本功。"三字"，是钢笔字、毛笔字、粉笔字；"一画"，是简笔画；"一说"，是教师的口才。教师基本功的水平也有奖罚，共分五等，一、二、三等是奖励，四等是不奖不罚，五等是罚。教师们从师范学校习得的基本功，在民主小学得到了进一步的夯实。为了鼓励教师们对"三字"书写的重视，书法成绩也作为奖罚的一部分，其分值在每个月的工资里有所体现。虽然只有几块钱，但因为关乎荣誉，所以教师们都不敢懈怠。写一笔好字，不仅是个人素养的提升，也是严谨认真的行为养成，更是学生心目中好老师形象的一部分。

学校对学生提出的要求是："端端正正地坐，端端正正地写；写端端正正的字，做堂堂正正的中国人。"书法教育，就这样走进民主小学。

20 世纪 90 年代，时任教学校长的靳海霞还经常对教师进行文化课摸底考试，数学一张卷子，语文一张卷子。这边一广播"请大家带笔到某某教室"，教师们一进来，就开始发卷子，答完马上就判卷。后来提拔到副校长岗位的刘久远，就是因为在数学摸底考试中连续两次考了一百分而被林群校长特别关注的。

老校长林群先后把靳海霞、刘久远、金芙这些专业能力强、人品正派的师范生提拔到教学管理岗位上。对专业能力的尊重、对人品的看重，也成为民主教育集团管理文化中最重要的特质之一。

从单体小学到集团化办学

"开原虽然很小，但是我们从来没有看轻过自己。如果我们能把一个小地方的学校办好，那么对于中国千千万万个小地方都具有重要的意义。"2004 年 4 月 30 日，老校长退休离任，靳海霞出任民主小学校长。

这个时候的靳海霞，已不再是那个 19 岁的懵懂女孩。她全程参与了 20 世纪 90 年代初民主小学的教学管理改革，参与并创编了辽宁省首批课改实验任务——小学语文口诀识字实验教材，拥有丰富的一线教学管理经验，参加了多次国家教委基础教育方面的培训，也先后多次到先进国家和地区进行过教育考察。从小城看向世界，又从世界看向小城，她深知小城在师资、理念、财力方面的局限，她努力地学习着所接触到的一切先进的理念和经验。

在德国考察时，靳海霞对一个情景印象颇深。早晨，酒店的服务生采来一大捧野花，他拿出一个花瓶，用心地插摆着，那捧花便有了造型，有了另一个生命。从进门起，那个小服务生就一直微笑着，他发自心底的快乐感染着靳海霞。靳海霞想，这个小伙子有欣赏美的眼睛，有创造美的智慧，他虽然只是在酒店打扫卫生、做杂务，但谁能说他不幸福呢？我们的教育，如果能让每个孩子都过上能笑得出来的生活，不就是好的教育吗？

这个时候，靳海霞从教近 20 年。她看惯了用"书山有路勤为径，学海无涯苦作舟"来激励学生"勤学"和"苦学"，听惯了用"春蚕到死丝方尽，蜡炬成灰泪始干"来赞美教师的牺牲与奉献，她更希望她的老师和学生都是幸福的。学校教育，不仅要关注明天的幸福，还要关注当下的幸福。

教育家苏霍姆林斯基说过，理想的教育是培养真正的人，让每一个自己培养出来的人都能幸福地度过一生，这就是教育应该追求的恒久性、终极性的价值。这句话非常契合靳海霞对幸福教育的思考。

幸福教育，是指在教育中让与教育有关的人都能够感到幸福。这既是一种教育的目标，也是一种教育的手段，它还体现在教育的过程中。要想让学生在学校中感受到幸福，就要为学生创造让其幸福的条件。这种条件首先就是教师，所以，教师首先应该是幸福的。教师不幸福，何来学生的幸福？这是一个幸福教育的逻辑链。这也是教育的另一种境界：追求幸福。

靳海霞一直行走在追求幸福教育的路上。在学校的管理上，靳海霞更加注重制度管理和情感管理的有机融合。她出任校长后，又推行了一系列的人文化管理制度，促使教师的教育教学行为由制度制约逐渐转变为自我约束、自我管理，尽可能发挥教师的主动性、积极性，为每一个教师创造职业幸福和尊严。当把教育教学当作幸福的事业去经营，那等候在路上的美好也就如约而至。

2011 年，开原市委、市政府筹资 1.6 亿元，在开原城区的西南角建立了一所崭新的学校。这是一所九年一贯制学校，同时，在这所学校旁边还建了一所幼儿园。

为发挥名校的辐射作用，新建的学校与民主小学整合，成立民主教育集团。从此，学校拥有了幼儿、小学、初中三个学段，两个幼儿园（中心幼儿园、里仁幼儿园），两个小学（民主小学、里仁小学），一个初中部（里仁中学）三个校址。后来，为了拉动开原新区的发展，又在开原新区成立了一个初中部（滨水校区）。

　　靳海霞被任命为开原民主教育集团党委书记、校长。这意味着靳海霞担上了更繁重的工作担子，同时，她也拥有了更大的空间去实现她的教育梦想。她为这所新的学校取名"里仁"。"里仁为美"，"里"是邻里，而"仁"的核心是爱人。与仁德为邻，选择在仁厚友爱的地方受教育，是多么美好的事。"里仁"，她用这两个取自《论语》的字，隔空向两千五百年前中国伟大的教育家孔子致敬。一所学校，不论有多么现代的教育理念和方法，回归到原点，仍然是仁爱。

　　2011年，是民主小学建校六十周年、集团化办学的元年，靳海霞用简约的语言重现了这条艰辛而执着的集团发展之路：

　　　　二十世纪中期，新中国成立。政府移风易俗，以教育民主推进社会民主，建设民主小学。六十年，学校时时以至善至美为树人宗旨；事事以至真至爱为治校良风。塑完整人格以担天下道义，开健全心智以成美好人生。历百折不移其志，经万难不改其衷，终成学生向往之优质学校。适逢我校六十华诞，政府寄予重任，扩大名校辐射功能，投巨资建设现代化学校，赋名"里仁"，遂与民主小学共同形成三址一校、学制自幼儿至初中的民主教育集团，行走在追求幸福教育的路上……

师生理想的学校是啥样子

集团化办学后，靳海霞提出"办师生理想的学校"的办学目标。只有师生都感到幸福，这所学校才是师生理想的学校。一校之长的工作，如果校园内的老师、学生都不认可、不满意，都没有幸福感，何谈办让父老乡亲满意的学校，让国家满意的教育？

"欲流之远者，必浚其泉源"，要办师生理想的学校，对办学意义的追问，就显得非常重要，这也是统一思想的过程。只有这样，才能实现集团化办学的整体优势：

> 家长把一个个欢欣、诚实、颖悟的孩子交到我们的手上，作为校长、作为教师，我们是否思考过，几年以后我们将还给家庭、社会怎样的少年、怎样的青年？我们是否思考过，今天我们的学校为培养这样的公民做了哪些有效的工作？
>
> 在师道尊严的教育神殿里，为什么只有教师一个人在里面踱来踱去？为什么在这个本当四季如春的教育花园里一年到头都是严冬？鸟儿、花儿、儿童在哪儿？战战兢兢中接受教育的儿童，如何滋养自由思想、创新思维？
>
> 什么样的学生是好学生？

什么样的教师是好教师？

什么样的校长是好校长？

什么样的学校是好学校？

什么样的教育是好教育？

靳海霞和她的伙伴们对教育的追问，既有对中国传统教育的反思，又有对发达国家现代教育的学习和借鉴，她们对好教育有着独特的认识。

《礼记》对学生和教师都有精彩论述："学者有四失，教者必知之。"也就是说，学生学习有四种不足，当教师的一定要知道。人的学习可能错在贪多，可能错在积累少，可能错在不专注，可能错在不求进取。四种情况的心理状态是不同的，教师要了解不同的心理状态，然后纠正他们的过失。教育的目的在于发扬学生的长处，纠正他们的过失。

对于教学方法，也有明确的陈述："故君子之教喻也，道而弗牵，强而弗抑，开而弗达。道而弗牵则和，强而弗抑则易，开而弗达则思。"教育学生靠的是引导而不是强迫服从，是勉励而不是压制，是启发而不是全部讲解。引导而不强迫，师生关系就会和谐；勉励而不压制，学习就容易成功；启发而不全部讲解，学生就会善于思考。能使师生关系和谐，使学习容易成功，使学生善于思考，就可以说是好的教育了。

教育实践也证明，再好的文化教育都无法取代体育运动对人格、学业所产生的促进和影响。中国古代教育体系中曾以礼、乐、射、御、书、数"六艺"教授学生，而"六艺"中的射箭（射）、驾车（御）正是以良好的身体素质为条件的。"射""御"正与体育相关。教育家蔡元培也曾提出，完全人格首在体育。运动中产生的多巴胺是快乐情绪物质，血清素能够提升记忆力，肾上腺素可以提升专注力。这些经验，无疑为民主教育集团大力推行体育教育提供了科学依据。

孩子们成长的过程，是与世界建立联系的过程，是不断感知美的过程。艺术之美是教育的重要方面，孔子曾说："志于道，据于德，依于仁，游于艺。"艺术通过触动、感染、共情，把价值观、认同感、积极力量潜移默化地传递到学习者心里。美的教育是强调体验的教育、注重引导的教育、实现自主的教育。

这些治教理念是开原民主教育集团迈上科学育人轨道的理论支撑。追根溯源，他们的理念愈发清晰。靳海霞对理想的教育是这样表述的：

> 什么样的教育是理想的教育？我想，一定是尊重规律、生发情智的教育，是一切教育活动在彼此尊重和接纳中自然而然发生的教育，是教育者眼中关注人、人的尊严、人的内生动力引发的教育。这样的教育需要我们在师生关系、课堂教学、课程设计、管理文化中培植以人为本的文化元素。

民主教育集团提出科学与艺术、体育结合，培养有灵性的学生，并特别提出，教育要尊重人的自然天性，良好教育最重要的标志就是受教者的天性得到保护和发展。教育的使命是让每个人都能够拥有更加丰富、更加幸福的人生，校长的使命就是让教师更有人性、更加专业、更有魅力，让学生更有德性、更有信心、更有才华，努力提升教育过程中的幸福感。

从明确的理念出发，开原民主教育集团确立了自己的办学主张：

教师发展目标：文化自觉、职业自律、专业自为、生活自信
学生培养目标：敦品厚德、善思坚韧、雅言礼行、有独立人格

党的十八大之后，对标党和国家"培养德智体美劳全面发展的社会主义建设者和接班人"的教育方针要求，开原民主教育集团修正校训为"明德致善、乐学致远、健体致美、修艺致雅、勤劳致朴"。至此，"'五育'相互支撑，满足学生幸福感和个性化发展需求"的以美治校的未来发展蓝图正式形成。

"十四五"开局，学校进一步提出"在生态、课程、学术、管理上着力；知识与文化并重，道德与素养共生；努力追求让每一名学生都得到关注，每一名教师都有发展"，使学校真正成为学生快乐成长的生态田园、丰富生动的文化乐园、教师职业幸福的精神家园。

靳海霞说："我一直都希望能创办一所让每个生命都发光的学校。"在四十年的教育教学实践里，靳海霞以近乎理想主义者的姿态，躬身教育，苦熬苦撑。2024 年 8 月，在辽宁省教育家精神学习宣讲会上，靳海霞对教育界同行们说：

> 有很多人问过我，为什么能在这个半城半乡的学校久久为功40 年？特别是 2014 年，我有幸被教育厅推送至教育部中小学首批领航校长培养班后，仍痴心这所家乡学校？我从未回答过。今天，当我即将告别职业生涯，我想郑重地回答大家：我来自农村，是曾经的贫困家庭子女，是教育改变了我的人生，进而改变了我整个家庭的命运。我深爱这片生我养我的土地，深爱这片土地上我的邻里乡亲，我想通过教育的力量助力这片土地上的孩子实现他们的人生梦想。当教师时，我努力影响我身边的孩子。成为校长后，我更希望带领一群人用教育的力量助力更多孩子，不

能因为地域经济欠发达或教育资源贫乏而制约他们未来的发展，这对他们而言是一种社会公平。

我想，这也是我努力把一个小地方的学校办好，对中国千千万万个小地方的意义所在。

靳海霞说:"校长充分尊重教师,教师就懂得尊重学生。把合适的教师放在适合的位置,教师就知道适合的才是最好的;不让一名教师掉队,教师就明白每个孩子都应该得到关注与帮助。校长认真倾听教师的声音,教师就知道松绑、悦纳、读懂,对学生是多么重要。"

本章内容,扫码聆听

——

第二章

靳海霞和她的伙伴们：
教师幸福的模样，
就是学生幸福的模样

把校服穿在军装里回母校的年轻人

2024 年 1 月初，里仁校区中学部来了一位穿着军装的年轻人，见到靳校长和老师，他脱下军装，露出他在里仁上学时穿的校服：西装、白衬衫、小领带、校徽、西裤，一样儿不少。他重回初中生的模样，似乎连成熟和稳重也随着军装一起脱掉了，脸上又是十几岁时的稚嫩和快乐。

"刘鑫！"靳海霞校长脱口而出。在场的老师也都认出他来。

一个老师说："这不是演二人转那个孩子吗？"

另一个老师说："他演的那个小骗子，《皇帝的新装》里的，浑身上下都是戏！"

刘鑫又拿出一个深红色的小盒子，里面是他在部队获得的"四有战士"的奖牌，他把这枚奖牌恭恭敬敬地双手捧到靳校长面前，要校长留下做个纪念。这是部队对一个战士的综合评定和肯定。他认为他在部队得到的荣誉，应该属于里仁校区中学部、属于民主教育集团。

校长靳海霞拉着他的手坐下来："你可真出息了，你可真出息了！"这份溢于言表的欣喜和满足，对靳海霞来讲，是经常性的，这也是她职业生涯里最幸福的时刻。

刘鑫在民主教育集团读了小学、初中，现在是上海理工大学三年级的学生。除了"浑身上下都是戏"，老师们对刘鑫印象最深的，就是他的文化课成绩不太好。但他有他自己的乐趣所在，那就是表演。他擅长模仿、唱歌，还能自编自演，他的古灵精怪很是出彩。

靳校长说，七、八年级是孩子心理变化最大的时候，这个时候一定要多开展活动，让孩子们宣泄情绪，增强班级的凝聚力，让孩子们在活动中成长，他们就会产生主动学习的力量。

在刘鑫念七年级的时候，学校贴出公告，要把《皇帝的新装》以课本剧的方式搬上舞台，正在招募演员。在班主任的鼓励下，刘鑫报了名。为了给自己争取更多的戏份，他报名演那个纺线织布缝纫忙得不亦乐乎的骗子。刘鑫不喜欢那个愚蠢的皇帝，在骗子面前，虚荣的皇帝只是个配角，他想当主角，他渴望更多地展示自己。他还拉了一个同学，两个人都报名演骗子。没事儿的时候，两个孩子就对词、排练，构思在舞台上如何出彩。当别的同学在操场上打篮球或是跳绳的时候，刘鑫的乐趣是不断琢磨怎样演好那个巧舌如簧的骗子。

排练了近一个月的时间，终于上台了。为了增加喜剧效果，刘鑫用妈妈的长围巾在头上缠了一个造型，惊艳出场。可是，意外还是出现了。演"嗨"了的刘鑫动作太多太大，头巾变松，掉到了舞台上。如果这个时候再捡起来重新缠到头上就会很尴尬。刘鑫不急不慌，把头巾捡起来，"唰"地一抖、一披，头巾变披肩，他又耍了一个怪样儿，惹得师生哄堂大笑，机智地把一场小意外给圆了回来。

坐在台下观看演出的靳海霞发现了刘鑫的天赋，当即邀请他准备一个节目，参加学校的教师元旦晚会。这对一个七年级的学生来说，是一个校级的殊荣。刘鑫的心里美极了。他使出浑身解数，准备了一个又唱又说的脱口秀，把名角们的代表作串了起来。下了台，还不忘以名角的形象，和靳校长握了握手，对学校的办学成绩表示了祝贺。第二年的教师元旦晚会，刘鑫又受邀演出，这次他和老师合作，演一个绑匪，他头戴面罩，很是过了一把表演的瘾。这两次在学校元旦晚会的演出，极大地满足了刘鑫的虚荣心，站在舞台中心当主角的感觉真好。他就像考了年级第一，连走路都有些飘了。

靳海霞看刘鑫，也是一脸欣赏："这孩子多好，家境一般，文化课一般，但是演得好，多乐观。"

靳海霞对刘鑫说："你是男子汉，你将来不养家吗？你不娶媳妇儿吗？"

刘鑫被问得有点发蒙："养啊。"

靳海霞说："你搁啥养啊？你现在学得这样，不行。我给你指条道儿，你学点儿曲艺。我给你联系去大戏院演出，偶尔客串一下，把你这个能力再强化一下。"

刘鑫兴奋了："行啊，我老乐意演了。"

靳海霞联系开原大戏院的总经理，说学校有一个孩子特别会表演，得去那儿锻炼锻炼，到大舞台上演一演。七年级下学期的假期，刘鑫先去开原大戏院去看，去学习，再上台表演。他的角色定位是戏院里的服务员，和舞台上的演员互动，是台上演员的托儿。他先是上去拆台，说台上的主角演得不行；台上的演员就说，那你行，你上来演，就这样，刘鑫就开始了他的表演。

在开原大戏院演了一周的时间，基本确定了刘鑫的兴趣和天赋所在。靳校长又找到刘鑫，对他说："你有表演天赋，不应该被埋没。教育上，不是只有文化课学习一项，你要是表演得好，文化课也不错，会有更好的发展。不要太自卑，能学习就好好学，有表演的机会就去锻炼锻炼。"靳校长认为，刘鑫可以拜师学艺入这一行了。她联系了一家著名的演艺公司，并主动给刘鑫的妈妈打了个电话，说这个孩子有天赋，不如扬长避短，在表演方面发展。刘鑫在电话里向父亲报告了这一选择，但刘鑫的父亲并不同意，刘鑫就这样错失了这次学艺的机会。现在说起这事儿，刘鑫还会用"痛失这次机会"来表达自己的遗憾。靳校长很豁达，重大人生选择要尊重家长意见，她不忘继续鼓励刘鑫，有这个本事，不定什么时候就能发挥重要的作用。

"见过大场面""上过大舞台"，刘鑫和以前不同了。当时的里仁校区中学部刚建校，只招了两届学生，只有七年级、八年级两个年级，但两个年级的同学都看过他的表演，都认识他。像个小明星一样被关注，他对自己有了更高的要求。以前，他总是觉得，学习不好就是彻底完了，现在他知道他没完。在舞台上表演让他建立了自信，聚光灯点燃了他更大的生命激情，特别是靳校长对他所做的一切，让他不敢辜负这种偏爱。这种偏爱，喂养着一个小小少年的野心。各科老师也都在鼓励他。这些仅比他大几岁的年轻老师，还和他分享自己人生的挫折和沮丧，鼓励他在能学习的时候还是要多学习。

刘鑫开始把更多的时间和心思花在功课上，他强迫自己更专注。但他在文化课上的学习并不顺利，三年后的高考，他只考了不到四百分。得知分数的那一刻，他内心是沮丧的，这时他已经离开里仁三年了。他定了定神，又想起了他的靳校长。他知道，她一定会帮他。刘鑫又回到了里仁，他也不清楚靳校长能帮他啥，只是在无助的时候，他就想起她。靳校长发动自己的教育资源，根据他的分数，为他在上海选择了一所民办技术院校。

刘鑫上了两年大专，正好赶上部队征兵，他报名入伍，成为一名海军战士，在警卫连负责警卫工作。站岗一站就是俩小时，每天得站三次，一共是六个小时。有时下岗了，过一会儿还得训练，训练完了，可能又上岗了。每天必有训练，有时连午休都没有，早晨还得准点儿起床。这时，生活态度就非常重要。有的战友会有消极情绪，但刘鑫似乎每天都活力四射，在疲惫不堪的时候，是表演给了他力量和安慰。他和指导员研究剧本，研究怎么演怎么排怎么录怎么剪，该站岗站岗，站完岗再去想表演的事。

在里仁校区中学部被挖掘和放大的艺术才能，一路伴随并守护着刘鑫。在北海舰队的微信公众号上，刘鑫创作并参与演出的沉浸式音乐脱口秀《青春之歌》，获得了很高的点击量。他把在军营一年多的收获和感悟写进歌中，写出了不一样的军旅时光：

我想，每个人的青春都由自己定义，你可以选择过得无趣，也可以有意义……Homie，homie，警卫连的homie，在青春时期遇见你，我深感荣幸。兄弟，兄弟，别抱怨了；兄弟，让这些酸甜苦辣成为那青春回忆。

……

别浪费时间金币玩那些虚拟游戏，女孩子喜欢那些有内涵的。快，放下手机，拿起书籍。就算现在单身也别心急，总有适合你的伴侣在等你（当然她不来自App）。

最近事儿也挺多，心也挺累，兄弟，你别叹气，让我们齐心协力，一起解决各种难题。分手了，兄弟，对不起，我也无能为力，毕竟我的那个她也寄给了我一封分手信。

……

兄弟，兄弟，我的好兄弟，有钱寄给家里，你别整"机外机"。在这和平年代，对未来抱有期待，如今走过百年路，我们有许多感慨……来吧，homie，让我们共度青春之旅！

在这个节日里，几个精彩幽默的桥段都来自东北民间艺术的给养，刘鑫的舞台经验也给了他同龄人没有的优势。在部队上千人的礼堂里，站在一个完全陌生的舞台上，面对坐在下面的首长和战友，刘鑫让自己镇定下来的方法，就是去回想在里仁的舞台，那是他生命中的第一个舞台；他又去想开原大戏院的舞台，那是他生命中最大的舞台，在那么多人面前专砸大演员的场子。他有了让自己平静下来的充分理由，也更有底气："啥咱都演过，现在这都是小场面，都是小场面！"

这一招儿还真灵，部队的舞台小了、亲切了，部队领导成了他的母校老师和同学，他的表演更加松弛，和战友的配合也更丝滑，部队领导甚至以为他专门学过表演。

上高中，进部队，考大学，刘鑫常常想起的是他的初中——里仁校区中学部。除了想起里仁的舞台，刘鑫还想起他初中的校服，里仁的校服是礼服款的，和海军的常服非常像；他还想念里仁的食堂，丰富、可口，连餐盘都和部队的几乎一样。还有里仁陪伴他长大的老师，更想念在他的人生关键时刻从未缺席的靳校长。

再从上海回到母校，刘鑫对靳校长说："我不想叫您校长了，我想叫您'姨'。我缺少爱，您得再多给我点儿爱。"

靳校长说："那必须的，我这爱多得都没地儿放。"

他管靳校长叫"姨"，在他的心里，靳海霞校长是他的亲人。对于一个来自普通家庭、学习成绩排在后面的男孩，他感念自己得到来自靳校长和老师们的偏爱。是母校把他的优点放大，给了他前行的力量和自信，也教给他如何更好地做人。他不知道的是，他的每个同学都是被"偏爱"的。

靳海霞和她的伙伴们：教师幸福的模样，就是学生幸福的模样在部队服役两年，刘鑫谢绝了部队首长的挽留，于2023年3月退伍，继续参加面向退役士兵的高考。这一次，刘鑫拥有了更高的学习热情，更加努力，过程也很顺利。刘鑫进行了充分的准备，军事理论、时事政治、文学常识、逻辑思维，四科综合测评总分200分，他考了160多分，在1500名考生中，被在备选院校中排名第二的上海理工大学录取，学习传播学。

"不论走得多远，都是母校的孩子。"刘鑫这样说。穿十几年前曾穿过的校服回母校，是刘鑫表达对母校深厚情感的最直接也最文艺的方式。

靳海霞校长说："看到刘鑫从走廊那头唰唰唰地跑过来，老带劲儿了。我这眼泪在眼圈转。我就想，一个孩子，一个生命，一个在低处的生命，你助力他，你拯救他，你看到他的成长，这是多么美好的事。所以，教育要特别关注后二分之一的学生。这和一向很优秀的学生、家里有丰富资源的学生，是完全不一样的。"

归去来兮，家园未远

这是一个艰难的选择。

已有十年教龄的初中英语老师安然，还是决定要离开开原民主教育集团了。这是她第二次提出离职申请。第一次提出离职申请，是在半年前，当时被靳海霞校长断然拒绝了。

安然是昌图县人，在民主教育集团工作了十年。她丈夫的老家在辽南某市。为了更好地发展事业，安然带着大女儿在开原，她丈夫带着小儿子在外地，开始了两地分居的生活。

安然是九年级班主任，留在她身边的大女儿还在幼儿园大班，不得已提前进入备战中考的作息时间。安然早上7点进到班里，晚上8点才能离开，幼儿园是8点20分到校，但6点钟，安然就得把女儿招呼起来，洗漱、吃饭，直接把女儿领到教室。早7点到8点，是九年级主任的工作时间，安然就把女儿放在教室的最后一排，对她的要求就是愿意干啥都行，就是不能打扰到妈妈。幼儿园是下午4点30分放学，安然把女儿领出来，在食堂吃过饭，跟着她继续在教室待着，一直等到晚上8点。有的时候，女儿困了，安然就把两个椅子连在一起，让她在另一个屋子睡觉。安然给女儿的玩耍时间和活动空间，就是学生放学的时候，从教学楼门口到校门口逛几圈儿，不许出校门，玩腻了再回来找妈妈。

女儿在校门那儿看出了门道，她对安然说："妈妈，你看人家都有爸爸接，我爸啥时候能来接我一趟呢？"

安然一下子就愣住了。她看着那张清秀的小脸，女儿对父亲的渴望灼伤了安然的心。本来是一个完整的家庭，却让她过出了单亲家庭般的辛酸，那一瞬间，安然下定了决心，不能再这样下去了。她思来想去，最稳妥最保险的办法，就是她考到丈夫所在的城市，继续做老师，一家能够团聚，她还能继续从事她喜爱的职业。那年，她已34周岁，机会并不是很多。2021年12月，九年级上学期结束时，适逢当地招聘老师，安然参加了考试，笔试成绩名列第三，马上进入面试阶段。

对有十年教学经验的安然来讲，面试自然不是问题。向靳校长摊牌的时刻到了。安然又兴奋，又伤感。回顾这十年，安然想起刚从教的时候，根本不会上课。靳海霞请来教育专家，让年轻教师在前面上课，专家在后面听课，听完了当场指导。几乎天天上课，天天评课，天天磨课，这让自尊心极强的安然，经历了一段"凤凰涅槃，浴火重生"的时光。每天回家先哭一阵儿，哭完了再整理课件，把课程在心里重放，第二天再上课，几乎每天都到半夜。里仁的十年，是安然成长最快的十年，也是她觉得"过得非常有劲儿"的十年。十年时光，安然已经成长为一名优秀教师。她从内到外散发着一种自信的光彩，这是她从小就缺乏的特质。她刚来里仁校区中学部的时候，是靳校长发现了她，并让她担任外教的翻译工作。靳校长的知遇之恩让她铭记。当她准备离开这里的时候，怎能不愁肠百转？

安然在短信上写了改，改了删，最后决定找靳校长面谈。没想到靳海霞没给她任何余地："安然，我也是妈妈，我理解你当妈妈的心情，但我也是校长，这一次，我站在学生这边，我不能放你走。这三年情况特殊，九年级的学生本就把课上得零零落落，刚放开，班主任就把一个班级的孩子扔下了，家长那边怎么交代？咱学校不是干这种事的学校。我不可能放你走，只能委屈你了。"

靳校长说的每一句话都有道理，安然也认同，别说对不起一个班的孩子，就是对不住一两个孩子，也是一辈子于心不安的事。但安然的心里难受极了，她想说，我都准备这么长时间了，我都34岁了，这可能是我最后的机会了，我的两个孩子一个在视频这头哭，一个在视频那头哭……但靳海霞沉着脸，没给安然留一点儿余地。安然咬着牙，噙着要掉下来的眼泪，离开了校长办公室。

几天后，消化了自己的纠结、不甘，安然说服了自己，她给靳海霞发了一条很长的短信，既表达了"既未走，则安之"的决心，也把家庭情况又详细说了一遍。

看到安然的短信，靳校长的内心也很不平静。作为一个妈妈，作为一个心地善良的人，作为一个向来尽最大可能给予教师尊严和尊重的校长，这一次，她坚定地站在学生一边。她心疼自己的教师，但又不能通融。她回复："我特别理解你们年轻人的难处，也感同身受。但今年开学开原教育情况本就复杂，中考又事关重大，我只能站在孩子们那一边了。实在是委屈了你。看来，安然还真是个顾全大局的优秀青年！无论是作为校长还是长辈，我只能说：谢谢你的理解，希望你有更好的机会创造幸福生活。"

看着靳校长的短信，安然的眼泪禁不住淌了下来。与难过不同，这是有人懂得的委屈，就像是一个孩子在家长那里得到了安慰。

一场离职风波似乎就这样平息了，安然一如既往地认真工作，但她家里的困难依然存在。好在送走了特殊时期的这一波初中毕业生，机会再一次降临到安然身上。2022年7月，又有了招聘教师的信息。"特别想走"

的安然，第二次顺利通过考试。

这一次，在调转时又出现了困难。听到安然在上级管理部门遇到了困难，靳校长亲自到开原教育局，并声明："这个人必须得放。"局里的工作人员都纳闷："你这么'抠'的人，怎么一下子大方了？"局里的人都知道，靳校长特别反对教师调来调去，在此之前，为年轻教师调转的事，靳校长不知道得罪了多少领导。这一次，靳海霞却一反常态，主动往外送人。在她的助力下，安然终于把所有的公章盖完，即将成为另一所学校的教师。

从开原教育局取走档案，安然和丈夫连夜开车去往辽南的那座小城。路上，安然变得沉默，哪个学校能对一个即将离职的教师这么费心费力呢？如果自己能再干10年、20年，那么校长今天所做的一切都是为了学校、为了自己工作的圆满，但这样对待一个离职的教师，校长的作为足以说明她的格局和善良。安然的丈夫看出了妻子的心思，对她说："咱走了，得常回来看看你校长。"

靳海霞的心里，则是坦然和欣慰。在维护了她的学生的利益之后，她终于成全了一位年轻母亲的心愿，成全了一个努力奋斗的家庭。人世间，万千美好中，能护身边人周全，便是一种。

安然最盼望的家庭团聚、阖家幸福，却让她的女儿最先失去了内心的幸福感。在新的学校，放学回到家，女儿就坐在那儿，连话都不爱说。

奶奶问她："大孙女，今天搁学校开心不？"

一年级的"小豆包"已经有了心思："没啥开心不开心的。"

这话让奶奶纳闷，便继续问："这是咋说的？"

"那不是我的学校。同学，我不认识，老师，我也不认识。我不想在那学校待着，老师上课也太严了，反正那不是我的学校。"

女儿的情绪低落，还可以用"分离焦虑"来解释。不适应的，还有安然自己。安然在新的学校上了十天班。当她真正走入课堂，信心满满地站在讲台上，却看到了一个与新学校格格不入的自己。

她讲的课，新学校的老师不认可。他们认为应该抓知识点，让学生把单词读会，把短语背会，就可以了。但在十年前入职时，安然接受的教学培训，就是在课堂教学中，要强调语言的工具性、人文性，在什么情况下用、怎么用。在新的学校，这样的教学被看成在"走弯路"，安然却认为这些恰恰是对学生"有用的弯路"。如果只抠知识点，则是一条最慢的路。

里仁校区中学部的一堂英语课包含的教学目标，除了知识、智育方面的，还要包括德育、文化方面的，这些知识的渗透，目标就是让学生最终成为一个人，一个健康的人、幸福的人，而不是一个工具。如果说"直路"是指卷面得分，"有用的弯路"则是努力创造一个有趣有用的课堂，创造一个从"实用"出发的教学情境，如何跟别人沟通是得体的、礼貌的，怎样能把话说明白，并在潜移默化中对学生的人格进行培养。

这是十年前，靳海霞校长在教师培训时要求一线教师做到的。后来，英语试卷进行了改革，把英语当工具，弱化语法，强调的是会用，靠死记硬背词组、继而正确答题的模式，就不太可能获取高分。里仁校区中学部十年前奉行的教育理念，对应的恰恰是后来的教育改革理念。这是靳海霞校长的眼光，是她对一线教师的引领，也是她对教育、教学规律性的把握。

十天后，安然的短信又来了："校长，我决定回去了。"

靳海霞回了四个字："欢迎回家。"

在这一次回归中，安然更清晰地看到她心目中理想的教育是什么样子，她希望自己的女儿和儿子受到的教育是什么样子；安然也清晰地看到时光尽头的自己应该是什么样子。里仁学校的教育，并没有在课堂上天天呼喊"五育"并举，但带给孩子的是和谐的教育，是美的教育，是平等的教育，这也是她想让自己的孩子接受到的教育。

陶行知说，人生为一大事来，做一大事去。安然希望自己每天都有能够为之奋斗的东西。她心中的大事，不是成为多有名的老师，而是像靳校长那样，在人格上引领别人，用行动教会学生对所爱的事业付出全身心的努力。哪怕只真切地影响到一个学生，那也是一件特别大的事情。

为了里仁的"阿甘"

2011年，里仁学校元年。

刚当上班主任的刘冰冰老师，最担心的就是班里的小胖墩儿小峰。她去开会，也总是提心吊胆，因为她开会不在的这一会儿，说不定小峰就惹点儿啥祸。惹了祸，他也害怕。冰冰老师就得陪着他去教务处接受处罚。孩子家庭条件比较好，但父母忙于生意，没有更多的时间陪伴他，就在物质上满足他。学校开运动会，他背来一麻袋小食品。同学们见了，直冲他喊："卖不？"他一挥手："卖是不卖，吃是可以的！"

或许，这个在学习上没有获得感的孩子，在用这样的方法，获取同学们的认可和关注。这个在娇惯中长大的孩子，没有好的生活习惯，没有学习兴趣，文化课考试的分数也都在个位数。

年仅22岁的刘冰冰入职里仁校区中学部，记着接受入职培训时校长靳海霞的话："咱当老师，就要教好每个孩子，这是个良心活儿。"

刘冰冰还问校长："怎么才算教好每一个孩子？"

靳海霞校长说："尽你自己最大的努力，让每个孩子得到最好的发展。"

刘冰冰把这句话写到她日记本的扉页。如今，刘冰冰已有13年班主任经验。13年前，当她写下这句话的时候还很懵懂，现在这句话成了她一直追随的信条。

刘冰冰说:"靳校长常和我们说,教师的功德,在于为每一名学生找到发展的路径。我们会重视很多成绩很优秀的学生,像后来考上北理工的、考上浙大的,学业上很是骄傲,但是我们也会关注到每一个后进生。如果这个孩子学习不好,我们要想办法发现他的闪光点,让他在别的方面有所发展。"

小峰的闪光点在哪儿呢?

要在活动中发现学生的优点。学习不行,刘冰冰就观察小峰在社团里的表现。当时,在正常的教学之外,里仁校区推出了一系列和学生相关的辅助管理手段,比如学生社团。小峰在各个社团都走了一圈,围棋、象棋、美术、音乐……一圈走下来,小峰似乎都没有啥兴趣。刘冰冰继续观察。八年级的时候,有一次打篮球,刘冰冰发现,小峰是一个灵活的胖子,运球、投篮,都很自信,有不一样的光彩,还能组织同学一起玩。刘冰冰相信,会玩耍的孩子更聪明,他们彼此会有更多的情感连接。刘冰冰就鼓励他多去体育组,并向体育组的李哲老师推荐了小峰。

李哲是体育老师,同时还负责政教。小峰主动向李哲老师申请任务:"李主任,我先跟着你呗。要不然,搁班级里边儿,我坐着也是干坐着,要不我就趴着睡觉,你看你有啥事儿需要帮忙,或者是训练的时候,我帮你拿个器材?我组织一下低年级学生来跑跑步?或者让他们站排?"

小峰给自己设计了不少活儿。这也是小峰的优点,态度积极。

李哲说:"行啊,你就来吧。"

望着那双渴望的眼睛,李哲顿了下,又说:"那你不能光组织别人,别人跑步的时候,你也得去带动一下。"

李哲给小峰安排任务:一年级孩子跑步的时候,要做热身,你就领着他们做做热身动作。到跑圈的时候,你搁旁边跟着跑一跑,这样你也能减减肥。

看着一百七八十斤的小峰，李哲不敢冒进，又补充了一句："你能坚持几圈儿就坚持几圈儿。"

这是个美好的季节，辽北的秋天，清凉轻易就击退了暑热，让人觉得浑身都是力气。小峰对李哲交给的工作任务非常上心。跑道上，八年级的小峰带完小学生跑步，自己也跑了几圈。在小学生面前，他有了带队的责任感，不能"掉链子"，吃力也咬牙坚持。出完汗以后，虽然气喘吁吁、双腿沉重，但他整个儿身心都很舒服。他还有一个开心的原因，就是跟在李哲后面忙前忙后的时候，遇到了靳校长，校长直接叫出了他的名字，还表扬了他，这够小峰心里美上一阵子，回家和父母也有得说了。

李哲看他似乎还有潜力，就给他再加一圈。到了第二天，李哲说："昨天都加一圈了，今天不能比昨天差啊，必须得再加一圈，完成六圈！"

小峰却没了最开始的亢奋："六圈行，不再加就行！"

小峰咬牙坚持下来，李哲看他状态允许，就又说："小峰，你再跑一圈，我给你买一瓶水。"因为平时，学校不允许带零食，这一瓶水还是有吸引力的。李哲又强调："我给你买一瓶甜水儿，你再跑一圈。"

小峰问："哲哥，你说话准成不？"

李哲赶紧说："准成，必须的！"

小峰就又加一圈。一天天、一圈圈就这样加下来。逐渐加大的运动量，对这个体重偏大、没有自我要求的孩子来说并不是一件容易的事。

靳海霞校长在教师培训时强调，到八年级下学期，学生们的心智才能有一个大的变化，到了九年级下学期，学生们的分化会走向两极，有的孩子信心满满，有的孩子则需要有学习以外的事情对他的信心予以带动，如果带动不起来的话，他就会放弃对自己的要求。所以，这个时候，教师要特别加强对后二分之一学生的关注。

很快，小峰在班主任刘冰冰面前现了原形，跑了几天，便说不想去跑步了，并将了刘冰冰一军："跑步太累，换上你也坚持不下来。"性情开朗、口头禅是"超开心"的刘冰冰，也是微胖体形。"干吗坚持不下来？老师陪你坚持！"刘冰冰陪跑了几次，暂时算稳定了他的军心，小峰不好意思马上放弃了。但他也知道刘冰冰不可能天天陪着他跑，就恳求刘冰冰去看他跑。刘冰冰上课之前去看他跑，给他带一瓶水，以资鼓励。上完这节课了，看他还在跑，就又去操场上看他。

体育组的老师也有激励小峰的办法。他们派练体育的同学带着他跑，互相带动。运动队里，体育组的老师还组织了小组比赛，从 200 米、400 米、800 米、1500 米到 3000 米，主要是考察这些孩子在哪些项目比较突出，看每个孩子的运动潜质。进队伊始，小峰并没有多强的好胜心，学习上的弱势似乎限定了他对自己的要求。但在进行小组赛的时候，他看到低年级的孩子也在队里，这激发了他的求胜欲，他说："低年级上，我也要上。跑不下来我也要跑。"

他先是输了 200 米项目。

小峰说："200 米我没跑过他们，明天跑 400 米，我和他们比 400 米！"

他又输了 400 米项目。

小峰说："400 米我没跑过他们，明天跑 800 米，我和他们比 800 米！"

这一路比下来，他输了 200 米、输了 400 米，800 米也没赢，但在比800 米的时候，他已经能胜过几个人了。

他像发现了新大陆一样，说："我耐力行啊！我要跑 1500 米！"

还没等老师发话，他自己就开始张罗第二天的比赛，并向别的同学挑战："你们速度行，但耐力不行，咱们 1500 米见！"

到 1500 米的时候，只剩下几个同学在跑了。小峰仍然输了比赛，但在休息的时候，小峰发现，他用很短的时间就恢复了体力，别的同学则要花费更多的时间才行。果然，他的耐力要比别的同学好，他心里有了数儿，又去张罗第二天的 3000 米比赛。

在 3000 米比赛中，小峰第一次比所有人都跑得快了。

在此之前，李哲还测试了小峰的专项特长，看看在哪一项上他最有潜质。篮球、羽毛球、乒乓球，这些项目，小峰似乎都有点儿差距。最后，李哲给小峰定下的训练项目是长跑，并让他进入田径队，和几个体育生一起跑步。

由于体重偏大，小峰并没有绝对实力。在这个过程中，最难的是让一个从来没有全须全尾完成一件事的孩子，养成坚持的习惯。300 米一圈的操场，李哲要求小峰一次跑 25 圈。长跑的辛苦不是那么容易咽得下去的。跑了几天，小胖墩儿便又要放弃。终于有一天，小峰说啥也不干了。刘冰冰把他找到办公室，和他一起用投影看电影《阿甘正传》。

刘冰冰说："你要想跑，咱就好好跑，就跑出一片天地。"

小峰低着头不说话。

刘冰冰继续对他说："你使劲跑，将来，你就是里仁的 Forrest Gump（阿甘）。"

一听这话，他好像有点儿受触动了。影片中那个不停奔跑并取得成功的阿甘，成了他的坐标，在另一个人的坚持里，他似乎看到了自己不一样的未来。刘冰冰知道，小小的梦想的种子算是种下了。

刘冰冰在小峰面前一副信心满满的样子，可在靳海霞校长面前也有点撑不住了。刚刚大学毕业，谁还不是一个"宝宝"呢！千头万绪的工作，刘冰冰每天的弦都绷得紧紧的。

靳海霞校长安慰她说："孩子的内心是很纯真的，抛开教育理论和教育技巧不谈，你拿一颗真心对他好，他是知道的。哪怕是叛逆期，只要你是真心的，再大的坚冰都能融化。在某一个时刻，可能他不会表达，你也不要期待、不要着急，你等着、等着，有一天他一定会明白你的心意。他到高中以后，到大学以后，他就会是个很好的人。他能感受到这爱，他也能对别人好。"

还真让靳校长说着了。小峰也想对刘冰冰表达他的感激，可他又不知道怎样表达。有一天，他没头没脑地对刘冰冰说："老师，你等着！"

"等啥？"

"等你结婚的时候，我给你出辆车。"

这可能是一个心思单纯的孩子在他的经验范围内，表达对老师感情最直观的方式了。

刘冰冰说："不用。"又忍不住逗他："你出啥车？"

小峰来灵感了，幽默地说："我给你出趟地铁。嘿嘿！"

刘冰冰笑到肚子疼。

刘冰冰和体育组的老师们达成共识，光鼓励还不行，必须对小峰有陪伴，在他稍一松懈的时候，把他往上"拎"。体育老师站在操场边上，盯着他一圈儿一圈儿跑，校正他的步态，表现得再好一点儿，就奖励十元钱小食品，随便挑。这些看似小儿科的方法，是很有用的。刘冰冰为了延长对他鼓励的效果，还给他写小字条，字条上写着鼓励他的话。小峰把这些字条叠好，藏起来。这一切成了他坚持下去的魔法。

跑着跑着，小峰又开始怀疑跑步的意义了。几天之后，他又凑到刘冰冰跟前，问："你觉得我能行吗？"

刘冰冰目光热切地望着她的学生，坚定地说："必须能行啊！你就是里仁的'阿甘'！"

积土成山，风雨兴焉。坚持带来改变，小峰自己也有体会，他的体重在下降，跑步的速度在提升。

他"长"在了体育组。李哲看他完成了训练任务，就撵他回班级去完成文化课作业。小峰表达对老师的感情，会说："再待一会儿，再待一会儿。"或者几天没见老师，就像老师问他们那样，追着老师问："这几天咋样？你都干啥了？"

这就是教育的美好，教师在给予爱的同时，也教会孩子如何爱别人。对一个孩子来讲，他们在略显笨拙地爱着老师。

为了激发总"长"在体育组的小峰对文化课的学习兴趣，李哲对他提出了新的要求："英语单词、短语，语文课文，特别是文言文，完成抄写之后，再来体育组。然后，你再跟着我检查卫生，干点儿杂务。"

小峰便赶紧回去完成作业，再来找李哲。

正跟着李哲检查卫生的当口，又遇上了靳海霞校长。靳校长也夸奖了他："小峰今天又帮李主任干活儿了？不错啊！这两天状态也都挺好，千万在学校坚持住，咱可不能不上学啊！没事时就找李主任训练，要能吃苦，要坚持，行行都能出状元，咱不一定非得在学习上怎么样。学习好的，建设祖国；学习不太好的，咱们留在父母身边，自食其力，也一样。但在现在这个阶段，千万不能放弃。"

坚持就有收获！经过一段时间的训练，小峰的长跑成绩已经超越了体育生，并代表里仁校区中学部参加了开原市中学生运动会。在比赛之前，他对班主任刘冰冰说："您一定得看我跑 5000 米决赛。"

这个时候的小峰已从一个小胖墩儿，蜕变成了又高又瘦的棒小伙儿。开原市中学生运动会是小峰在学校参加的第一个运动会，也是他在初中参加的最后一个运动会。

在 5000 米跑道上，小峰一圈圈地跑，超越一个个对手，而他没看到，像大姐姐一样的刘冰冰，一直在紧张地盯着他，眼泪任性地流淌。在刘冰冰眼里，这不是一场简单的竞赛，而是一个男孩的成长轨迹。一个小胖墩儿，一个整天在混日子的懵懂少年，终于实现了自我突破。当他超越最后一个对手，跑到终点的时候，陪伴他成长的老师们都在终点处等着他。而他直奔刘冰冰过来，不顾自己浑身是汗，抱着刘冰冰抡了两圈。

小峰憨憨地问："老师，我是你的骄傲不？"

刘冰冰对他说："你好好的，你永远都是老师心里的骄傲。"

对刘冰冰来讲，这是比看奥运会都骄傲和激动的时刻。

初中毕业，离开里仁校区中学部，小峰凭借体育特长顺利进入高中。正如《阿甘正传》里的台词，生活就像一盒巧克力，你永远不知道下一颗会是什么味道。

高中毕业后，进入军营，小峰还是要回过头来，到里仁寻求精神力量。当兵之初，竟然是他成长过程中最"磨人"的时段。哭，想家，随时都要回来。刘冰冰继续关注他、关心他。里仁校区中学部的走廊墙壁上，有小峰在运动场上获奖的照片。刘冰冰以此为背景，用手比心，拍了照片给他发了过去，还给他寄爱吃的家乡烧鸡，寄本命年的红衬衣、红袜子，寄有关科比的书。那一个个来自家乡、来自母校、来自老师的包裹，坚定着他努力向上的决心。

里仁的教育，带给小峰的是一种生命的自信，并使他相信，只要坚持就能改变，更有一种温暖，让他在生命的隧道中前行摸索的时候，不再孤独。如今，小峰已经成长为一名海军军官。凭借优秀的体能和顽强作风，他多次在部队的越野赛中成为佼佼者。

刘冰冰说："教育最神奇的地方是我们能参与一个生命的成长，并且能凭自己的力量改变他。这一点，我感觉像是魔法，对我来说也是份礼物。每天，我会把我自己笑得够呛，真是超开心。"

靳海霞校长常说的话，也刻在了年轻的刘冰冰的心里："咱们都是开原人，咱们当老师的，就必须教好咱父老乡亲的孩子，不能让父老乡亲戳咱们的脊梁骨。"

"父老乡亲"，这四个字是带着温度的，是"乡土中国"里因地缘和血缘生成的亲人。这四个字代表着血脉相连，代表着一代代中国人在土地上织就的巨大坚韧的伦理网络和情感网络，它总是在无声地提醒着一个人他的来处、他的良知、他的方向。对一位老师来讲，他们被脚下的土地养育，又将反哺这片土地，他们连接着一个个家庭的现在和未来，并将助力实现"乡土中国"里最质朴最坚韧的愿望：逆天改命。

来自乡土的期许，来自乡土的厚爱，让靳海霞和她的伙伴们肩上的责任变得沉重。刘冰冰这样评价靳海霞校长："她像一束光，最开始她是指引我们方向的。后来，我们每个人都开始了一段追光之旅，追着她走。走着走着，我们也在变大，到后来我们也成为一束光，也在发亮。"

一个关于"屁"的问题

"噗……"

安静的教室，正常进行的教学，突然一个特别响的屁，把一切都搞乱了。正在听课的学生都忍不住大笑起来，并扭过头，看向那个弄出这么大动静的金同学。金同学一开始还不明所以，在同学们异样的眼光中，他突然意识到那个放出响屁的人就是自己，他的脸一下子成了一块"红布"。他知道自己犯了错，平时就抽搐的脸部，抽动得更明显了，眼神明显由慌张变成了充满敌意。孩子们的笑声更响了。

正在台上讲课的张众老师也有点儿慌，一下子真不知道该怎么办。自从这个有点儿特殊的孩子进入班级，她就面临着很多小情况。她用目光扫视了一下全班孩子，笑声越来越大了。

她可以假装无视这件小事，继续讲课，可她知道，对于这个患有多动症的孩子来说，这件事处理得好，对他是一种保护；如果处理不好，可能在其他孩子的嘲笑之外，又形成了对他的二次伤害。张老师还想借助大家共同的关注点，提升同学们对特殊事物的辨别能力、对周边的包容能力。过了几秒，漫长的几秒。

张众老师沉静地问同学们："你们别笑啊，我想问你们，你们还听过谁放屁？"

这个关于"屁"的问题，甚至比刚才那个响屁引发了孩子们更大的反应。孩子们不再笑刚才那个孩子，都转过头，瞪圆了眼睛，直望着老师，一脸疑惑，仿佛在说："老师，你咋还问这种问题呢？"

张众老师说："我认真问你们呢。"

直到这时，同学们才明白，这不是一个玩笑，而真的是一个需要认真对待的问题。

一个学生说："我听过我爸放屁。"

另一个同学说："我听过我妈放屁。"

还有一个男同学把手举得老高，说："我小妹儿都在我床上拉臭臭。"

这些回答引发了同学们阵阵笑声。

张众老师说："那你们发现什么规律和秘密了吗？"

孩子们在思考。

张众老师说："你发现没？你能听见放屁的人都是你的亲人。刚才这个同学在课堂上，他没有控制自己，是因为他把大家当亲人……"

孩子们突然安静下来，之前嘲笑的表情也消失了。他们点着头，似乎还真是这么一回事儿啊！

张众老师继续说："他把我们每个人都当亲人，在这个教室里，我们就是一家人。你们要珍惜这种感情。等你们长大了，走上工作岗位了，或者等你以后结婚了有了自己的孩子，你身边会有很多亲人，但你同时和四十多个亲人朝夕相处，可能只有在你上学的时候，在我们这个课堂上。"

这个瞬间，四十多个孩子好像一下子懂得了什么，有一种别样的暖意在班里浮动。老师对亲情的描述，以更大更远的视角，触动学生们内心的单纯和美好。这是善的引导，也是爱的表达。

下课后，张众老师偷偷对弄出大动静的金同学说："下次稍微注意一下，好吗？"金同学用力地点着头，似乎明白了老师对他的期许。

一个特殊的孩子，在似乎明白、真正懂得与彻底改正之间，还有一个漫长的过程。这样的情况仍时有发生，但是同学们已经不会排斥他、不会笑话他。谁能挑剔自己的亲人呢？

每个孩子都是天使，但天使和恶魔，只在一念之间。嘲笑别的孩子的过失或缺陷，是细小的恶，如果这些小恶没有被重视、扼制，就可能成为对弱小的伤害。教育就像一次探险，当真正去当一名引导者的时候，会发现每一步都要小心翼翼。

谁能想到，拥有如此教育智慧的张众，十几年前还是一个在学生面前手足无措的"大孩子"，还曾因为在特殊学生面前的无力感，坚持要辞职回家。要不是靳海霞的执意挽留和多方培养，开原民主教育集团就少了一位优秀的班主任。

张众是 2012 年到里仁校区中学部的。她是吉林四平人，受刘冰冰的强力推介，考进里仁。刚入职的时候，张众最大的感受是，当老师太难了。班里有个总是浑身油污渍的学生最让她心疼。他的妈妈在开原轻工大厅炸麻花，这个孩子几乎天天迟到。他没有时间学习，天天早起和母亲一起忙碌。张众看到他母亲的艰辛，想帮他，想把他送进高中，但似乎又没有太有效的方法。这成了她的执念，天天晚上做梦都是这孩子。梦里面这孩子一转眼就不见了踪影，过一会儿又油渍麻花地出现在了课堂上。张众从梦中哭醒了。这让刚参加工作的张众，产生了深深的挫败感。于是张众找到靳海霞校长，说啥都要辞职。

看着这个年轻的老师，靳海霞校长对她说："做什么事儿都会有一个爬坡的阶段，都得有一个克服困难的过程。你再坚持坚持，如果还有这种想法，再来找我。"

张众还是不肯离开校长办公室。她觉得自己这个老师当得不好，这是让她不能容忍的。靳校长好像看透了她的心思，继续说："如果你觉得教学方面不行，你就多向老教师学习。我会交代教学校长、年级主任，多去听你的课，帮你修正、提高，和你一起备课，一起分享教育经验。"

靳校长把话说到这个份儿上，张众只得暂时放下辞职的念头。

之后，年级主任给了张众更多的指导。李凤云校长特别有教育经验，对学困生、优秀生怎么分别、怎么培养，也教给张众很多方法。在职业生涯的初始阶段，张众就这样坚持了下来。如今，经过十几年的历练，她早已成长为一名经验丰富的优秀班主任、开原市骨干教师，还是铁岭市初中语文卓越教师团队成员。

张众在这里不仅收获了工作上的成长，也找到了生活中的另一半，还有了可爱的宝宝。

她刚怀宝宝的时候，各方面的数值都不太好，她担心保不住这个孩子，内心充满了恐惧。靳校长说："先别当班主任了，还是身体要紧。我去给你找医生。"说完这句话，靳校长就开始帮着联系医院、联系医生，让她这个身在异乡的普通教师，感受到踏实和温暖。

张众说："我们校长人特别好。我们有了困难从来不害怕。"

如今，张众的女儿已经上小学一年级了。张众最难忘的，是靳校长常和年轻教师说的话："你们以后也会有小孩儿，你想你的孩子遇到什么样的老师，那你就应该努力成为什么样的老师；你想你的孩子受到什么教育，咱们就努力去办什么样的学校。"没有孩子的时候，张众听这句话只是觉得感动，现在有了自己的孩子，再听这句话，心里更是别有一番滋味。

看到有的年轻教师对分数的执念，靳海霞对大家说："没有分数过不了今天，光有分数过不了明天。就像丈母娘选女婿，谁会问在学校考了多少分？但一定会问他的人品、性格。"张众活学活用，从靳校长的话里总结出一条金标准：要按丈母娘的眼光培养男生。她要求她的学生"读有厚重感的书，看有质地的电影，参观博物馆，学习做菜，深度学习，走进大自然"，打开眼界，见天地、见生活、见自我。

靳海霞还要求她的伙伴们要拿放大镜看学生的优点，拿望远镜看学生的未来。张众的朋友圈，成了她"炫"学生的空间，她把孩子们每个细小的善和美放大。

怎么能不表扬？

文明，从来就是一种内化于心、外化于行的自觉！对，就是一种自觉。不是为了夸赞和奖赏，就是为了内心的自得。

图一：中午食堂餐车里的餐盘，有的横放，有的竖放，越垒越高也越倾斜，每个往上放餐盘的同学都小心翼翼，怕自己一个不小心就哗啦一声全都弄倒塌。只有付志博和王烁然，不怕弄脏手，两个人合作，把所有放反的餐盘全都摆正。

图的二：装剩饭的桶里，不知道谁不小心把勺子也扔进去了。你能想到是两个这么干净漂亮的小姑娘给捡出来的吗？我们是不是要对"干干净净"重新定义了？像今天学的"梧桐树"一样，做人，干干净净！

图三、图四是文明倒餐盘的缩影，因为我发现我们班大多数同学都能做到！我真心觉得那轻轻弯下腰的背影很美！不会溅得到处都是，不会摔得叮当乱响！是与人方便的关怀也好，是懂得尊重的智慧也好，是爱护环境的习惯也好……这都无疑会蕴化为

一个人的修养，那是伴随终身的财富！

爱每一个不断成长、越来越好的你们！

宝藏男孩之史彦祖！情感细腻的大男孩！昨天上课讲《秋天的怀念》，彦祖同学给大家读课文，读着读着声音就哽咽了，坐下后一直沉浸在课文的情绪中。下课跟我讨论时，眼眶红红地说："老师，我能体会'活着'重要，但'好好儿活'更重要。"

张众的朋友圈中也有那个有点儿特殊的孩子——金同学。

患有多动症的金同学刚到班级的时候，张众没有把他当成麻烦，只是把他看作一个有点儿不一样的学生。为了给他留个好印象，张众想拉拉他的手，学生很抗拒地躲开了。张众耐心地观察他，他的成绩很好，智商很高，就是行为习惯不受控制，不懂得如何跟人相处，不懂得守规矩。上课时他没办法长时间坐在那儿，老师讲着课，他自己就要下来走走，在座位间溜达溜达。他有好胜心，在课堂上常常不举手就抢着发言，老师问题还没说完，他的答案已冲口而出，结果常说错；没有耐心，想要的东西立刻就要得到，很难等待；经常打断或插入别人的活动，不能遵守秩序。他也不喜欢任何人碰他的东西，谁一碰他就暴躁，甚至表现出一种狂躁，而且这些行为经常重复出现。这些突发情况，对老师是很大的考验。

但张众老师在金同学身上也发现了一个优点，就是很讲卫生，打扫教室特别干净。张众老师指定他做了食堂管理员，想通过这一点的撬动，提升他的自信，效果超出了她的预期。张众老师当众表扬了他好几次，又在朋友圈里毫不吝惜地赞美她的"宝藏"男孩儿："最负责任的生活班长！认真打扫食堂卫生，从不用老师叮嘱，工作卖力、认真细致！我们班的桌

靳海霞和她的伙伴们：教师幸福的模样，就是学生幸福的模样

子，绝对是最干净的！"

受到肯定的金同学，幸福满满地对他妈妈说："哎呀，我头一次这么喜欢一个老师！"

这句普普通通的话，却让他的妈妈热泪盈眶。他妈妈说："在我儿子的眼里没有'喜欢谁'的概念，以前，他也从没表达过他喜欢谁，张众是他说的第一个特别喜欢的老师。"

这个学生不再完全沉浸在自己的世界里，而是懂得体察别人的感受，并打开心扉，向外输出自己的爱。

金同学问妈妈："我班张老师很有钱吗？"

妈妈说："你咋这么说呢？老师开工资，应该不会穷。"

金同学说："老师总给我们买鸡腿儿，还买笔，那下次能不能等我考好了，你奖励给我钱，我再奖励给同学们，就不用老师花钱了？"

这个只会在自己的情绪隧道里爬行摸索的孩子，已有了同理心和同情心，这是以前从来没有过的，他的情感世界不再是单向的。也许，只有一个孩子的心被爱填满，他心中的爱才会自然流淌出来。

张众实现了靳校长对她的期许，她已经成为她希望自己的女儿遇到的老师。张众在同事面前分享她的工作心得，她说："现在的教育环境不一样了，班主任的班级管理是一方面，提供情绪价值也占了我们工作的很大一部分。我们不仅要关注孩子今天走得快不快，还要关注孩子明天走得远不远，更要关注孩子每天过得好不好。"坐在台下的靳海霞认真地听着，非常欣慰。这一刻，靳海霞看到了传承的美好。看到年轻教师的成长，看到那个曾经哭着想辞职的小张众，如今已成为学生和家长"温柔而坚定的朋友"，这也是靳海霞职业生涯的幸福时刻之一。

将生命中最闪亮的部分与你分享

教育专家陈罡校长对开原民主教育集团的评价是："人在中央，丰富而生动，宁静而致远。"这里，在"中央"的人不仅指的是学生，还有老师。"师生共同成长"是民主教育集团的价值追求。靳海霞特别感恩伙伴们的紧紧相随，成就了一座生机勃勃的校园。

20年前，靳海霞接任这所学校的校长，当时的教师队伍有90%来自铁岭师范，初中起点。"有牛使牛，有犊使犊"，靳海霞有韧劲儿，她相信人的本事是在学和干中得来的，总有一天，"犊"就能长成"牛"。

靳海霞带着教师走出小城，到全国各领航班校长学校，去见识真正好的教育、真正优秀的教师，感受社会的快速发展。只有见识了外面世界的精彩，才能在自己的教育实践上不拘泥、不守旧、不自满。在民主教育集团，对教师的培训是经费支出中的重中之重，这也是学校给教师提供的最大的福利。

2003年，学校强力打造教师乐团，这件事成了打造学习型组织的关键事件。每位教师都修习并熟练掌握一到两项美育、体育、劳动技能，这为开展丰富的教学实践活动奠定了坚实基础。"一专多能"让教师从优秀走向优雅，在学生眼中变得更可亲、更可爱了。"虽然我们的教师起点不高，但是每一位教师都心怀热爱，凭着这份热爱我相信他们三年五年都能成为优秀教师。"副校长李飞说。

教师要保持终身学习的习惯。学校的墙上写着"读书，最美的生命姿态"，这是写给学生的，也是写给老师的。整个民主教育集团，就是一个学习型的团队。首先是靳海霞爱学习。每次培训或考察回来，她第一件要做的事，一定是与伙伴们分享学习心得。每年的寒暑假，她都给伙伴们布置寒暑假作业，开学回来要讲学习心得。老校长刘久远很佩服靳海霞的本事，能把复杂的事儿说简单了，入耳入心，听得懂，记得住。

教师们很喜欢听靳海霞讲话，有理念、有细节、接地气。教师们称之为"精神续航"。靳海霞以教育家的精神涵养教师的集体人格，随时随地和同事们交流，大多是语言平实、意义深远的师德培养、理念传递：

> 教育是人与人心灵上最微妙的接触，教育的日常需要大家做好最微小的事，才能成就天底下最大的事。各位老师，你们一定要看重自己，你们可太重要了。你那水灵灵的大眼睛多看咱宝儿一眼，你的手摸咱宝儿的头一下，咱宝儿心里得多高兴。他知道你爱他，这一高兴，他就亲近你，就想努力进步。亲其师，才能信其道，你说啥咱宝儿乐意听，才能实现教育上的悦纳。

> 你们影响学生，还要影响家长。早晨在校门口看到二、三年级的孩子，披头散发就来了，那得和家长说一下，不能这样。不能批评家长，要学会沟通，我们不知道家长都承担什么样的生活压力。咱得温柔儿点说："妹儿啊，咱宝儿大了，有自尊心了，得给俺宝儿扎个小辫儿了。"别直不愣登地批评家长，家长也有自尊心。

如果说集体学习是大水漫灌，那么为每个老师规划职业方向，就是精准滴灌了。

靳海霞认真研究每位老师的档案，和学科组长交流，亲自到班里听课，目的就是抓住每位教师的特别之处，把他们生命中最闪光的东西挖掘出来，人尽其才。她对她的教师们说："作为校长，我不能保证深爱每一名员工，但是我可以为你们每个人提供最合适的岗位。"

靳海霞似乎总能先于每位教师自己去规划他们的未来。她观察并发现教师们的优点，以极肯定的语气说出他们的长处，并鼓励他们自我成长。负责集团美育、劳育工作的副校长李飞还记得 20 年前，她刚调进民主小学不久，和其他老师还没有什么交流。有一次，靳海霞竟直接找到她，说她写作能力强，情商高，让她做一堂示范课，讲作文指导。李飞果断地回绝了靳校长："我不会。"靳海霞的脸沉了下来："档案当中写了你是省小学语文学会的，你怎么能不会呢？"

靳海霞直接扔下一句话："不行。就讲这个了，上教师学校小白楼去讲，讲咱们学校的校花——滴水观音。"

说完，没等李飞再回答，靳海霞转身就走了。

李飞班里养的滴水观音都长得抽抽巴巴的，她也确实没有讲作文指导的经验，但靳海霞不容她反驳就把任务扔给了她。从那一刻开始，李飞开始研究怎么进行作文指导，准备幻灯片，还从邢丽梅老师的班里借了一盆枝繁叶茂的花搬到课堂上，让学生们进行现场观察。

通过这次作文示范课，李飞也补齐了自己在教学上的一个短板。后来，她还被评上学校的"首席语文教师"。

现在的幼儿园园长李卓，原先在小学当班主任。她有童心，有童趣，在"音韵识字"中，她撰写的童谣总是很有创意。但在传统班主任的赛道上，她的成绩并不突出，她班学生的纪律性总是不太好。当然，彼时对学生行为的考核与现在的标准也不同。根据她的特点，靳海霞把她调到幼儿园主管教学，进行教学研发，她的灵感给孩子们带来了更多好玩的课程。

2011年开始集团化办学，学校有机会招聘到全日制大学本科毕业生。靳海霞说："这给了我们以学术的方式发展的机会。"水平过硬的教师团队，靠的就是淡化行政意识，突显学术权威的专业领航的作用。集团为学术能力强的老师提供了更多更高层次的培训，使其建立学术自信。有自信才会有分享与引领，从而形成团队成长的文化氛围，建立温暖的职业关系，每位教师都能在团队中得到真诚的帮助，彼此信任，彼此支持，彼此依存。

靳海霞说："我们评选优秀老师，更要评选优秀学年组，在通往优秀的路上，一个都不能少。"

除了集中财政搞培训，共享教育资源，人尽其才，靳海霞还把自己"非常的爱"投入其中，用深厚的情感把教师们的心连在一起。

老教师邢丽梅从事教育三十多年，始终任高年级的班主任。她儿子结婚时是现役军官，未婚妻是部队所在地的一个女孩。儿子结婚的前一天，女方父母和亲属从外地开车赶来。可邢老师却还在班上，只是让儿子去高速路口迎接。靳海霞了解情况后，立刻让自己的弟弟、弟媳找朋友借了六辆小轿车。她带领全体领导班子成员，站在高速路口迎接新娘一行，并直接将新娘的父母、亲属送至开原最大的酒店，为他们接风洗尘。

靳海霞对班子成员说："邢老师为民主教育集团洒下了辛勤的汗水，她是'民主'的财富，不能让我们辛苦工作的老师在亲家面前失了礼节、丢了面子，这是邢老师的家事，也是'民主'的家事。"

靳海霞用这种接地气、有仪式感的方式，给予教师尊严和温暖。靳海霞常说："咱这儿地方小，要钱没钱，要权没权，但咱得有人的热乎劲儿。"

邢老师常常和年轻教师说："在这里工作了三十多年，我常感受到'民主'大家庭的温暖，慢慢地，你们会有更多体会的。"

民主校区语文教学主任高森，是2011年入职的那批本科毕业生。他的老家在开原农村，大学毕业后，在沈阳漂了两年。老家条件差，他在手推车上搭个木板当书桌复习考试，最后被民主教育集团录取。

高森的语文课讲得很精彩，感性、理性并重，一个字不多，一个字不少。所以，他很快被一个一线城市的校长瞄上了。这个校长也很有执念，一定要把高森挖到自己的学校。靳海霞校长倒挺淡定，再有语文教研方面的会议，还派高森参加。

同事们开高森的玩笑："这次你是怎么回来的，那个校长呢？"

高森老老实实地回答："我自己回来的。"

对他来讲，民主教育集团给了他职业尊严，给了他学术发展的空间，在他人生最困难的时候，给了他希望。在这所学校里，他只需专注于专业。对一个爱读书、肯钻研的人来讲，这不就是最好的归宿吗？

靳海霞的梦想也在变成现实：每一间教室都站着一位好老师，专业上好每一节课、耐心服务好每一名学生。

老校长林群常说，教师是人样子。啥是人样子？做鞋有鞋样子，做衣服有衣服样子，做人有人样子。靳海霞说，一位优秀校长给学校留下的"样子"，应该是清晰的核心理念、科学的发展规划、明确的工作目标、有效的治校措施。

靳海霞说："学校是师生共同成长的地方，也是允许人犯错误的地方。错误是一种经验，因势利导，在试错中可以不断进步。在战战兢兢中接受教育的儿童，如何滋养开放思想、创新思维？我一直认为现代学校首要的就是阳光明媚、互相尊重、自由表达的生态环境的润养。教育不需要豪言壮语，而需要在细微处用心去做。"

本章内容，扫码聆听

——

被爱包围的孩子
很松弛

允许不完美，其实很完美

大秧歌课间操玩花活儿时，手绢甩飞了，拾起来，再旋；玩动感篮球时，篮球"跑路"了，孩子们麻利地把球捡回，若无其事地继续操练。课堂上，一双双小眼睛盯着老师，身体东倒西歪的也不乏其人；课间，很多孩子在操场上奔跑追逐，一些看似危险的攀爬设施并不设限。

在民主教育集团内，孩子们的状态很松弛。允许失败，允许不完美，允许不够整齐划一，不和所谓的秩序、完美较劲，没有所谓的执念，只需要运动起来、唱起来、快乐起来。于是，学生们在校园里呈现了难得一见的松弛感。当孩子们的内在是松弛的，眉眼是欢喜的，这种松弛感，会成为一种看不见的铠甲，保护着孩子们的灵性。

吴伟是集团政教副校长。自从1992年调入民主小学，吴伟当过班主任、大队辅导员，带领孩子们打过奥数比赛，管过后勤。他见证了民主教育集团的发展历史，见证了学校从制度管理到人性化管理的全过程。

每天早上7点刚过，吴伟就会出现在里仁校门口，迎接孩子们入校，晚上在同样位置目送孩子们回家。全天他需要巡视中学部两次、小学部两次。大到校门口的安全设施，小到一颗脱落的钉子，他看到了都会落实解决。吴伟说："政教工作是很琐碎的，需要细心，也需要智慧。"

20世纪90年代初，学校实行了针对师生的"双百考核评价机制"。对教师和学生的行为，都进行打分考核。"治乱世当用重典"，一系列制度终结了学校混乱的局面。然而，在具体操作过程中，学校也看到了"用重典"慢慢显露出来的不良后果。

老师考核排在后面，情绪不可能好，因为分数低扣工资倒在其次，主要是面子上过不去。而且同事之间是竞争关系，老师与管理者之间的关系也是紧张的。当时有一位老师，因病住院一周，班级被扣了60多分。吴伟校长说："现在想想，这确实是很冰冷的。"

学生犯了错，被扣分，有些老师也控制不住情绪，往往会严厉制裁，甚至会体罚学生。有时，甚至激发了家校矛盾。老校长就曾无奈地对老师说过："揭人不揭短，打人别打脸。"

尽管有不足，但一系列的铁腕措施还是让这所历史悠久的学校摆脱了动荡，步上了高速发展之路。

2005年之后，学校在政教思想上有了一个很大的转变。靳海霞校长提出："不能单一扣分，要注重思想教育工作对言行的引领。对于教师，扣分更要注重人性化。"从此，扣分逐渐成为管理的一种辅助手段，而不是主要手段。

学校的政教管理层级是从政教处到大队干部，从大队干部再到值周班。从老师到学生，既是管理者，也是服务者。在管理过程中，老师的存在感是逐渐降低的，学生的作用越来越凸显出来。

孩子们从三四年级开始，就可以评选礼仪标兵了。这些被评为礼仪标兵的孩子，到了值周的时候，就可以起到榜样引领的作用。

值周班是从四年级开始的，一至三年级的孩子是被管理者。四年级孩子刚担任值周任务时，需要给他们进行集体培训。吴校长经常会去值周班，给即将上岗的值周生做培训，特别强调他们的服务者角色。当孩子们刚刚拥有"管人"的权力时，往往会滥用这个权力。吴校长曾看到几个新手值周生围住一个没戴名签的孩子，这种行为在吴校长看来就是需要纠正的了。对于低年级的孩子，有啥问题了，劝诫指导才应该是主流做法。

至于服务，体现在很多细节上。比如，看到有的孩子鞋带散了，值周生会及时提醒；有的孩子名签丢了，值周生会带着他去广播室现领一个。

扣分的管理办法还在，原来，一个班级 80 多分是均值；现在，97 分、98 分是常态。扣分需要填写值周条，值周条背面有值周生的签名。一旦有申诉，可以还原现场，扣错了就改正。

靳海霞校长说："学校是允许人犯错误的地方。"在民主教育集团，"容错文化"被普遍接受，学校允许老师犯错误，老师允许孩子犯错误。错误是一种经验，因势利导，通过错误可以更快地进步。

日积月累，老师们在转变，不再斤斤计较——毕竟"评优选先"不完全靠分数了。老师在教室里发火、大声呵斥的情况基本绝迹，师生矛盾、家校矛盾也少了很多。更多地，是老师自己掏钱给孩子们买各种小奖励。

从约束性的管理，过渡到柔性的以人为本的管理，离不开"人心"。靳海霞校长曾说过："教师要善于做好人心的工作。"

人心的工作，是从关爱教师开始做起的。吴伟说："老师家里有什么大事小情，学校的领导都会到场，特别是白事。大家在这个过程中可以感受到集体的力量。"这些优良作风都传承了下来。学校如何照顾老师的故事，集团每个人都能讲出来几个。

学校把爱传递给老师，老师自然会把爱传递给学生。

民主校区的班主任刘清亮，至今还记得第一次担任一年级班主任时，班里有一个叫小航的孩子。他丢三落四，上课溜号、下课打闹。经过家访，刘清亮了解到小航来自单亲家庭，父亲常年在外地打工，只有奶奶在家照顾他。

对小航的关心和引导，过程非常漫长，小航的状态也是时好时坏。

2013年6月，小航和同学们即将迎来他们人生中的第一个毕业典礼。而此时，刘清亮的婆婆患了癌症，需要立刻手术。刘清亮马不停蹄地筹措治疗费用，安顿婆婆住进医院、商定手术的日子……就这样，整整一个多月，刘清亮疲惫不堪地奔波于学校和医院之间。可就在此时小航再次来了一个"突然袭击"，他因为抢球把别的班的同学给打了。刘清亮听说这件事后飞奔下楼，被打的孩子还在不停地流鼻血。刘清亮急忙把受伤的孩子送到医务室，又第一时间联系了孩子家长解释情况、赔礼道歉。

事情处理完后，看到在旁边一直低头不语的小航，刘清亮的心一下揪了起来。六年啊！六年来对他付出的心血，那一刻，刘清亮只觉得都是空的了。小航把头埋进胸前，看得出已经后悔了。刘清亮深深叹了一口气，拉着他的小手一起坐在树荫下，轻声地把婆婆生病的事情讲给他听，就像对着一个老朋友，诉说她正在经历的一切，那些她从来没有对别人提起过的内心的挣扎、苦痛和咬紧牙关的坚持……说着说着，刘清亮忍不住哭了，一直沉默的小航也哭了，边哭边哽咽地说："刘老师，我错了，我真的错了。你原谅我吧！"那一刻，刘清亮感觉他们的心灵突然产生了一种碰撞，没有什么是比真诚沟通更能打动人心的。

毕业前的那一月，小航彻底变了一个人，认真排练毕业式，抢着打扫教室，微笑面对每一个人。

没有批评，没有体罚，没有孤立，没有冷漠，被爱包围的孩子，拥有战胜困难、战胜自己的武器。这样的教育生态，正是靳海霞希望达成的状态。

"班宠"老师的小辫儿，孩子来扎

松弛感，自上而下层层传导，学校的考核机制是基础，班主任理念的转变是关键。营造松弛感，各村有各村的高招儿，各班有各班的心法。

里仁校区二年二班的班主任胡月喜欢穿漂亮衣服，有创意，喜欢给孩子们拍照、录像，喜欢孩子们给她扎小辫儿。刚当班主任那会儿，胡老师把得失荣辱看得很重，成绩、活动，事事要争先。如今，她更愿意让花成为花、让树成为树。

2024 年 5 月 30 日，星期四，晴朗闷热。平常的一天。

7 点 40 分，二年二班教室里，孩子们正在自由阅读。很多孩子津津有味地翻看着各种绘本。

8 点整，晨读开始了，今天读的是《后羿射日》，一个孩子领读，两三遍之后越读越齐。一个孩子沿着课桌之间的过道巡视，另一个孩子拿着胡老师的手机在录像，四个孩子在拖地，地面被水打湿，教室里凉快起来。

8 点 10 分，胡老师带着大家齐唱《明天会更好》。声音高低不齐，胡老师问："你们没吃饱吗？"孩子们纷纷接话："没吃饱，哈哈……"接下来，声音大了起来。

第一节课是数学课。三个小孩子带来了今天的"教具"：1000 克水果，

1000 克豆子，两袋 350 克的盐——盐应该拿两袋 500 克的，家长马虎了。这些教具是用来感受 1000 克重量的，孩子们轮流掂量着"教具"的分量，嘻嘻哈哈议论着。

随后讲解 20 以内的加减法，讲课过程中，胡老师往往还没问问题，下面的孩子就开始举手抢答了。胡老师只好不停地提醒："别毛愣（东北话：马虎、冲动）。""这个有点儿难。"孩子们不停接话："想好了！""不难！"不太严肃的课堂，没有溜号的。

胡老师提示："眼睛要和书本保持距离，谁低头，我就把这个视力保护架给你卡上！"马上，一个叫小泽的孩子被抓到了。胡老师说："你是故意的吗？平时你也不这样啊！"边说边把天蓝色的架子给他支在了课桌上。其他孩子追悔莫及："我也想故意！""好羡慕他啊！"

轻轻松松两节课过去了，孩子们开始吃间食，胡老师和孩子们互相往对方嘴里喂东西。一个小女孩很自然地把水杯递给胡老师，请她帮忙拧开盖子。

四个小女孩非常默契地把胡老师围起来，开始给她扎小辫儿。胡老师的头发又厚又长，带着波浪卷儿。很快，好几个小辫儿成型了。此时的胡老师，就像一只被撸的小猫，脸上露出满足的微笑。比胡老师更满足的，是她的学生，她们端详着胡老师的辫子，琢磨着怎么编会让她们的胡老师更有型。

胡老师非常喜欢让孩子们鼓捣她的头发，以前她带到高年级的孩子，有好几个能扎三股辫。现在的这些小不点儿，技术还不成熟，她经常带着翘起来的辫子去开会，惹得其他老师哈哈大笑。从高年级到低年级，再从低年级到高年级，胡老师的辫子就这样充满着不确定性。

更多的孩子围着胡老师嘻嘻哈哈，不知谁起的头，孩子们开始飙起搞笑古诗:"日照香炉生紫烟，遥看烤鸭挂前川。""白毛要拔净，鹅掌端上来。""夜来大狗熊，谁也跑不了。"这时候，大家更开心了。一个小胖墩儿突然说:"胡老师是地球上最好的老师，从来不大声嗷嗷。"胡老师笑着来了一句:"少拍马屁!"

中午午休的时候，胡老师和孩子们一起来到操场上。马上要开运动会了，得练练接力赛。孩子们熟悉了一下接棒的过程，胡老师又简单地进行了一番排兵布阵。

下午最后一节课，各个小组掏出"小组本"，每个人轮流记下自己今天的感受。内容可以是：今天我做得最好的一件事，今天我最后悔的一件事，今天我最感谢的同学，今天我最感谢的家人，今天我最感谢的老师……小组成员还需要互评，互评必须写其他人今天表现出来的优点。这无疑是一种学会反省、感恩，学会欣赏他人的训练，健全人格的养成便在日复一日中落在了实处。

二年二班的小组，是3桌6人为一组，组内的孩子各有特点，在性格上、习惯上、学习上，争取让他们可以互相借鉴学习。胡老师看似随意地安排着班里的分组，其中的用心，只有她自己知道。一天下来，每个孩子都得到了或多或少的小奖品，他们带着对第二天上学的期待，开开心心回家了。

在班级后面的储物架上，摆着满满9个整理箱的小奖品。有学习用品，也有气球等小玩具。

有时候，一大早孩子们刚来，胡老师就给每人发一根烤肠。就这样，美好的一天香喷喷地开启了。"这都是些小把戏。"胡老师笑着说。

生活是平淡的、平常的，能被孩子们记住的，总是些特别的事儿。

胡老师评价自己，总是喜欢做点儿"离经叛道"的事。别的班养多肉，都是买现成的小花盆，胡老师则是自己用"旺仔"的罐子 DIY。

春天，胡老师带着孩子们在校园里挖野菜。孩子如果挖到了一棵婆婆丁，或者一棵野蒜，都会开心一整天；捡到一颗干枯的松果，会小心翼翼揣到兜里；即便挖到一个小树根，也如获至宝，会当作人参。"学校里刻意保留的野草，非常贴近自然。"胡老师说。

夏天，胡老师带着孩子们在校园葡萄架下野餐。也不是什么大餐，就是些水果、饼干、面包、零食之类的。虽然简单，但孩子们老开心了。谁不希望在一成不变的日子里有些变化呢？

秋天，胡老师带着孩子们捡拾落叶，做书签、勒皮狗（东北孩子的一种游戏，用杨树的叶梗交叉后拉拽，断者为输）。

冬天，胡老师带着孩子们玩雪，打雪仗、玩雪滑梯。孩子们尽管小脸、小手冻得通红，兴奋却是掩藏不住地流露出来。

端午节，胡老师带着家长、孩子一起包粽子。中秋节，胡老师带着家长、孩子一起制作水果月饼。做好后，胡老师让家长和孩子互相喂一口。别小看这一口，家长和孩子都有些感动呢。

去年的六一儿童节，一位家长主动要求扮演皮卡丘。他穿上皮卡丘人偶服，一进入班级，全班都沸腾了，欢笑声都快掀开房顶了，好多孩子忍不住边拍手边从座位上跳起来。皮卡丘来到操场上，不时抬爪、扭腰。孩子们人手一个气球，在阳光下飞快地跑向皮卡丘。这一幕被胡老师录制下来，成为全班每个家庭的珍藏。

平时，胡老师和孩子们一起打口袋、跳皮筋、画大画儿，还会用跳绳和孩子们一起摆个大大的城堡。劳动课种植时，胡老师也愿意和孩子们一起去。

毕业季，胡老师会带着孩子们编排特别的毕业汇演节目。其中有一届毕业生，编排了一个原创小品。孩子们自己写剧本，自己排练。胡老师说："这个节目最宝贵之处就在于它是原创的。"演出非常成功，一个孩子在小品中扮演靳海霞校长，把台下的靳校长逗得一个劲儿笑。

胡老师说："我自己的小学记忆很模糊，只能记得一些特别开心和特别难过的事。让孩子们开心是最重要的事，当他们长大了，能回忆起来的，也就是这些特别的事。"

胡月老师在管理上最重视公平公正。在她的班级里，班干部是所有孩子轮流来当，这样每个人都有锻炼的机会。胡老师说："每个孩子都希望被看见。我不会因为同事、同学打招呼，就特殊对待某个孩子。长期这么做下来，大家也就理解了。"

这种想法源自她的高中班主任王龙江。胡老师来自农村，高中考进开原县城里的第二高级中学。胡老师说："作为一个农村孩子，我那时见人胆怯，王老师给了我很多信心。他让每个同学都有事儿做，学习、卫生、体育……小组每周总结发言，每个人都有机会去主持。"

胡老师还非常重视和学生之间的互动。她会在班级小组记录本，或者孩子记作业的小本儿上，给孩子写一些心里话，或是鼓励的话："你的笑容很甜！""你今天的字写得真好看！""你今天的发言很精彩！""老师希望你明天做得更好！"……

胡月带班的头几年，很"卷"、很急，事事想争第一，往往也能争到第一。年龄大了一些，自己当了妈妈，也经历了很多生活的磨炼，她意识到，"第一"并不是最重要的。靳海霞校长的很多叮嘱变得容易理解了："别老死盯成绩，死盯着分数，其他事情更重要。""你希望别的老师怎么对待你的孩子，你就怎么对待班级里的孩子。"

"老师也得与时俱进。"胡老师说，"家长也和以前不一样了，并不是每个家长都希望孩子去'卷'。"孩子和家长不想"卷"，胡老师就让这个孩子开心快乐；家长和孩子想"卷"，胡老师就陪着孩子"卷"。当然，"卷"也不意味着低效率地填鸭。胡老师说："小学阶段成绩并不是最重要的，学习习惯和学习方法更重要。我希望孩子们阳光、认真、努力。"松弛的小学生活其实什么也没耽误，胡老师班上的毕业生，到初中之后考上重点高中的并不少。

　　所有的集体竞赛，胡老师不要求孩子们拿第一，快乐、安全，做到这两点就很好。

　　与时俱进也意味着教师需要不断学习，胡老师自学了心理学，平时也非常注意观察孩子们的心理变化。胡老师说："二年级向三年级过渡时，孩子就会少了很多天真。"低年级的孩子，胡老师以"宠"为主，当这些孩子到了高年级时，胡老师就混成了"班宠"，变成了孩子们来"宠"她。

　　6月的一天，胡月老师去里仁校区中学部，看望已经升到八年级的学生。已长大的孩子们见到"班宠"十分开心，几个女生抬起胡老师，大家前呼后拥地来到操场上拍照，孩子们给胡老师设计各种场景和姿势，在花丛中拍、在大树下拍、在双杠上拍……仿佛昨日重现。又是欢乐的一天。

"橙子老师"和她的水果学生们

"从今天起，我们班的同学，每人要给自己起个小名儿，小名儿必须是水果，是你爱吃的，也可以是和你像的。"民主校区一年级班主任段明书，让班里所有的孩子给自己起一个小名儿。小名儿得是水果，在水果之前尽量加上一个"小"字。比较普通的，有小苹果、小葡萄、小樱桃之类的，一般都是喜欢吃什么就叫什么。也有特别贴切的，一个长得比较黑的小朋友给自己起的小名儿叫"车厘子"，一个比较壮的男孩给自己起的小名儿叫"榴莲大王"。段老师也给自己起了个小名儿，叫"橙子老师"。孩子们都觉得小名儿有趣，平时都互相叫小名儿，也管段老师叫"橙子老师"。

"橙子老师"段明书主要带小学低年级，她总会冒出一些充满童趣的奇思妙想，游戏贯穿在她的班级日常管理之中。

"灵动"是靳海霞校长和老师们常常提及的一个词，是集团对教学和活动的要求，也是靳海霞特别希望孩子们呈现出来的状态。段明书就很"灵动"，这是同事们对她的评价。

段老师在班级里实行积分制。获取积分的途径很多，积极发言、认真劳动、书法评优、小测验进步、读课外书、体育活动表现突出、文明礼仪做得到位等，都可以获得积分。积分攒够了，就能换取奖励卡片。这些卡片五花八门："选座卡"可以获得挑选座位的权利，可以调到第一排，也可以和好朋友同桌；"免作业卡"可以免做一次作业；"礼物卡"可以让家长购买一件 10 元以下的小礼物。段老师说："奖励得避免过于物质，卡片里也有'拥抱卡'，可以得到老师或家长的一个爱的拥抱。"

大奖是"班干部卡"，积分足够多可以换个班干部当当。"班干部的职责就是服务同学，这是需要让孩子们明白的。"段老师说："低年级的孩子很多还不立事儿，如果是竞争上岗，大部分孩子就没有机会了。"在段老师的班里，班干部是大家轮流来当的。段老师设置了很多岗位，几乎为每个人都安排了一个角色。于是，班级里就有了很多职务：负责管理电灯开关的是开关管理员；负责检查名签佩戴情况的是名签监督员；负责检查桌椅摆放的，是桌椅管理员；负责拉窗帘的是"卷帘大将"；负责整理饭盘的是"净坛使者"……段老师也会有意地安排一些孩子做班干部，比如让纪律不好的孩子当纪律委员，让不爱学习的孩子当学习委员。

一年级的孩子懵懵懂懂，段老师说："他们刚上学，心里充满了新鲜感、自豪感，需要多鼓励、多表扬。"段老师为孩子们准备了很多徽章，有"学霸之星""劳动之星""礼仪之星""体育之星"，等等。孩子们得到了小徽章后，经常把徽章摆在课桌显眼的位置上显摆。

在语文课堂上，段老师喜欢让孩子们朗读，喜欢组织孩子们进行表演。比如一年级下学期《咕咚来了》这一课，段老师让各个小组内部分工合作，分好角色，把故事表演出来。做得好的小组，就会被请到前面，给全班同学表演。

段老师很有耐心。一年级的孩子还没养成学习的习惯，还不会听课，不能时刻跟着老师的思路。他们的小眼睛看书时也是到处乱看，还不会阅读。很多家长会叮嘱孩子要积极举手发言，可孩子们举手被叫起来之后，有时候却不知道要干啥。这时候，段老师就会把问题再重复一次。

劳动课也被段老师玩出了新意。她让孩子们在家里亲手种下土豆，平时要照料土豆，写观察日记。等到秋天，大家把成熟的土豆带到学校，一起办个土豆美食派对。活动当天，家长们也来了，土豆变成了炸薯条、土豆饼，都是孩子们喜欢的美食。享受自己的劳动成果时，孩子们都非常兴奋。这也是靳海霞校长非常看重的食育教育的一种形态。

段老师还让孩子们种过"魔豆"。"魔豆"是段老师送给孩子们的小礼物，她时不时会给孩子们买些小礼物。"魔豆"是刻着祝福语的植物种子，长出来以后，叶片上也会有祝福语。孩子们得到了"魔豆"，非常好奇，精心呵护着"魔豆"。等"魔豆"生根发芽、长出枝叶后，他们真的看到了叶子上的祝福语。

段老师还送过孩子们名校的明信片，在明信片上，段老师写下了自己的祝福。有一次一个孩子当天生病了没得到，返校后还特意去找段老师要了一张。

有一年寒假之前，段老师送给孩子们一包红包，里面是银行推出的外国钱币收藏品。钱币是镶嵌在卡纸里面的，上面印着二维码，一扫就能知道这是哪国的钱币、可以兑换多少人民币。家长和孩子们都很喜欢，段老师由此推出了一门班本课程，就叫"一币认一国"。通过钱币，就能了解这个国家的名称、地理位置、自然条件、人文状况……反正，"橙子老师"的花样儿就是多。

好玩的，有趣的，段老师给她的孩子们带来太多惊喜。段老师说："班级是个小社会，老师得不断有新意，激发孩子们探索这个小社会的兴趣。"

班主任不知道分担区在哪儿

到 2024 年上半年，里仁校区小学部三年四班的班主任任佰静就已经在集团工作 27 年了。任老师说："教多大的孩子，智商就有多高。"她以"大孩子"的角度，放权给小孩子，让他们做班级的主人。

三年级上学期的一天，班级大扫除。任佰静老师去走廊里检查卫生死角。没多一会儿，就听到班级里"炸营"了。推门一看，有几个孩子正围着一个小男孩声讨他呢："你咋那么淘呢？""你快够下来啊！"任老师抬头一看，原来是抹布飞到灯管上了。肇事者是那个平时腼腆、内向的男孩，看到老师来了，小男孩不申诉、不争辩，直直看着老师，泪水在眼眶里打着转儿。

任老师看出了"惹祸"孩子的紧张和委屈，所以她故意不紧不慢地小步走到孩子身前，笑呵呵地看着孩子说："这是怎么了？抹布长翅膀飞到灯管上了？你能想办法够下来吗？"

小男孩不知所措地思考着，眼泪马上就要下来了。

任老师又提示道："胳膊不够长，你可以选一种工具让胳膊长长啊！"

过了一会儿，小男孩还是没办法，任老师进一步提示："你看那个旗杆儿怎么样啊？"

小男孩恍然大悟，非常兴奋，他取来旗杆儿，挑抹布。开始时，不得要领，挑了几下都没成功。

任老师再次提示："抹布搭在灯管上，一头儿长、一头儿短，挑哪头儿容易成功呢？"

小男孩这回明白了，一挑、一转，抹布下来了。

看到抹布下来了，所有的孩子都十分开心，一起兴奋地大叫着、欢呼着。

随后，任老师组织了一次班会，主题是"遇事不要惊慌，要自己想办法；解决不了可以求助，让别人来帮助你；哭，不能解决问题"。

低年级孩子稚嫩的心灵需要呵护、引导，孩子的进步需要老师搭"梯子"。这届孩子一年级的时候，学校组织去看电影。灯光刚暗下来，一个小女孩走到任老师身边，要求回家。任老师心想，这是集体活动，应该参加，为什么这个孩子想走呢？

任老师没有多问什么，她把这个孩子搂到怀里，脸贴着脸，陪着她看。过了一会儿，小女孩被电影情节吸引住了，越来越放松。任老师问："你可以回座位自己看吗？"小女孩同意了。一直到电影结束，没再发生任何问题。

回头，任老师特意和家长沟通了一下这个情况，果然和任老师猜测的一样，孩子以前没看过电影，灯黑下来后感觉害怕。猜到问题的症结所在，给孩子安全感，给她个过渡，孩子就适应了。一个看似怪异的行为，仅仅是因为没有经历过。

松弛感不仅体现在班级管理中，在教学时，这种松弛感也随之自然而然地发生着。

春天的一个上午，刚下第二节课，天阴沉得很，黑中泛黄，见不到一丝光亮，窗前的杨柳被肆意的狂风戏弄着。孩子们有的像受惊的小鸟，围坐在一起看着天空；有的胆子大的，显得异常兴奋，跑到窗前惊呼"世界末日"到了。

这时闪电、春雷接踵而来，密集的雨点在风的鼓动下肆意地宣泄着。教室里沸腾了，孩子们兴奋了起来，跑到走廊里去观察。任老师没有阻止孩子们，因为这样的天气是很少见的，是很好的观察素材。不知是谁叫道："冰雹！"任老师也好奇地跑到走廊里向操场望去，任老师的好奇更激起了孩子们的兴奋，大家一起谈论着这场狂暴的雨。

风雨渐渐平息，任老师让孩子们把自己刚才的所见所闻所感写出来。孩子们不再喧嚣了，有的沉思，有的望向窗外似乎在回味，有的则开始奋笔疾书。

不一会儿的工夫，"片段盛宴"开席了。班级里的小才女拿出了她的杰作：

　　天空渐渐暗了下来，一大片乌云停留在学校上空。本应明亮的上午，却因乌云的来临，如同凌晨般黑暗。

　　空中不时传来阵阵雷声。那声音低沉有力，像是有人在天边击鼓，更像是只威武的雄狮在云端咆哮。

　　突然一道电光从我眼前闪过。只见操场上一棵高大的柳树在风中摇摆不定。这时，天比之前更黑了，似乎整个世界都陷入了黑暗之中。

　　可爱的雨滴从云妈妈的身上滑了下来，投入了大地妈妈的怀抱，淘气的冰雹也耐不住寂寞跳了下来。可它却没有雨滴那样轻盈，重重地砸在玻璃窗上，噼啪的声响令同学们恐慌。

　　安静的教室沸腾起来，望着黑暗的天空，大家议论着：会不会是世界末日到了？谈论间，天色渐渐明亮，太阳从云层中射出一丝光亮，云不再漆黑，而是渐灰渐白。许久，天空恢复了往日的宁静。

孩子的写作热情，让任老师备受感染，她也忍不住写下了一小段话：

雨渐渐停歇了，但阴云仍徘徊流连，不舍离开。太阳努力将光明投向厚厚的云层，那阴云慢慢退去，在淡淡灰暗中透着些许黄。黑暗不会恒久，取代它的定是光明。

对于高年级的孩子，任老师更多的是尊重和放手。

她带上一届四年级的孩子时，有一次她公出一个星期。孩子们进入了自治模式，学习委员能收作业、能讲解；劳动委员能组织扫除；体育委员能组织出操……一切井然有序，任老师在与不在一个样儿。

班级的卫生分担区在哪儿，楼前站排的位置在哪儿，任老师一概不知道，这些事务都是孩子们自行组织完成的。端午节包粽子等活动，也全是孩子们自行组织的。

当这届孩子六年级下学期临近毕业时，学业非常繁忙。马上就要六一了，任老师决定举办一个六一联欢会，给孩子们留下一个美好回忆。再忙也不差这一天。

至于联欢会怎么办，任老师一概不管，从策划到表演，从流程安排到环境布置，全部交给孩子们操办。联欢会非常成功，主持人是一个成绩平平的小女孩，主持得特别好，既流畅又自然；节目安排得也好，表演之中还穿插着小游戏，气氛欢乐又轻松。

第三章
被爱包围的孩子很松弛

一个男孩是个小胖墩儿，任老师总是亲昵地管他叫"大儿子"。在丢手绢环节，小胖墩儿跑不快，所有同学一起为他喊"加油"。分别在即，孩子们纯真的友情在这一刻自然地流露出来。

联欢会结束后，任老师心想："我的孩子们终于长大了。"那份心满意足，像辛苦了一年的农民看着满满当当的谷仓，无比欣喜和欣慰。

孩子长大了，任老师又要变小了，她又要到一年级接新班了，她的智商也将从六年级再降到一年级。不比孩子更聪明，是一个多聪明的做法。

因你而变，书信里的慢时光

在冲刺中考的日子里，里仁校区九年五班的班主任邬琼老师和班里的学生，以"书信"（文字交流）的方式走过了一段慢时光。班里有多少个学生，就有多少种写信的风格，邬老师、Dear Miss Wu、邬小姐，就会以相应的风格"变身"回复。

祉奕同学讲了自己的烦恼：作业完成很拖拉，脚底还动了个小手术，想起了死掉的小仓鼠⋯⋯

亲爱的 Miss Wu：

　　一日不见，如三月兮。大概半月没见了吧，没有老师督促，学习状态确实有所下降。现象如此：上课不能像在学校一样达到全神贯注，起床后有时昏昏沉沉，作业拖拉完成，想认真学习却总控制不住自己。现已做出以下调整：我试着清理学习环境，状态有所改善。我也删掉了平板里一切可能娱乐的软件，整理了一下卷子书本。我仍想做到：改变被动学习，要有动力激励自己。但网课也有好处：课后问老师题更方便了，也可以把不太懂的地方截屏，反复琢磨。

好了，我们来聊聊生活吧！最近情绪有点儿低落，偶尔会"崩盘"。还有，最近脚下动了个小手术，走路时有点儿疼，也让我担忧体育成绩。现在坚持抹药，有所好转。家里养了许多花草，姥爷家室内甚至有几米高的翠竹。偶尔看到一年前因我照顾不周去世的小仓鼠的照片，还是会难过。今天写信时坐在窗边的摇椅上，我看到路上的行人神色活泼，看到微风中和煦的阳光，看到每一个生命都蓬勃饱满，如一树一树的花开。待毕业，我们或一起去南山一赏，夏季阴凉晚上，满山的花与清香，鸟叫声声，还有果实。罢了，如今我定会努力奋进，不负韶华。今天阳光真好啊，迎春花绽放几朵，让我对校园和您多了几分思念。

学生祉奕

在和煦的春光中，Miss Wu也感受到一丝微凉，特别有共情能力的Miss Wu这样回复她的学生：

祉奕：

读你的信，仿佛我的眼前已然草长莺飞，花红柳绿，耳边早已虫鸣鸟叫，生机勃勃。生命蓬盛的样子，真好。在和煦的春光中，我似乎也感受到了一丝清风的微凉。这凉意里有你对现状的恐慌、对自己的些许失望和对未来的迷茫。

春色迷人，仍常有阴风细雨；人生绚烂，却也会有烦恼苦闷，此皆自然，无须多虑。我们能做的，失意时，不沮丧；得意时，不逾矩。顺应规律，尊重变化，平常心态，泰然自若。

对于学业，老师希望你能及时调整状态，心无旁骛，勤奋刻苦。

对于未来，老师觉得你应该守住初心，不负梦想。困难只是暂时的，前景依旧可期！

人生难免喜乐参半，愿你不惧过往，无畏将来，珍惜眼前，适时转变，心怀美好！

邬老师

另一个男生有点儿"皮"，他用《出师表》里的句式，半文半白地表达着不一样的自己：

生本七二，学习于九五，苟全名次于重点，不求闻达于 A 班。恩师不以生卑鄙，猥自枉屈，三劝生于走廊之中，咨生以成绩之事，由是感激，遂许恩师以学习。生不胜受恩感激。今当网课，临表涕零，不知所言……

邬老师以相似的句式进行了回复：

方才读生表文，字字珠玑，情真意切，心生欣慰。汝天资聪颖，才貌过人，若用心专一，勤奋刻苦，并持之以恒，日后定成大器。小说游戏，皆为消遣；宜浅尝辄止，勿玩物丧志。

少年当悬崖勒马，痛改前非，莫荒废学业于嬉戏之中，悔恨于白驹过隙。望吾生听之，信之，克己，求进，师翘首企盼，静候佳音。

这里有鼓励，有批评，有规劝，谁能不动容？不知这顽皮小子看了这样的回复，会不会嘴角含笑，抑或颔首沉思？

以下的书信往来，好像两个"闺蜜"之间的"悄悄话"。

致亲爱的邬老师：

　　见字如面，十分想念！

　　刚开始认识您，觉得这个老师性格也太温柔了吧！后来接触下来，虽然您也发过火吧，但是认为您温柔的心思还是没变。

　　九年级上学期最后一次考试，您找我聊天。我俩好像还有点儿像。那次聊天，您的一些话对我确实很有帮助，不仅仅是在学习心态这方面，对于我以后面对事情也很有帮助，真的谢谢您！

　　我文采不是很好，但是信上的话都发自内心，在我看来，我们亦师亦友。最后再次谢谢您对我所有的帮助，我也一定不辜负您对我的期望！

文获

"写作文需要文采，写信不用，有真情实感就够了。"邬老师这样宽慰自己的学生。在信中，邬老师认同学生的说法："咱们的确挺像，有点儿想法，有点儿意思，偶尔也有点儿倔强，但无论怎样，绝对是个对自己、对别人都讲究又靠谱的人。"邬老师还在信中鼓励她："丫头，接下来有什么打算吗？不知道你现在劲儿使足没？要是还可以更努力，我觉得你可以挑战冲击年级前五！甚至更靠前！要对自己有信心、有目标、有要求！希望再次见面时，你已经是惹不起的文获！"哈哈，惹不起的文获！看了这样的鼓励，真让人浑身是劲儿呢！

一个爱笑的女生 Fei 在老师面前撒娇，她说自己感到孤独和失落。Miss Wu 却告诉 Fei 一个秘密，Fei 似乎拥有把一切事情安排妥当的魔法。Miss Wu 还充满艳羡地说，多希望拥有 Fei 这样的女儿，Fei 的父母一定是这世界上最幸福的人。师生之间的书信是用英语写的。

Dear Miss Wu 这样夸奖她的 Dear Fei：

I've learnt a lot from you, keeping positive, being hard-working, and never giving up… How I hope to have a girl like you! Your parents must be the happiest ones in the world. So, promise to keep smiling all the time no matter what happens. If you can, try to be better at your school work so that you can have more choices in the future.

在信的最后，Dear Miss Wu 还告诉她的学生，只要需要她的帮助，她永远都在。

李祉欧同学说自己是邬琼老师的"粉丝"，称邬琼老师为"亲爱的邬小姐"。接到"粉丝"的信，邬小姐的回信比来信还长，信里有精神抚慰，有提高效率的实用方法，她还偷偷透露了自己的"保养秘籍"。真是一个字都不想错过啊！

回李小姐：

收到粉丝的来信，小小的虚荣填满了我的整颗心脏。

就像我刚刚的感受一样，每个人的内心，都活着两个自我。

一个狂妄随性，一个低调谨慎；一个自私自利，一个克己为人；

一个胆小懦弱，一个坚定勇敢；一个慵懒堕落，一个勤奋上进。作为常食人间烟火的我们，两个自我都有价值，不可或缺。只是，适时适地，要有所取舍。而且，作为追求上进的我们，大部分时间和场合，是朝着那个正向的自我偏移。因为，这个自我，才更接近人的本心，更能成就自己，更能善待他人。

你的困惑，我能理解。

你的问题，我想帮忙。

为避免头重脚轻，杂乱无章，制定一个时间＋日程计划表怎么样？很简单，却很实用。

安安静静的，把每天你需要做的事全部罗列出来，再把每件事合理地安排在从起床到入睡的时间里。你可以先试一个星期，看看可不可行。看做事的效率有没有提高，需不需要改进。然后，再去试，再改进。

坚持一段时间，相信你就会非常接近那个理想中的自我。学习状态更好，身体状况更佳，心态也会更阳光！偷偷告诉你我的保养秘籍：保持乐观好心态，让我目光清澈，笑容常在；坚持运动好身材，让我朝气蓬勃，热情澎湃；始终认真工作不懈怠，让我自信从容，人人敬爱。

好啦，秘籍给你了，望查收，多吸收。

你一定比我更出色！

祝：青出于蓝，胜于蓝！

你的前辈

邬女士

亲爱的邬小姐就这样花样百出地回复着班里学生们的信，每一封信里，都是为师者的良苦用心。在平淡的日子里，唯一不变的是爱和责任。靳海霞校长高度赞美邬琼老师的教育智慧，并把邬老师和学生之间的互动方式在集团内进行了经验分享。靳海霞校长说："邬琼老师与学生之间的交流，是学校教育中珍贵的财富，这些有爱的画面、这些温暖的片段，会给学生的生命带来信任与积极的底色，这就是'民主教育人'的精神底色。我爱我的老师们，亦如老师爱他们的孩子们。"

或许，多年以后，邬老师的学生们会和她一起吟诵木心先生的诗：

记得早先少年时
大家诚诚恳恳
说一句是一句

清早上火车站
长街黑暗无行人
卖豆浆的小店冒着热气

从前的日色变得慢
车、马、邮件都慢……

班里的每个学生都被老师温柔地爱着。

里仁厅廊，一席流动的盛宴

里仁校区小学部教学楼的走廊，南北宽 4.2 米，东西长 132.5 米，两端有窗，宽敞明亮。走廊中间的大厅约 215 平方米，走廊与大厅恰似"中"字的形状。

厅廊文化是民主教育集团一席流动的盛宴。在这个开放的空间里，厅与廊，有花草有游鱼，有艺术作品也有文化展示，这里还是一个小型的图书馆、乐器展馆、音乐厅。

宽阔的走廊带来了更多的想象空间。里仁校区小学部政教主任赵丽波是厅廊文化的打造者之一，她是孩子们眼中的"大官儿"，孩子们可能不认识校长，但几乎没有不认识赵丽波的，捡到东西、告状，都会来找她。

里仁教学楼内的绿化，最早是绿萝担纲的，绿萝价格亲民，四季常青，赵丽波说："绿萝好养，放在窗台或者缓步台上，垂下来半米到一米的枝叶，好看。"只是绿萝太单调。

2015 年，学校开始开展"多肉联盟"活动。那几年，多肉植物很流行，老师和孩子们都喜欢。于是，每个班级都养多肉，走廊窗台上、教室窗台上、楼梯缓步台侧面的墙垛上，都摆满了各式各样的多肉，就像一片片微缩的森林。不是资深多肉爱好者，很难叫全它们的名字。

绿萝和多肉都是认养制的，喜欢植物的孩子可以选一盆，负责擦拭叶片、浇水。每盆多肉的花盆里，还插着自制的、画着卡通画的小名牌，写着认养者的班级和姓名。孩子们都非常喜爱、珍惜这些多肉。"几乎没有哪个孩子去胡乱摆弄。"赵主任说。

多肉的花盆也是五花八门的，都是各班老师和孩子们一起精挑细选的——不好看的花盆没人能接受。陶瓷动物造型的花盆是主流，熊猫、小猪、小刺猬、小长颈鹿和多肉一起在窗台上"卖萌"，让人忍不住微笑着驻足多看几眼。

一年四班的班主任刘艳丹本身就很喜欢多肉："看着一个个小小的叶芽，能体会到生命生长的过程。"在她的班级里，孩子们曾经用鸡蛋壳、小贝壳做花盆，厨余垃圾居然和萌萌的多肉很搭。

特别的，还有二年二班胡月老师的创意："旺仔"的易拉罐被废物利用，变身为小花盆。走廊窗台上，一排可爱的"旺仔"笑脸，整整齐齐地面对着来人，甚至连主角多肉的风头都要被这些笑脸抢去了一些。教室窗台上，则是"旺仔"罐子的五十六个民族版本，多姿多彩。饮料，是过年时胡老师给儿子买的，喝光后，胡老师觉得这些漂亮的罐子扔掉太可惜，她灵机一动，就有了这个创意。胡月老师说："我平时就喜欢做手工，用这些罐子做花盆，不仅可以让孩子看到绿色，还能让他们体会到环保理念。"

赵丽波主任熟悉小学部的每一个角落，她最喜欢的是两米来高的龙血树，喜欢它们披散下来的细长剑形绿叶。让她觉得可惜的是，刚开始养护龙血树时，因为经验不足，把一些发黄的叶尖剪掉了，再也长不出尖尖的形状了。

除了绿植，各个班级还养了小鱼，都是微型小鱼缸，有方形的，有梯形的，有圆形的，还有挂在墙上半球形的。将近20个半球鱼缸挂在走廊的一面墙上，十分壮观。因为缸小，一个缸里只有两三条鱼，大部分是摇曳多姿的热带鱼，燕鱼、孔雀鱼、红箭鱼……鱼是孩子们自己选的，也由他们负责照料，给鱼困水、换水、喂食。

养多肉、养小鱼，为校园增添了很多生活情趣，更重要的，这也是民主教育集团生命教育的一部分，有一个小小的生命等着孩子们去养护，去珍爱，去负起责任。

又宽又长的走廊，也是美术展览的场所、文化活动的窗口。

小学部三楼的走廊，挂满了书法作品和美术作品。大部分是学生的作品，一小部分是老师的作品。透过学生的作品，可以清楚地看到他们所抵达的高度，童心和灵感在作品中闪现。老师的作品有些带着自己的思考和想法，有些临摹创作则展现了他们的功底。

小学部每个班级门外的墙上，都有一块三四平方米的展板，展示着各个班级的特色文化。有的展示的是美术作品，有的展示的是传统文化，有的展示的是爱国主义教育的主题。

每个班级对面的墙上都有一个挂在墙上的半米左右的小书架。书架上的书都是这个班的孩子捐赠的，内容五花八门，既有国内外的儿童文学名著，也有关于科普、历史的书籍，还有流行的、通俗的儿童文学作品。小书架下面是桶凳，供孩子们读书时小憩。靳海霞校长特别重视学生读书习惯的养成。在民主教育集团，随处可见图书角、书架，书架上的大字入眼入心：让读书像呼吸一样自然。

四楼的"光影中的亲情"主题展非常吸引人的眼球，写给兄弟姐妹的三行诗与照片交相辉映。六年四班李嘉萱的三行诗题目是《小靠垫》，是她写给妹妹的：让你靠着哭／让你靠着笑／姐姐就是你的小靠垫。赵丽波说："这个活动是因为很多家庭有了二胎，为了唤起老大和老二的亲情而举办的。"

五楼有四块朴实的展板，分别是"童诗的味道我知道""童年的创作""童年的收获"和"藏书票创作大比拼"。前三块展板是文学创作的园地，童诗、想象作文、书评和其他文章都有展示的空间。

书评发布在"童年的收获"展板上。五年三班的李木子同学推荐的是《城南旧事》，"我不再是小孩子了"，这个凄美、扣人心弦的故事令李木子潸然泪下，这本书她读了好几遍。六年一班的刘美江同学推荐的是《福尔摩斯探案集》，她的推荐理由是"内容惊险而刺激"，"最有意思的是推理过程"。所有这一切，都在指向读书。

在"藏书票创作大比拼"展板上，孩子们结合了读书与美术的元素，以版画风格设计藏书票，大雁、羚羊与小猫等图案，既复古感十足，又带着孩子们的稚气与天真。

里仁校区的大厅，是活动的场地，也是表演的剧场。

小学部的一楼大厅是半挑空的，6 米左右的层高，通透大气。大厅东南角平时摆放着一架三角钢琴，教师管弦乐队多次在这里演出。

二楼大厅的面积大概是其他楼层的一半，银杏叶帘垂在可以俯瞰一楼大厅的南侧栏杆处。

三楼大厅是美术延时服务的活动场所，一张张杏白色的桌子，摆放在被书架分隔开的六个区域里。国画、丙烯色彩、泥塑、钩织、衍纸、版画，多种门类的美术和手工艺活动在这里开展。孩子们在这个开放空间中安静恬淡，上百人聚集在这里创作时，也不会有什么嘈杂噪声。各区域已经完成的作品，都被放在展架上：可爱的国风漫画、精巧的衍纸作品、萌萌的钩织动物……闲来无事，在这里参观，可以发现很多惊喜。

四楼大厅是举办音乐会的开放剧场，南侧可以容纳二三百名小观众，北侧可供学生管乐队、弦乐队或民乐队演出。音乐声、掌声、欢呼声，经常在此回荡。西侧走廊里，一些漆成银色的小号、圆号等管乐器悬挂在墙上。这是 20 年前学校最初的一批乐器，它们身体上的坑坑洼洼，见证着学校乐队发展的历程。

五楼大厅是爱国主义教育展厅，以展板形式展现了很多英雄模范以及他们所代表的精神。

2024 年 3 月，赵丽波召集大队干部开例会时，发现在值周过程中，很多孩子忘记带雨具、学习用品等。赵丽波萌生了设置"便民箱"的想法，这个创意得到了靳海霞校长的认同和支持。

赵岩副校长为这个"便民箱"起了一个很文艺的名字——"爱在转角"。箱子上方，还有两句宣传语，一句是提示："急需物品供应站：不浪费，做一朵心灵美的小花。"另一句是安抚："你需要，我就在。"

美术组专门为这个箱子做了设计。箱子大约 1 米高、1.2 米宽，双层、六大格，原木色，箱子顶部铺着青灰色的棉麻桌布，饰有白色蕾丝花边。桌布上摆着钩织组制作的粉色小花。

箱子里面装着很多文具，有格尺、铅笔、橡皮、田字格本、算草本等学习用品；还有口罩、纸杯、消毒液、创可贴、一次性雨衣等生活用品。

小学部的走廊里，每层设置了两个"爱在转角"，共设置了 10 个。

刚有"爱在转角"时，孩子们很好奇，经常打开看看，但不会有人乱拿。只有确实需要了，才会按需取物，回头再补充进去。下雨时，很多没带雨具的孩子，就可以披上老师提前准备好的雨衣了，看着放学队伍里五颜六色的塑料雨衣，参与设置"爱在转角"的老师们，心里都是满满的成就感。

里仁校区能有这么宽的走廊和大厅，离不开靳海霞校长的坚持。在学习考察时，南方学校宽阔的风雨连廊给靳校长留下了深刻的印象：下雨时孩子们可以在连廊里玩耍，连廊还能成为一个花草长廊，多美！2010年，里仁校区设计之初，靳校长坚持要求将走廊加宽一米。别小看这一米，增加了不少建筑成本，为此，学校与承建商打了好几个来回的"官司"，承建商没有"犟"过靳海霞，靳海霞终于实现了加宽走廊的设想。

天空没有翅膀的痕迹，但鸟已飞过。很少有人知道，当年靳海霞为了加宽学校走廊所做的坚持和努力。这份坚持，为今日的万千气象提供了空间保障。

民主教育集团的厅廊文化是可以持续生长的流动的"活"文化，它像一条生生不息的河流，水里有鱼，岸上有花，有多少孩子就有多少风景，时光有多长就会有多少种可能。

在这样的走廊里行走，不知不觉中就会慢下脚步。

靳海霞说："教育最重要的是眼中有人。学生是一个有尊严的生命个体，人人有自己的优长、短板，也有个人的喜好、追求，他们需要被承认、被肯定、被赏识。在鼓励学生好奇、好思、好问中，教育者应该思考如何让孩子快乐起来。教育的魅力在于找到学生可以'伟大'的地方，并在通往'伟大'的路上，为他们的行动持续赋能。"

本章内容，扫码聆听

第四章

———

看见未来的自己

去发现独一无二的你

40年从教，20年的校长经历，靳海霞的教育理念也经历了升级换代。靳海霞坦言："谁都不是一开始就擅长当校长，我也一样，是一批一批学生和老师在陪着我成长、成熟。"

回顾教育生涯，她表示自己也有一些遗憾。"刚开始做校长的时候，并没有意识到要从追问教育本质的角度来审视和规划学校的发展。从教40年来，我的教育理念中最大的变化是——以前是把学生当作学生，现在是把学生当作人，二者是不一样的概念。把学生当作人，强调学生是一个有尊严的生命个体，有自己的优长、短板，也有个人的喜好、追求，他们需要被承认、被肯定、被赏识。当前，教育'内卷'现象愈演愈烈，很多孩子在不同程度上失去了童年的快乐和自由，教育者应该思考如何让孩子快乐起来，要鼓励学生好奇、好思、好问，并不断为其发展补充能量。教育的魅力就在于帮助孩子们找到他们可以'伟大'的地方，并使其在通往'伟大'的路上行动起来。教育家苏霍姆林斯基说过，培养真正的人，让每一个人都能幸福地度过一生，这就是教育应该追求的恒久性、终极性价值。"

在民主教育集团，让不同的孩子更加不同，已成为教师们的共识。他们很早就制定出具有前瞻性的办学目标：自主开放，养正以恒；教有特色，学有专长；全面发展，张扬个性。他们自上而下做出明确的课程愿景：让学生如同大自然中的植物，天性得到足够的尊重和培育，自然而然生发出向上的激情，快乐而幸福地成长。

让不同的孩子更加不同，首先要让孩子找到自己的不同。在去日本的教育考察中，靳海霞参观了不同规模的学校。各个学校的老师，都提出了一个共性问题，就是教师对学生的观察。这里的"观察"，是指教师对学生智力优势的发现，对学生兴趣爱好的捕捉和性格特性的关注。这给靳海霞留下了极深的印象。

靳海霞对教师们说："理想的教育，不仅要让学生有良好的学业表现，还要有对学生兴趣多样性的保护，为此，学校要给学生们提供多样化的课程选择。学生接触了才知道自己能干啥，他在做这个事儿的过程中才知道自己到底行不行。课程的丰富性，为因材施教提供基础。"

经过多年的努力，集团已形成了系统的课程群体系。集团坚持以"学生发展"为中心，将国家、地方、校本三类课程进行校本化重构优化，构建了以"主动精神力量和智慧力量共生"为目标的课程群体系，同时，强化一体化系统推进，幼小初课程一体化、显性课程和隐性课程一体化、多元课程一体化，这是对"五育"并举的升华，是实践意义上的"五育"融通和互成。

现在，学校并行150个校本课程，这是连大城市中的公立学校也难以比肩的。丰富的课程带来选择的自由度，学生根据自己的兴趣自主选择社团，几乎每个孩子都参加了两种以上的第二课堂。特别是课程实现了公益化，这些身处半城半乡的孩子在学校就能享受丰富而免费的课程学习。这是多么大的功德！在这个时候，才能更深地理解靳海霞四十年躬耕一隅的深情所在：面对扑面而来的孩子，不能因为地域经济欠发达或教育资源贫乏而制约他们未来的发展，这对他们是一种社会公平。

四年级的书豪，父母在外地打工，每天都是姥姥骑电动车接送上下学，他在学校的第二课堂选择了电钢琴社团。这是由郎朗工作室赞助的"快乐的琴键"项目。2023 年暑假，他和另一名同学被选中赴兰州和郎朗同台演出。这个小城少年不仅见到了心目中的偶像，还向郎朗说了一个愿望：想要一个签名。郎朗爽快地说："安排！"郎朗的签名是书豪给最好的朋友要的，对内向的小书豪来讲，这是梦幻一样的经历。从兰州回来，他开朗自信了许多，嘴角常挂着笑意，练琴的主动性更强了。

在丰富的课程里，学生发现了自己的热爱，看见了远方的自己。从美国留学归来、现在在清华大学任教的郝思佳，在毕业多年后，回到母校看望靳海霞校长和母校的老师们时说，她心中的民主小学一直是一个培养全面发展、有中国心世界眼的优秀人才的学校，是一所非常有格局和情怀的学校。作为民主小学的一员，她也一直在朝着这个方向努力。她从四个方面来概括民主小学给她的底气。第一重底气，就是民主小学的教育让她更有能力成为一个责任担当者；第二重底气是成为一个问题解决者；第三重底气是成为一个终身运动者；第四重底气是成为一个优雅生活者。看到母校如今的发展，她更加觉得民主教育集团有很多教育理念，包括很多现行的教学方法，都是很先进的。

正如古希腊哲学家亚里士多德所说，唯当每个人都发现了属于他自己的天赋，完成了从潜能到实现的绽放过程，他的人生才可以说是幸福的！

一堂充满悬念的数学课
和它背后的悬念

黑板上，出现了一幅世界名画——《蒙娜丽莎》。

在孩子们欣赏过后，这幅油画《蒙娜丽莎》变成了拼图《蒙娜丽莎》，它上面微笑的嘴角，空出了一小块。

王鹤老师问同学们："你们觉得这幅画儿现在还美吗？"

同学们说："微笑不见了，不美！"

"那咱们得找合适的微笑的拼图块儿放进来，我们试着去拼一下，共有三个选项。

第一个不合适。为啥？它重叠了。

第二个不行。为啥？因为它太小，有空隙。

第三个，为什么行？

图像之间都挨着，挨着摆到一起还没有空隙，这在数学里就叫密铺。"

通过欣赏世界名画并拼图的方式，同学们在不知不觉中理解并接受了密铺的概念。

民主校区四年级的这堂数学课，就叫奇妙的图形密铺。图形密铺，指的是把一种或几种形状、大小完全相同的图形既没有缝隙，也不重叠地拼接在一起。《课程标准》当中，图形密铺在小学阶段有一个初步尝试，到九年级时还会有所涉及。

黑板上出现了正方形、长方形、平行四边形、等腰三角形、梯形、圆形、正六边形、正五边形八个图形，王鹤老师让同学们通过观察，判断哪些图案可以密铺，并从生活中找出实例。孩子们想到最多的生活实例是家里的瓷砖、魔方上的小方块。

"那肯定不能密铺的有什么呢？"圆形，第一个被孩子们挑了出来。

一个孩子说，正五边形可以密铺。她说在足球上看到的皮子的形状就是正五边形。王老师强调说，今天研究的重点，是平面上的密铺，足球上的密铺，是曲面上的密铺。正五边形又被淘汰了。

"八个图形中还有哪些可以密铺呢？"

"数学中有猜想，还要敢于尝试。"这句话，是老师和同学们一起喊出来的，这也是王鹤老师想在课堂内外反复传递给学生的理念。

王老师把一个个工具袋交到孩子们手里，工具袋里装着上述出现的图形。孩子们四人一组，开始尝试同一图形的密铺。王鹤要求他们边拼接边思考：图形的密铺与图形的什么相关？操作时间为五分钟。

五分钟过后，孩子们分组展示作品。

第一组的孩子发现平行四边形、等腰三角形能密铺，正五边形、正六边形、梯形都没有实现密铺。

第二组的作品，除了正五边形之外，平行四边形、等腰三角形、梯形、正六边形都实现了密铺。第二组的成果获得了更多同学的支持，支持第二组的声音很大。

王老师比较了第一组和第二组的作品，第一组的梯形没有实现密铺，而第二组的梯形实现了密铺，原因是第二组调整了梯形的摆放方向，一个正、一个反，就实现了密铺。最后的结论是：通过调整方向，梯形也能实现密铺。

王老师继续问："在图形拼接过程中，你们在哪个图形上花费的时间最多？"

大家一致认为是正五边形。于是，王老师引导大家观察正五边形。似乎怎么努力，正五边形之间都有缝隙，再调整，又会出现重叠，密铺的队伍里只能排除了正五边形。最后，经过反复尝试，孩子们把能密铺的和不能密铺的图形进行了分类。

只有结论不行，现在深度思考时间到了。王鹤老师继续问："你们觉得在拼接的过程中，是什么导致了有些图形能密铺，有些图形不能密铺？图形的密铺可能和图形的什么有关呢？"

有的孩子猜想，可能和图形的边有关，有的说可能和它们的角有关。王老师引导说："我们仔细观察，并研究一下这些能密铺的图形和不能密铺的图形，说一说，它们到底和角有啥关系？"四人小组开始讨论。

孩子们的思考有渐进性。这种探究，像充满乐趣的山洞探险。带着这样的问题，他们去探究的时候发现，原来能密铺的那些图形，它们的角摆在一起的时候都能围成一个 360 度的周角。而不能密铺的图形，角放在一起不够 360 度或超过 360 度。这把孩子们的研究聚焦在对角的探究中来。

结论看起来是深奥的，但探究的过程小朋友是能做到的。

探究完"角"的关系之后，继续探究"边"。王鹤老师没有直接把"目的地"指给孩子们，而是又把一个学习材料袋交给了学生。这一次，材料袋里面是多种图形。五分钟后，王老师把各个小组拼成的图案都呈现在黑板上，相同的图形，在孩子们的手里拼接出了不一样的图案。

王鹤老师拿出了一个小一些的正六边形，要替换掉其中一个大的正六边形。王鹤老师说："这儿有一个一模一样的正六边形，如果老师想换成这个小一点儿的，你们看看能不能继续实现密铺？"

孩子们说："不行。"

一个孩子说："大小不一样。"

"什么决定图形的大小？"

"由边决定。"孩子们的回答很准确。

王鹤老师总结："看来，在多种图形密铺的时候，除了要考虑图形的角，还要考虑到图形的边。"在王老师成功地把孩子们的思考引向"边"之后，王老师又向孩子们做个预告："至于边与密铺产生啥样的关系，我们到九年级的时候还会继续学。"

王老师对孩子们的表现很满意，她说："学到这里，老师真的是越来越替你们感到高兴了。我们最开始研究的是单一图形的密铺，到现在多种图形的密铺，那你们说一下，不能密铺的正五边形和圆形，在其他图形的帮助下，能不能实现密铺？"

于是，原来被分到不能密铺组的正五边形和圆形再次出现了。

不能密铺的圆形，借助由曲线围成的不规则图形实现了密铺，正五边形借助菱形的帮忙也实现了密铺。

王鹤老师又神秘地对孩子们说："不论是一种图形，还是多种图形，我们之前研究的都是规则图形的密铺。你们觉得不规则图形能实现密铺吗？"

到了这时，这堂课进入了最富有悬念的阶段。

孩子们回答更多的是"不能，肯定不能"。还有几个说"能"的。

王老师问一个说"能"的孩子："为啥能？"

一个孩子说："在某种情况下，能实现密铺。"

"那么这个'某种'情况，是什么情况呢？"

另一个孩子回答："这么切一下，那么切一下，我看能实现密铺。"

王老师肯定了这个回答："就是进行适当的变形。"

王鹤老师总结说："你们的思维很发散，有的说'不能'，有的说'能'，如果把图形进行适当的变形，也许能。现在，老师给你们呈现一个不规则图形。"

于是，黑板上出现了一个小骑士骑着一匹马。

王鹤老师问："你们觉得这个图形能实现密铺吗？" 95% 的孩子说"不能"，还有 5% 的说"能"。

王鹤老师又和孩子们重复了之前的原则：有了猜想，还要去尝试。

王鹤老师说："瞪大眼睛，看！"

随着王老师神奇的手指一动，黑板上出现了十个棕色的骑马小骑士。

"见证奇迹的时刻到了！"此时的王老师就像一个魔术师。随着王老师手指的再次划动，在十个棕色小骑士的图案之间，出现了米色小骑士。它们同样大小、同样形状，只是颜色不同、方向不同。当多个小骑士呈现密铺状态的时候，孩子们被震撼得发出一阵阵惊叹。

王老师说："看来，不规则图形也能实现密铺。还想再看不？"

"想！"所有孩子的眼睛都闪着兴奋的光芒。

黑板上又出现了一个黄衣小丑的图案。黄衣小丑、蓝衣小丑，随着王老师手指的划动，又出现了红衣小丑，它们身体的方向不同，但完美地契合在一起。没有缝隙，没有重叠。

这个时候，世界绘画史上一位非常特别的画家出现了："这两幅作品，都是荷兰著名艺术家埃舍尔的作品。他把基本图形进行转换、变形，其中包括鱼、人、兽，最终通过角的契合、边的契合，实现了不规则图形的密铺。在他的好多作品中，都用到了数学中的密铺。"

"还想再看吗？"王老师热切地看着她的孩子们。

"想"的声音已抵达了屋顶。王老师说："好，你们不能白看。看的过程中，你们要去发现是哪些图形的密铺，并大声地喊出来！"

"螃蟹！""飞马！""羊和鸟！""鱼！""飞船！""蜥蜴！"

随着王老师手指的划动，又出现了蝴蝶、飞虎！甚至出现了三个不规则图形——鱼、乌龟、鸟在一起的密铺。

最后一幅，冷眼看是蝙蝠，再细看是多个天使。王老师把画面停在这里，告诉孩子们："这幅作品的名字叫'异域天堂'。仔细观察一下，你会看到，白色的图形是天使，天使围合形成的图案是恶魔。它表达的是人性的两面性。"

王老师又接着说："在埃舍尔这么多美妙多姿的作品中，都用到了数学中的密铺元素，你们觉得好玩儿吗？这样神奇的作品，你们想不想也来画一幅？"

"想"的声音又响了起来。但没有那么响。

"你们觉得有可能实现吗？"王老师望向学生，她微微蹙着眉头，"你们好像信心不足。那么老师把自己的一幅作品和大家分享一下。老师的绘画水平不高，但这是我创作的一幅密铺作品，名字叫'欢乐大家庭'。瞪大眼睛，看我是怎么操作的！"

屏幕上，出现了一个蓝色的正方形。在下边切下来一个小的正方形，平移到上边去。在右边切下来一个直角三角形，平移到左边去，涂上蓝色，一个方头方脑甩臂的小蓝人就出现了。多个方头方脑的小蓝人，一个挨一个，奇迹出现了，方头小蓝人竟然也实现了密铺。这不就和刚才埃舍尔的作品是一样的吗？

王鹤老师问："你们觉得创作这样的密铺作品难吗？"王老师的语气里透着明显的不屑。

"不难！"在孩子眼前呈现的一切，似乎真的不难。"我也能，我也行，我也可以像埃舍尔一样去创造艺术作品了。"

一堂充满悬念的数学课已接近尾声。王老师开始布置作业："今天课后的实践作业，就是用我们今天学到的密铺知识，用你喜欢的基本图形进行变形，尝试着像埃舍尔一样创作出一幅美妙的密铺作品。"

下课了，坐在后排的周禹霏还不肯出去玩。她一直在想，数学和绘画之间好像有一条秘密通道，她想找到那条通道。

这是一堂自始至终充满悬念，让孩子的眼里闪着光的数学课。当教育进入学科美学、学科文化阶段，每个学科中动人的力量就呈现出来了。

从 2018 年全国教育大会提出"五育"并举的重要思想，到 2019 年《中国教育现代化 2035》明确提出"五育"融合的教育发展目标，再到 2020 年《关于全面加强和改进新时代学校美育工作的意见》中"学生审美和人文素养明显提升"目标的提出，尤其是《义务教育课程方案（2022 年版）》提出素养导向下的育人目标，开原民主教育集团始终是积极践行者。

2022 年，靳海霞校长向教职工提出学科的文化探究和学科教育的美育研究。埋头于日常教学的老师们，似乎已习惯于校长的"超前思维"。靳海霞校长说："我的很多想法都源于对现实问题的回应。你们现在就想，在你们日常教学当中还存在啥问题？"

问题还真是司空见惯，只是因为"见惯"了而没有认真关注、深入思考。教师们发现，有一些小朋友惧怕理科，有的可能是天生对理科不敏感，有的是因为家长在孩子幼儿时期拔苗助长。比如，上幼儿园中班的时候，家长要求孩子学会一百以内加减法、珠心算、乘法口诀，不知道是从什么时候开始，孩子就开始厌烦这个学科。还有一些孩子是到了小学之后，因为老师的教学方法生硬、无趣，便打消了对数学的喜爱。现在，已出任民主小学副校长的王鹤就此做过调研。

王鹤说："在教学过程当中，我们确实感受到数学抽象、模式化的东西，对第一学段的孩子来说比较困难。孩子主动学习的力量从哪里来？它一定是源于孩子对数学本身的喜爱。怎样让孩子喜欢上数学？就是要让孩子们感受到数学是美好的。"

为了回应国家相关的教育方针和政策，回应校长的要求，王鹤带领数学教学团队先行一步，"立足于美学"去研究数学教学，感受数学之美。

对小学数学教师来讲，这也是一次艰难的历程。由于历史和现实的原因，小学教师队伍中很少有数学专业毕业的，这让他们的学科"探险"从一开始，就面临着思想认同和再学习的压力。

重温他们的研究路径，这是一次充满惊喜的挖宝之旅。

不挖不知道，一挖吓一跳。数学中的对称美、简洁美、统一美、逻辑美、思想美，越挖越多。立足于儿童视角，教师们把前期挖出的像积木一样散乱的元素，分门别类进行建构，再对标《课程标准》中的数学知识体系去布点，教师们发现：原来，在不同的学段都有不同的数学之美。

核心团队的老师在充分论证的基础上，形成教案，进行试课，然后在学生中进行问卷调查，改进后，在所有教师中铺开。

试课过后的调研，让教师们欣喜。

孩子们问："老师，这课啥时候还能再上？"

这一刻，老师们假期中的所有努力和艰辛，都有了幸福的回报。

王鹤说："这个过程太美好了。从课堂的氛围、孩子的研究力，明显感觉到课堂上的生命和力量。以前，我们觉得循规蹈矩地按照《课程标准》把课上得更精当一些、让孩子们理解得更深刻一些、把他们的素养培养得更好一些就行了。但是现在看，我们应该站在更高的角度、更高的教育境界，培养孩子对美的感受力。"

类似的课，还有"奇幻的九宫换方"：让逻辑引领孩子，通过逻辑的严密性，而不是猜和试，从而顺利抵达正确的结论。

"对称，极致的中国美学"：中国建筑的对称之美无处不在；传统服饰上的盘扣，亦是两两相对，环环相扣。对称，让一切均衡有序。数学中的对称之美，是解锁中国古典美学的又一密码。

"音韵中的数学"：课上引导学生进行实验，把一根琴弦平均分成两段、三段、四段，让学生利用手中的琴弦尝试再现明代律学家朱载堉的"十二平均律"的探究过程。

斐波纳奇数列：它是源于意大利数学家裴波纳奇对于兔子繁殖过程的一种观察，也叫兔子数列。自然界当中随处可见斐波纳奇数列，比如，花瓣的数量，三角梅、五瓣梅、小雏菊的花瓣，等等；在自然界，如果对植物的枝干不干预不修剪，每一层往上增长的枝干数量，也符合斐波纳奇数列的规律。向日葵花盘上葵花籽的走向，不是直着排列的，而是左旋一圈儿，右旋一圈儿，左旋和右旋的数量也符合斐波纳奇数列。上课时，教师们都会拿着花来。

除此之外，莫比乌斯环、科赫雪花、繁花曲线等内容都可以融入美育主题的课程。

密铺课之后，王鹤有一个小小的打算，她想把学生们的作业汇编成集，做一个小画展。周禹霏同学想寻找的那条数学和绘画艺术之间的通道上，有多少独特的风景等待呈现呢？

一位班主任的发散式教学

"有正事，有正样儿，能正确面对批评和困难。"里仁校区，一年四班班主任刘艳丹希望她带的孩子们能做到这"三正"。刘老师的课堂，则是"以正合，以奇胜"的。

2024 年 6 月 12 日上午第一节课是语文。

刘艳丹老师给孩子们讲解生字："这个'造'字，大家有什么好方法记忆吗？"这引起了大家的兴趣，孩子们议论纷纷。刘老师结合大家的点子，总结道："一个人走在路上，一口咬掉牛尾巴，这就是'造'。"

接下来认识"酷"字，刘老师提问："谁能用这个字组个词？"一个小男孩得到了回答的机会，他大声说："裤裆！"刘老师忍不住笑了，她告诉孩子们："这是'耍酷'的'酷'。'酒'字的右半边和'酷'字的左半边一样，我们可以联想到，武松喝酒后景阳冈打虎很酷！"

就这样，很多生字都融入这些有故事性、有画面感的记忆场景中了。

刘老师喜欢讲故事。在讲古诗时，她会顺势讲讲诗人的故事。比如，讲解《静夜思》时，她会给孩子们顺带讲讲李白的生平故事：李白是个武功高强的侠客；他曾让高力士脱靴……刘老师说："很多知识单纯硬记容易忘，配上故事就好多了。"

刘老师上课，并不完全按照教学大纲一板一眼地讲。很多知识，刘老师遇到了就会点一点，让孩子有个印象。升入中学之后，语文的阅读理解很重要，刘老师就会有针对性地和孩子们一起分析文章的主题、立意、选材等。

小学中高年级，孩子们开始写作文。刘老师作文教学的秘诀是"修改"。刘老师在辅导自己外甥写作文时发现，如果某处写得不好，让孩子自己改效果更好，她就把这招儿带进了课堂。开始时，她自己逐篇修改，但是量太大了，于是她就让同桌之间互读、互评、互改。提出的意见要写在本子上，回家改好之后再交上来，水平就整体提了一个档次。

刘老师说："作文选、作文班，对写作文好处有限，很多都是套路，越学越'死'。"刘老师更愿意让孩子认真观察，多描写、少铺陈。特别是开头，不超过三句就应该进入主题。而有些被作文班带偏的孩子，开头总喜欢来一组排比，半天入不了正题。

在跟孩子们讲道理时，刘老师也愿意用故事来讲。这些故事往往是她临场现编的，想到哪儿就说到哪儿。

有一次，她想告诉孩子们"坚持就是胜利"这个道理，就编了个《寻找人参娃娃》的故事，讲述了一个小男孩如何战胜困难，寻找人参娃娃救奶奶的故事。小男孩经历了这件事，感觉自己长大了。

班里的孩子也在小男孩寻找人参娃娃的故事里理解了啥是坚持，啥是坚持的意义。当然，听了人参娃娃的故事，他们也不忘摸摸自己的头发，只是和人参娃娃的头发相比，他们的头发可没有什么治病的功效。

刘老师的数学课，和语文课类似，不受限于单元，也不受限于教材，她的思维是发散式的，她所讲的知识是经常迁移的。刘老师说："不能只是让孩子会了，更重要的是让孩子能思考更多问题。"

刘老师会重点讲错题，但她不会只讲某一道错题，她会从一道题扩展开来，讲这个知识点还会出哪些类型题、哪些易错题。刘老师不会让孩子们做很多题。"简单的重复没必要。知识点需要归类，需要将相同知识点的题型归纳到一起。"刘老师说。有些是初中的知识点，比如说正比例、反比例，涉及了，刘老师就会简单做个介绍，在孩子心里"预埋"一颗种子。

在讲数位时，讲到百位之后，刘老师会问："9999 有人会读吗？99999 有人会读吗？"有的孩子举一反三，就能读出来。刘老师会接着问："没学过，你是怎么读出来的？"就这样追问下去，没读出来的孩子在一问一答中也受到了启发。

在一节数学课上，刘老师在讲解"多得多"和"少得多"时，编排了一个小情境导入："老师昨天下班时，看到 3 个小朋友，每人手上都拿了一大堆气球。那么，是小朋友多还是气球多？"听到这个趣事，很多孩子"哈哈哈"地笑了起来，开始争先恐后地回答问题。

接下来，刘老师出了一道题："38 个小朋友去春游，需要乘大巴。一共有 3 辆大巴，一辆是 30 座的，一辆是 40 座的，一辆是 50 座的。请问小朋友坐哪辆大巴最合适？"

刘老师并没有让孩子们直接回答这个问题，而是话锋一转，在数学课中穿插了一小段语文课。她问道："谁知道什么是'合适'呢？谁能用'合适'造个句？"

下课了，几个孩子围在刘老师身边。一个孩子委委屈屈地给老师展示胳膊上的蚊子包："我昨天被叮了一个包，可痒了。"另一个孩子不服气地抬起胳膊：“这算什么，我被叮了3个！”

刘老师给孩子们分发冰糖绿豆水，这是她自己在家熬的。每隔一两周，她就会给孩子们带一些自己做的吃的喝的。有时是酸奶水果沙拉，有时是熬的汤汤水水。

更多的孩子玩起了各种棋类，有象棋、五子棋，还有飞行棋。刘老师鼓励孩子们下棋：“下棋可以锻炼思维。”

靳海霞鼓励一线教师在教学教研方面的探索。她说：“我们的教学讲究由浅入深、循序渐进，我们也鼓励教师发散式、跳跃式教学，这对激发学生的探索精神、创新性思维和主动参与很有好处。”曾经就有一个老师因为把课文内容讲得过细而受到她的批评。靳海霞说，很多时候，我们需要跳出框框，知识的学习需要顿悟，教师的作用是引领、是启发，而不是简单传递或粗暴填充。

四页纸里的各科大碰撞

里仁校区小学部一楼走廊的墙壁上，悬挂着几十本一年级孩子亲手制作的绘本。翻开这些内文只有四页的绘本，仿佛在和一个个孩子对话。那些稚嫩的线条、随性的色彩、天真的故事，将孩子们对世界最初的看法定格。

这是里仁校区美术组组长刘艳华带领美术组教师们组织的手作绘本美术活动，其中的优秀作品被悬挂在走廊里展示。

刘艳华本身就是个绘本爱好者，她的家里有很多绘本。在女儿小时候，刘老师经常给她读经典绘本。共读的过程中，她感受到女儿的认知力、观察力、思考力得到有效提升。刘艳华当时就在想，能不能把读绘本、写诗、编故事、绘画融为一体，形成一个完整的绘本体验过程？于是，她带领美术组教师开发出针对一年级孩子的手作绘本系列课程。

课程实施分三步：

第一步，美术组的老师们和孩子们共读经典绘本。

通过共读，让孩子们学会观察、分析绘本，对绘本的表现手法和结构有所了解。共读用得比较多的绘本有《我妈妈》《我爸爸》《猜猜我有多爱你》等，后来又加上了《大卫，不可以》。老师们会引导孩子们从图像、色彩、场景设计、文字等角度，学习绘本的表现方式。刘艳华老师说："读绘本也是有选择性地读。共读《我妈妈》《我爸爸》，是要告诉孩子，表现人物的方式是这样的。不过，表现人物的方法不止一种。《猜猜我有多爱你》是叙事的，是通过对话完成的。这是给孩子一些思路上的启发。"

展示绘本的墙上，还有一个推介绘本的展板，介绍了《和甘伯伯去游河》《活了 100 万次的猫》《爱心树》等 20 多个绘本。这些绘本都是刘老师认真研究过的。有一些班级还专门设置了绘本角，孩子们分享从家里带来的绘本，大家相互穿插着借阅。

读过绘本，在正式创作之前，有时还会先编创绘本小剧目。比如，在读完《我妈妈》之后，还有一节课的表演活动，让每个孩子把自己的妈妈演出来。很多孩子在课堂上没演够，回家之后接着演，穿上花花绿绿的衣服，戴上"首饰"，拿上拖布、大勺等千奇百怪的道具，非常有趣。孩子们演完之后再编故事，画画就相对容易多了。这个以表现"我妈妈"为主题的绘本创作活动，结束之后还进行了展出。在母亲节到来的时候，作品又变成了送给妈妈的礼物。

第二步，仿写经典绘本。

经典绘本共读之后，参考推荐阅读的绘本，孩子们就可以开始仿写了。仿写，主要仿的是故事的结构，孩子们把自己喜欢的内容套入经典绘本的结构当中。比如说，《我妈妈》是并列结构的：我妈妈是一个棒极了的厨师；她是一个伟大的化妆师；她是全世界最强壮的女人……孩子们就可以学习这个简单的结构，编写自己的故事。

第三步，主题性绘本创编。

绘本创编一半落实在语文学科，一半落实在美术学科。

语文有两部分内容。其一是主题性故事的创作。老师提供固定的主题，孩子们大胆发挥，天马行空地去想象。因为只有四页，比较简单，易于表现和操作，孩子的自信心建立是非常容易的。

其二是汉字创想。刘艳华老师在教自己女儿识字时，发现她学习形近字总是很吃力，比如"喝"和"渴"，她就总是分不清。刘老师借着做绘本课程的机会，专门跟语文老师研究，怎么样做会比较好。最后，大家一致认为，通过夸张字形，对于个别字的记忆会有效果。在绘本创作中，美术老师会引导孩子将一些重点字、有特点的字进行夸张表现，突出这个字的内涵。

孩子完成画稿初稿后，要经过一两轮的修改。当美术老师觉得非常好的时候，就会让孩子用卡纸做一本四页书，把作品剪下来粘贴在内页上，就成了精致的绘本。

作为奖励，刘老师会用铅笔在天蓝色封面上以 POP 美术字为孩子们写上标题，然后孩子们用勾边笔描出来，并添加图案丰富画面。

一本名为《会跳舞的长颈鹿》的手作绘本，"长"字用的是繁体字的"長"，上半部分特别的长，三横在顶部靠得很近，就像是长颈鹿的长脖子；"鹿"字上面的一点就像是扬起的鹿角。另一本名为《胆小鬼》的绘本，"胆小鬼"仨字儿以曲线为主，与下方的弯弯曲曲的小幽灵图画相映成趣。

刘老师希望通过绘本让孩子们探索世界，打开想象之门。手作绘本分为认识自我与认识世界两大主题。

认识自我包括认识身体、器官，了解自己的情绪。

一个特别有意思的小主题是了解心脏，名字叫作"心的形状"。第一课时，孩子们画心都是那个心形，然后再进一步画心脏的各部分，了解心脏的结构和功能。第二课时，美术老师们带着孩子们创作《满满的心意》

想象绘本。整个绘本做成一个心形，然后在内页里面填满孩子的愿望。

还有一个小主题绘本叫作《小乳牙流浪记》，大家都很喜欢。一年级孩子正处在换牙期，刘老师在上课的过程中，恰好有一个同学的牙掉了。刘老师灵机一动，就想到了这个主题。刘老师说："小时候，长辈告诉我，下牙往高处扔，上牙往低处扔。或者你觉得丢掉了会不会很可惜呀？你想怎样去珍藏它呢？珍藏它有什么意义呢？"大概这样一个引导之后，让孩子们去表现。孩子们的作品超乎了刘老师的想象，一颗颗小乳牙跑到了书桌里，跑到了土里，跑到了厨房……天马行空。做完《小乳牙流浪记》之后，很多孩子就把自己脱落的牙齿珍藏起来。有一个孩子把脱落的牙弄丢了，哭得特别伤心，刘老师还劝了好久。

在课堂上，郑雯一小朋友给刘老师留下了深刻印象。郑雯一特别喜欢画画，家里人也特别支持她。孩子的姥姥就找过美术组的老师很多次，问老师有没有好一些的美术班推荐。郑雯一创作了一个故事叫《百变发型》，她当时创作了好多幅不同的作品，然后让刘老师帮着选。刘老师想了一下，最后还是让她按照自己的判断去选择。郑雯一选的是夸张幽默的大卷儿、有公主风的披肩发，等等。这些并不是刘艳华老师眼中最好的，但呈现出来的效果却非常稚拙有趣。

在认识世界主题中，孩子们特别喜欢的是四季小主题、四大洋小主题、七大洲小主题、银河系小主题、太阳系八大行星小主题。

孩子们做得最多的是太阳和月亮。胡盈馨小朋友用吃月饼来展现月亮的盈亏变化，非常有创意。月饼咬一口之后一个变化，咬两口又一个变化……

还有一个孩子用咬鸡蛋黄来表现月亮的变化。

最浪漫的作品叫《月亮船》，把月亮想象成一只弯弯的小船。

在认识世界主题下，刘老师还将数学与美术进行了融合。数学绘本有两个小主题：有关形状的游戏和数字的故事。刘老师说："数学里，那种数感的培养、数学思维的锻炼，我觉得都可以用绘本故事来表现，把抽象的东西直观地表现出来，用小孩能理解的方式来呈现。"

孩子们刚上一年级，突然之间开始分科学习，有数学、语文、道德与法治等，对于他们来说，会感觉有些茫然。刘老师说："所以我们就想通过绘本的形式，把比较抽象的知识形象化、趣味化、故事化。这样和低年段学生的认知水平可能更契合。这个课程的一个特色，就是把绘本与数学、语文、科学等学科进行了融合。孩子们以这种方式能够更轻松、更有趣地走进不同学科。"

刘艳华老师在澳门的支教仍在继续。在澳门，刘老师获得了将艺术与实际生活相结合的感悟。她所支教的学校附属幼儿园，中班的孩子刚刚上了一堂探究课。澳门大三巴，他们去过很多次，每一次去都有不同的任务。最近一次，他们的任务是：从学校或者家里出发，一路上要经过几个景点？你觉得怎样走比较方便？如何设计路线？

孩子们一路上需要用心观察，回来后要画出路线图。他们是上午9点出发、11点多回来的，整个行程怎么走，用最简单的图像呈现出来。这两个小时的旅行中，需要带哪些东西呢？是谁陪同孩子去的呢？都要画出来。这个课程特别注重孩子的策划能力、整体的思维表现力。

刘老师计划将类似课程迁移到手作绘本课程中，将手作绘本课程升级。刘艳华老师把绘本看作一个宝库，从小孩到大人都可以在绘本中受益。康辉在《朗读者》节目中朗读的绘本《活了100万次的猫》，让她印象深刻。所以，刘老师想将课程扩展到幼儿园和小学其他年级，如果条件允许，初中也可以做。

"绘本所表述的内容，来自我们创作者本身。你想通过这种形式来表现什么，那你就能够呈现什么。"刘老师说。很多美术专业术语，或者是画家的风格，等等，说起来都是比较抽象的。绘本风格多样，通过绘本课，可以很直观地理解和运用这些抽象知识。

手作绘本不单纯是特定美术技能的训练，写、画、创必须经过非常细致地发现、观察、分析和思考。而在内容上，手作绘本体现出融合其他学科的强大包容性。刘老师说："学科融合也是下一步的重点升级方向。"

2024年，是刘艳华老师工作的第19个年头，绘本课程她已经做了10年，以后还会继续做下去。毕加索"我一生都在模仿孩子绘画"的名言，让她感触最深。刘老师说："低年级的小孩，他们的想象力超级丰富，作品看上去非常执着。执着中有着可以打动你的单纯和快乐，那是一种极简。很多时候，我们在教孩子，同时我们也从孩子的作品中得到启发。"

秋天，
一场关于银杏的跨学科学习

秋天，朔风骤起，里仁校园里的银杏树像路灯一样，"唰"一下亮了。这是开原民主教育集团"校园银杏节"开始的时刻，一场关于银杏的跨学科学习开始了。

里仁校区小学部二楼大厅，有一幕用银杏叶编制的叶帘，带着上一个秋天的记忆和美，也带着孩子们不同的艺术表达。数万枚黄叶如蝴蝶，错落地停歇在隐约的丝绳上。除了这一幕银杏叶帘，大厅里还分别以《银杏·诗语篇》《银杏·印记篇》《银杏·珠帘篇》为标题，展示了一组描写银杏的诗词、一组孩子们与银杏共舞的摄影作品和一组记录编叶成帘过程的照片。

如今，银杏叶帘已成为里仁校区一件重要的装饰品，总能吸引前来参观的客人驻足观赏，讨论着编叶成帘的奇思妙想。其实，这银杏叶帘是关于银杏跨学科学习的作品。

里仁校区的两行银杏树，是 2011 年刚建校的时候种下的。十几年的时光里，它们已经陪伴着几万学子在这个校园长大、离开。2022 年 10 月，银杏树一夜之间全变黄了，孩子们特别兴奋，他们在银杏树下拾叶子，嬉戏玩闹，还把银杏叶夹在书里，留存起来。看孩子们与落叶那么亲近，科学老师肖遥以及班主任们都说，学校内的资源这么好，应该好好利用。靳海霞校长马上嘱咐相关部门设计一堂有参与感的银杏课。于是，副校长赵岩带领教务处的老师和孩子们一起设计、完成了一场以"探究银杏"为主题的学习课程，有关银杏的"专场"开始了。

"银杏节探秘"，是科学课，包括对银杏树——这种"活化石"本身的了解；对叶子的探索，包括区分雄树和雌树的叶子；还有银杏树果实的味道、功能；等等。

先是观察一棵树。

教师们引导孩子去观察银杏树。走到银杏树下，让孩子观察银杏树干上纵横的纹理，去触摸这棵植物"活化石"的印记。引导孩子去思考——银杏为什么被称为植物界的"活化石"？

然后是去观察眼前的叶子。

是的，银杏树的叶子像一把小扇子。与其他植物的叶脉完全不同，银杏树是地球上现存唯一一种扇形叶脉植物。孩子们在教师的引导下，还观察到银杏叶子也大不一样，竟然分"男生"和"女生"！

雌树的叶子，外缘是圆弧状，没有大的缺口，冷眼一看，是圆润的。雄树的叶子则相反，中间有很深的一道缺口。这可不是什么发育缺陷，而是区分雌树和雄树的重要特征。这真是一个奇妙的发现。在此之前，似乎没有孩子注意到这个明显的差别，这样的发现也令孩子们处在兴奋中。

老师们借机说："科学研究似乎并不深奥，最重要的一个习惯就是细心观察。"老师又问："银杏树叶变黄时，是从哪一部分开始的呢？"

这又是一个新的问题。

在银杏树下仰着小脑壳观察叶子的孩子，经过观察、讨论，甚至争论之后，得出了一个共同的结论：先是叶片的边缘变黄，然后是中间变黄。

老师还对学生们说："银杏叶有很好的药效，现在世界上最好的银杏叶提纯技术在德国。"

有的学生问："银杏有花吗？"虽然此时已经过了花期，但老师告诉他们可以去网上查阅资料！原来，银杏是裸子植物，没有花。

最后，是银杏的果。

它就是大名鼎鼎的"白果"，孩子们吃到的"白果"是银杏的种子。捡起银杏果，先是闻它的味道。不闻则已，一闻惊人，这直冲脑门儿的臭味源自银杏外种皮的挥发性低级脂肪酸。再仔细观察白果的结构层次。可咸可甜的白果能做盐爆，也可以做汤品，还有药用价值。这都是要求学生探索的内容。

在校园司空见惯的银杏树，就这样在孩子的眼里变得丰富无比。

为了让孩子们在生活中发现美、创造美，关于银杏艺术作品的征集开始了：

> 据说，银杏叶落在不同的地方
> 都会诉说不同的故事
> 在里仁的校园里
> 一定有许多故事
> 等待着你为我们讲述
> 照片、绘画、手作、短诗……
> 都可以
> 请把故事留在"里仁教育"的邮箱里

孩子们富有个性的艺术作品，表达着他们的审美。四年四班的郭鑫宇用银杏叶片，一个压着一个，组成了一个圆滚滚的、一节节起伏的毛毛虫，并写下这样的诗句："纷纷坠叶闹林喧，疑是春花开满园。一地绌黄惹人醉，谁将金色染秋天？"有的同学用黄色的银杏叶子做成女子的短裙；有的同学用绿色的银杏叶子相压，形成一棵繁茂的大树。有的专找雄树的叶子，利用叶子天生的裂痕，在叶片上画出花纹，并把叶柄分成两只触角，做成蝴蝶。有的把银杏叶包裹成金色的玫瑰花，粘在树枝上，做成盆景。

看到这些作品，谁能不惊叹孩子们的奇妙想象呢？

为了把秋天的一季美景更多地留在校园中，关于银杏最宏大的创意出场了——银杏叶帘。

集叶成帘分为收集、晾晒、设计、加工等环节。老师带领孩子们在校园中采集银杏叶，然后在五楼大厅里晾晒——晾晒是为了让树叶风干、平整。家长贡献了很多吸湿吸潮的纸，垫在地上。整个五楼大厅都铺满了银杏叶，特别壮观。晾完后，变色打卷的树叶就被淘汰了。

孩子们分工合作，有设计的，有制作的，有悬挂的。用什么来穿树叶呢？对当初的各种尝试，赵岩副校长至今难忘。当时试了很多种材料，有麻绳、线、丝带、胶带，最后选的细丝带，结实、视觉效果最好。如何把树叶固定在丝带上，也试了好几种方法，像不干胶、双面胶之类的，最后发现用订书钉效果最好。如今，看起来并不复杂的银杏叶帘，其实，也经过了多种方法的尝试，在实践中不断反思优化路径。从想法到做法，这段路靠的是思考、劳动和实践。

用自然连接课程，用课程连接生活，这一树与科学、文化、艺术、生活亲密融合的银杏，丰富了秋天的意蕴，更丰富了孩子们的生命。

跨学科主题学习是学科课程对现代学校功能迭代升级的主动响应。当义务教育全面普及时，学校教育不仅要让学生拥有知识、技能、方法、正确的人生观、价值观，还要让学生具备创新、创造的意识与能力。而创新和创造，不可能在封闭的环境下去实现。打开学科，让学生感受生动的世界，建立与自然、与生活的关联，就成为必要。

作为全国优秀教育工作者、国家级骨干校长，靳海霞对基础教育的高质量发展有着深入的思考。"我们要培养具有高素质的未来人才，就要思考现在要培养孩子们什么样的能力，才能让他们在未来社会中行稳致远。我想，最重要的就是机器代替不了的能力。"在她看来，机器代替不了的能力是多元的，既是学生终身发展需要的品格，也是社会发展所需要的关键能力，包括欣赏自然之美的能力、发现科学之美的能力、传承美好的能力、学会去爱的能力、寻找快乐的能力、思考辨析的能力、追求幸福的能力、交往合作的能力、创新创造的能力、终身学习的能力等。

走进"气象万千"的无边界课堂

　　开原市气象站在城南，这里，地上地下都是"机关"。白色的百叶箱里，藏着温度计、湿度计；高耸的十米风塔，是测风向的，鱼尾形仪器是风向标；随风自由转动的三个半球式的空球杯，是用来测风速大小的；草坪中间，一块光秃秃的土地，连一根杂草都没有，那儿有温度传感器……

　　这一切，在里仁校区四年级学生的眼里，无不充满着神秘和未知。在庞国辉老师的带领下，他们走进这里一探究竟。和他们同时"进入"气象站的，还有里仁校区、滨水校区、靠山学校、铁岭富力学校的近两百名学生，他们在线上聆听讲解。虽是线上，但他们也将手持温度计、风向测量仪，在校园里进行气象数据采集，并回答老师的提问。

　　气象站里的孩子们被一个圆环形的大型蒸发传感器所吸引。大型蒸发传感器里面装着满满的水。气象站的邓媛老师告诉孩子们："这里有一个刻度线，我们可以根据水面的高低变化来测量一天的蒸发量有多少。"

　　这时，老师问孩子们："同学们知不知道哪个地区蒸发量最大？"

　　一个女孩儿回答："沙漠的蒸发量最大。"

　　"那下雨的时候有没有蒸发量？"

　　孩子们在短暂的思考过后，回答："没有蒸发量。"这个回答令老师满意。

刚要转往下一个仪器，一个男孩儿发现了新的问题：在这个大型蒸发传感器四周，还有四个浅水槽。它们是干什么的呢？

在猜想过后，老师给出了答案："这四个浅水槽是给飞鸟准备的饮水槽。如果飞鸟在蒸发传感器里喝水，就破坏了蒸发量测量的准确性。"

孩子们继续探索。一个带有防护罩的扇形金属桶出现在孩子们的面前。"这是称重式降水传感器，它是用来测量固态降水的。"

老师又抛出了一个问题："固态降水的种类有哪些？"

"有雪，有雨夹雪，可能还有冰雹。"

老师夸奖这个回答非常充分。

"咱们做科学研究，不仅要仔细观察，还要在实践中去探索真理。现在，我们对大气数据进行测量。"当气象老师的讲解结束，庞国辉老师引导孩子们进入实践阶段。

孩子们分成两组，一组测量风向，一组测量气温。

同一时段，线上学习的四个学校的学生，也拿着提前备好的仪器，从教室走向操场，在校内进行测量。

在测量之前，庞国辉老师特别和孩子们讲解了风向仪使用的关键，就是先找"北"。要将仪器上"北"的文字和北的方向重合，这样测量的数据才会准确。庞国辉老师还引导孩子们观察手里的风向仪："它是否和气象站里的一个'大家伙'特别像？"这时，孩子们才发现他们手中的风向仪和最高的十米风塔很像，原来，这一大一小的工作原理是一样的。

这是一个没有边界的课堂。庞国辉老师与电教王博主任携手气象员邓媛老师，利用数字化手段进行线上直播，打造了一个可以惠及更多学生的科学实践课。

这堂课最初的灵感，来自一次极端天气。

那是一个风起云涌的午后，教室里正进行着日常的教学活动，窗外突如其来的天气变化打破了这份宁静。狂风怒吼，阴云密布，同学们的目光不由自主地被这股自然力量所吸引。庞老师见状便决定顺势而为，将这场自然界的"即兴表演"转化为一次生动的教学实践。他鼓励学生们仔细观察，感受大自然的力量，并解答他们对天气变化的种种好奇与疑问。

看着学生们对未知世界的探索欲，庞老师深深感受到，真正的教育不应局限于教室之内，而应让知识与生活紧密相连，让学生在实践中学习，在探索中成长，这样才会提升学生面对未来世界的学习能力。为了让学生们对天气有更准确、更科学的认识，庞老师决定亲自前往开原市气象站，先行学习研究一番。在那里，他得到了气象员的专业指导，对极端天气的大气原理、气象观测仪器的使用方法等有了更深入的了解。这次经历，不仅让他收获满满，也让他萌生了一个大胆的想法——将气象站变为课堂，带领学生走出教室，走进专业基地，邀请气象员参与教学，为学生们上一堂别开生面的科学课。经过精心筹备，在李飞副校长和何伟副校长的大力支持下，庞老师的这一设想终于得以实现。

气象数据测试过后，庞国辉老师让各个学校的同学报告了他们的测试数据，几个学校报告的数据和气象站测量的数据都不尽相同。

庞老师要求各个小组的学生继续讨论："是什么因素影响到了数据的测量？"

关于气温，有学生说"可能是我们手中的仪器不标准"，也有的说"是我们操作不规范，人的体温和温度计产生了效应，导致测得的气温比较高"。

关于风，孩子们的结论是，"气象站周围没有较高的建筑物，学校有较高的教学楼，所以风向、风速才会不一样"。一个男孩子说："是咱们举得不够高，所以测量不够准。如果像十米风塔那么高，测量的数据就和它一样了。"

见孩子们还带着疑问和猜测，庞国辉老师请气象员邓老师进行了讲解。邓老师肯定了孩子们的发现，建筑物的高度的确影响了风向和风速。十米风塔离地面有十米的高度，气象站四周十米范围内，不允许有一米高以上的建筑物。不同的温度和湿度，都会对风向、风速产生影响。

气温的测量也是一样。气象站的气温传感器是放在百叶箱中的。百叶箱周围还涂了一层白色的涂料，它会对太阳辐射还有地面的反射起到一定的隔离作用，把风霜雨雪也阻隔在外。而同学们测得的气温，更多的是体感温度。

线上线下的孩子都听得津津有味。

"离开了气象站，没有专业仪器，也能继续测量吗？"庞国辉老师向孩子们发问，"能不能利用咱们身边的材料进行观测？"

有的孩子说可以用风车测风向，另外的孩子觉得风车更适合测风速，因为风车如果转得快，就说明此时的风速快。一个同学说："可以用红旗测风向，根据红旗飘动的方向判断风向。"一个同学说："把喝完水的矿泉水瓶装满水，然后剪开，可以测水的蒸发量。"

庞老师很开心，学生们能学以致用，刚看完就能学得会，很棒。庞老师还引出了一个悬念：大家通过收集到的数据，能推测出明天的天气吗？

课程结束了，孩子们还在问这问那，问得最多的是，庞老师啥时候教他们利用数据推测天气。庞老师在孩子们的眼里是全能的。庞国辉老师的课堂跨越了传统学科的界限，从不拘泥于书本，而是将文史哲、理化生等多学科知识巧妙融合。一个学生问庞老师："这样的课以后还会有吗？"庞老师微笑着点头承诺："以后这样的课一定会越来越多！"

　　课堂的边界是用来打破的。学科要融合，线上线下可以整合，在无边界的课堂上，只要勇于探索、敢于创新，就能让科学的种子在学生们的心中生根、发芽。这是靳海霞一直鼓励一线教师向前探索的。她说："知识的条块分割是人为的，'五育'融合就是要打破学科界限。最重要的是，我们要竭尽所能在课堂上激发孩子们对科学的兴趣、对事物的好奇。"

期末不考试，闯关做游戏

民主教育集团的一、二年级，期末不考试，以闯关的形式做游戏。

2015 年，民主校区的班主任段明书去外地学校学习时，看到对方有这样的考试形式，觉得非常有趣，就萌生了将之引入民主小学的想法。当想法还是想法的时候，靳海霞给全校老师开会，会议的主题就是如何让我们的学生灵动起来。

当时段明书就把这个期末不笔试、只闯关的想法说了出来，并说："一年级的小宝儿刚入学，面临着很多困难，认的字儿少，纸笔考试有困难，容易让他们对学习产生畏惧情绪。"

靳海霞校长听后，说："正好。我也有这个想法！我看，二年级也不用笔试。"靳校长立刻组织低年级组教师和教务处开会，研讨和设计了好几个主题，最后确定的主题是"小鲤鱼跃龙门"——这个传说故事本身就蕴含着一种精神力量。

闯关游戏一共有七关，美术组专门设计了闯关卡，以游览路线图的形式标注出七个关卡，上面画着小鲤鱼和波浪的图案。

2020 年 12 月 22 日，里仁校区小学部，一年级的孩子们首次"尝鲜"。靳海霞校长、金芙副校长、何伟副校长、赵岩副校长，全都来到了现场，效果如何，马上见分晓。

老师们戴上了各种动物的头饰，有小青蛙、小螃蟹、大章鱼、海豚，等等。孩子们则戴着小鲤鱼的头饰，有的老师还给孩子们缝了鲤鱼服，听说是要做游戏都来劲儿了。闯关现场，成了水族馆的嘉年华。

第一关：逆流而上——数学趣味营。

这一关里有"海底超市"和"珍珠乐园"两个模块。

"欢迎来到'海底超市'，请你把左数第2个物品，放入上层右数第3格；请你找到所有的正方体，将它们放入中层左数第2格；请你将小手枪左边的第3个物品，放入下层右数第1格……"主考老师戴着波浪头饰，笑眯眯地对前来赶考的"小鲤鱼"说着要求。

在"珍珠乐园"里面，"小鲤鱼"则被要求数出两个宝物盒当中珍珠的数量，提出数学问题并解答。

第二关：迷阵突围——语言加油站。

这一关里有"跳荷叶""抽宝物"和"找朋友"三个模块。

在"跳荷叶"模块，10米长、4米宽的地贴上，印着五行四列的荷叶，每片荷叶上一个字，每行有一个红色的字是"四会字（会认、会读、会写、会用）"，主考老师先让"小鲤鱼"用任意一个红色的"四会字"组词，再随机点字让"小鲤鱼"跳到上面，"小鲤鱼"认读准确后过关。

在"抽宝物"模块，"小鲤鱼"从百宝箱中抽出一张卡片（卡片正面是题，背面是各种宝物的图像），先读拼音，再写词语，抄写卡片上的字，边书写边说出笔画名称。

在"找朋友"模块，"小鲤鱼"选择一张自己喜欢的小鱼卡纸，或是金鱼或是燕鱼，主考老师则找话题与"小鲤鱼"闲聊——这一关考查的是口语交际。

第三关：穿越浅滩——英语剧场。

这一关里有"浅滩拾贝""浅滩回音壁"等模块，分别考查"小鲤鱼"对单词的认读能力、对英文句子的运用能力，内容尽量贴近实际生活。

第四关：击退水怪——美术秀场。

这一关的现场成了活脱脱的"水底世界"，"小鲤鱼"通过基本图形、基本色彩两个环节后，来到了最后一关"击退水怪"。

利用积累的图形碎片，"小鲤鱼"需要摆出各种各样色彩搭配鲜明、样式新颖的房子、汽车、动物等，击退"水怪"拿到通关通行证。

第五关：暗礁脱险——劳动赛场。

系鞋带是这一关的主要闯关内容。这一关看似简单，其他学校的孩子还真的未必能完成。这一关，是对劳动课成果的检验。这根带子，将在以后的学习中反复出现。

第六关：激流勇进——音乐游乐宫。

"小鲤鱼"们需要辨认五线谱音符，还需要用小沙槌之类的乐器敲打节奏。叮叮当当、沙沙嘭嘭声中，"小鲤鱼"们愉快过关。

第七关：飞跃龙门——篮球PK馆。

双手拍、单手拍，看谁篮球拍得多。"小鲤鱼"们拍着篮球，绕着做成喷泉状的障碍物，蛇形前进。篮球是学校"一校一品"的体育项目，本次闯关，对于"小鲤鱼"们来说不在话下，灵活的身影、娴熟的技巧、充满自信的眼神，都被抓拍下来，挂在了荣誉墙上。

过了这一关，就算是越过了"龙门"，化作了"真龙"。

很多孩子意犹未尽："太有意思了，我还想再玩儿一次！"

家长们也纷纷点赞，在朋友圈发布了自己的感想。

一位叫王莉莉的家长写道：

非常感谢学校能够以这么新颖的方式进行孩子们的第一次期末考试，这才是真正落实了素质教育，给孩子减负了。

孩子特别喜欢，满心欢喜地给我讲解了全部考试过程。一路见证了她从开始入场时的小紧张、小激动，到闯关中的努力和坚持，最后通关时洋溢出的小自信。作为家长，我感到特别幸福。这份幸福会转化为我对学校工作的支持，向不辞辛苦、无私奉献的老师们表示崇高敬意！

李佳洋妈妈写道：

这次期末考试特别新颖，孩子回家后手舞足蹈地给我讲述考试的内容以及现场有趣的事。现在孩子每天早上起来，都着急喊着要快点上学。考试排名不重要，重要的是把学习这件事，变成孩子的乐趣。学校做到了，真是幸运满满，感恩、感谢、满足。

姚凯淇妈妈写道：

里仁考试出心裁，小朋友们来参赛。鱼跃龙门新思维，德智体美全方位。巧妙教学必点赞！

靳海霞说："体育教育的好处当然不止强身健体、智力开发、愉悦心情，还能培养学生集体合作意识、公平竞争意识，磨砺出学生坚韧顽强的意志品质，这是21世纪及未来的人才所需要的品质。"

本章内容，扫码聆听

——

第五章

少年迎风而来

不信东风唤不回

2011 年，当贾丽明他们这一批体育专业毕业生进入民主教育集团后，潜藏在靳海霞心中有关体育教育的梦想开始抽枝拔节。

自担任校长以来，靳海霞四次参加教育部组织的教育访问团，到过日本、德国及中国台湾地区，这极大地开阔了靳海霞的教育视野。发达国家和地区对体育教育的重视给她留下了深刻的印象。看过世界，看过先进国家和地区的教育，再回头看小城的体育教育，靳海霞的教育理想和标准也在发生变化。她的目标更加高远，她常说，教育是用昨天的知识，在今天为明天培养人，不能好高骛远，但绝不能因循守旧。

靳海霞对集团体育组实行了直接管理。别的教学组都很快产生了组长，只有体育组的组长是集团党委书记。对体育组的教师来说，这是一份"能天天见大校长"的殊荣。直到今天，体育老师们说起这件事，仍会有点儿骄矜地说："我们校长最得意体育了！"

这话说对了一半。当年集团的体育教育是靳海霞心里的痛点，在其他学科已渐次进入专业化发展的情况下，体育的进步幅度却是有限的。靳海霞认为，没有优质的体育教育，就不可能办成一所真正优质的好学校。如何实现体育教学的科学性、系统性，是靳海霞的执念。

靳海霞有自己的管理艺术，有刚性的纪律，更有柔性的情感。基于多年的工作经验，她知道，一个学校的风气百分之六七十取决于体育教师的精神风貌和意志品质。如果他们积极向上，热爱教育，肯于付出，令行禁止，这个学校整体的风气就会积极向上。如果体育老师作风不正，行为不端，不仅影响学校的形象，也会带坏学生、带偏风气。一支高素质、高水平的体育教师队伍，是优质体育教学的基础。

节假日，靳海霞带着体育组的教师多次出去团建。在北方的山山水水中，靳海霞对体育组的每个人都有了更深的了解，她也把自己的思考、理念和年轻的伙伴们进行交流。靳海霞把学校体育教学的思考指向清华大学和英国的伊顿公学：

清华大学非常重视体育课，提出体育教育的目标就是让毕业生"争取为祖国健康工作五十年"。英国的伊顿公学也把体育课放在文化课前面，甚至提出了"体育第一，学习第二"的口号。除了锻炼身体，体育运动产生的多巴胺对情绪的调整、对大脑发育的刺激、对学生的人格塑造，都有着其他学科不可替代的作用。

初进校园，这群年轻的体育教师对体育教育的认知，还局限在身体运动和体育技能本身，对体育和脑科学的联系、体育对学生心理状态的改善等，他们还从未思考过。

学校的体育教师大多出身寒苦，他们坚韧顽强、讲义气，有专业能力带来的运动场上的短暂骄傲，有点儿野性，有的还在生活上不拘小节。他们一般不认为自己在基础教育中会有什么耀眼的表现，也不认为在学校会受到多大的重视。跑跳投，玩玩球，这是当时体育组教师对传统体育课的认知。对职业前景，他们大多缺乏规划，只求有一份安稳的工作养家糊口而已。

靳海霞了解了他们的脾气秉性，知道了他们的心态和生活诉求，也用自己的教育梦想点燃了他们内心的职业激情。

靳海霞选择了硕士毕业的女教师贾丽明当体育组的组长。毕业于沈阳体育学院的贾丽明，原本是一个文化课成绩很好的学生，高中时，由于受到一位优秀体育教师的引领，走上了专业体育的道路。

贾丽明专业强，善于思考，文字好，有很强的包容性。首先是专业性，其次是包容性，这是靳海霞选择干部的两大重要元素，也是民主教育集团的价值取向。对部门领导的要求首先是专业性强，良好的专业水准保证了部门领导对下属的专业引导，对专业性的尊重也端正了风气。其次，包容性强才能激发多样性思维，促进教育智慧的生发，实现良好的管理生态。在一个男性偏多的队伍里选择一个女性当领导，靳海霞也有自己的考虑。她说，在一个七人的体育团队里，一个女组长至少能管住四个男体育老师，但一个男组长却很难在短时间内获得大多数男体育老师的信任。这也算是性别优势吧。事实证明，这是一个正确的选择。

幼小初一体化的体育教育到底应该怎么进行？2017年，靳海霞组织集团近二十位体育老师去观摩全国第九届体育现场会。这个行为本身就体现出集团对体育教育的重视。出去见世面，是靳海霞进行教师培训的一个重要方法。

在这个现场会上，靳海霞和她的体育老师们见到了全国体育教育的权威人物毛振明。毛振明在现场进行了提问："你会什么运动？你平时健身都是什么运动？"

第一个问题，体育老师们回答得五花八门。

第二个问题，只有零星几个人举手。

然后，毛振明接着问："你的这个运动技能是你学校的体育老师教的吗？"这个时候，偌大的会场，已经没有一个人举手。最后，毛振明说："作为一个体育老师，你的学生在九年义务教育之后走出学校的时候，没能带走一项运动技能，那就是体育老师的悲哀。"这句话让现场的所有教育工作者陷入沉思。

这也是靳海霞一直在思考的问题：如何完善体育教育的课程体系？长期以来，体育课程的学段之间缺乏衔接，教学蜻蜓点水、低级重复，导致学生对体育的兴趣不浓，学生爱体育却不喜欢体育课，日常锻炼习惯未能养成，享受运动的乐趣自然成了求而不得的状态。

从全国体育现场会回来后，靳海霞对体育组的老师们说："民主教育集团从幼儿园到初中，一共是 12 年的教育。各位想一想，当孩子们走出咱们集团的时候，孩子们能不能带走一到两项运动技能？如果不能、不行，那么我们再想一想，我们应该进行什么样的体育教育，才能实现这样的目标？专家提的目标，是让学生带走一项专业技能，我们可不可以有点儿野心，带走两项，甚至更多？你们比我专业，这个任务就留给你们去研究、去探讨、去落实。"

这为体育组的老师们打开了一个不一样的世界，一项针对 12 年教育时长的体育教学研究开始了。这是一项漫长而不知尽头的工作。要完成国家的体育教学要求，要实现集团幼小初一体化体育课程的系统性建构，还要在一个经济发展薄弱的地方，真实有效地覆盖到"指向人人"的教育目标，这个工作复杂而富有开创意义。

体育组的老师们都感受到一种前所未有的压力和动力，在这所连墙壁的气息都崭新的学校里，每个学科都有自己存在的意义。

不信东风唤不回！对此，靳海霞满怀期待，她第一次拥有了这么多本科毕业生，她要实现的教育梦想多着呢！

学生的运动能力出了问题

解决问题的关键，是发现问题。为了更好地观察在校学生的运动能力，民主教育集团组织了一次全校的队列比赛。对这样的活动，只要靳海霞没有出差，她就一定会出现在主席台。

不看不知道，一看吓一跳。在这次队列比赛中，贾丽明和同事们吃惊地发现，有相当一部分学生的动作很不协调。最明显的表现是"顺拐"，在"齐步走"的时候，手臂和腿总是在一撇儿。继而，体育老师们又观察了学生们的日常运动表现，也发现了类似的情况，"跳跃运动"时，双脚跳起、同时头顶双手拍的动作，总踩不到点儿上，动作也连缀不到一起，中间必须停顿，不能一气呵成。

运动不协调的学生，就是体育组关注、跟踪的重点。这些运动缺陷是先天的，还是后天养育不当造成的呢？如果是后天造成的，是否能够通过运动进行调整、校正呢？

体育组的老师们对这些运动不协调的学生进行了家庭养育方式的调查，试图寻找其中的规律。调查发现，这些学生大多家庭条件比较优越，家里对学习抓得比较紧，每天大多数时间都在学习，基本不到户外去玩耍。而且，由于父母工作较忙，这些孩子基本上都是由老人带大，和有强度的体育运动几乎绝缘。

这些现象引发了教师们的思考。在3—6岁的幼儿园阶段，是否也存在这么多运动不协调的学生呢？贾丽明和其他教师一道，在暑期到幼儿园带班，想看看小朋友的运动功能是不是也存在同样的问题。

孩子的成长是一个整体，不能机械地分割，"一体化"研究教育，是民主教育集团一直坚持的原则，也是集团拥有的教育优势。靳海霞校长对教师有个要求，小学低学段的老师在接新班之前，要在暑期进入幼儿园接触小朋友。只有让自己重新"变成"幼儿，才能成为幼儿的"知心朋友"，才能更好地理解孩子。

在幼儿园，贾丽明和同事们发现，在小学和初中阶段非常突出的运动不协调现象，在幼儿园小班却极少出现。不论是跑动、爬行、跳跃类游戏，还是双手同时拍球游戏，通过引导，幼儿园小班的小朋友都能表现得很好。那为什么到了小学、初中之后，走队列、做广播操这样简单的运动，反倒会出现上下肢不能协调运用的情况呢？这是思考的原点，可能也是未来体育教育发力的方向。

科研，是基于数据基础上的。为了积累更多的数据，让结论更精准、更扎实，贾丽明和同事们开始给幼儿园小朋友做全面的体能测试，其中包括平衡、力量、协调、柔韧、耐力、灵敏等多个方面。看着年轻教师认真努力的状态，看着他们在专业上的成长，靳海霞非常开心。

万事开头难，首先是测试方法的选择。贾丽明和同事们反复琢磨，在尝试多种手段和方法之后，最后选择了相对有效简易的方法。比如，对平衡能力的测试，可以通过平衡木，也可以通过单脚站立。最后，他们选择了平衡木、往返跑、双脚连续跳、立定跳远、单手持网球掷远、坐位体前屈等测试方法。

最难的测试在暑假过后，幼儿园小朋友的第一次入园。因为小朋友还小，需要家长协助，要给小朋友做很多诱导性的引导，同时，还要向家长们做解释：这种测试只是幼儿园课程要求的一部分。在刚开始做测试的时候，有的家长不以为然，有的家长很不乐意，孩子某方面不行就说明孩子有问题，家长就觉得学校是在挑孩子的毛病，家长不接受这样的结论。体育老师和班主任就共同做解释工作："这并不代表孩子有缺陷，孩子的成长本身就是一个不断完善的过程，每个孩子都有自己擅长的一面，也都有自己的弱点和弱项，成人也一样。"

贾丽明说："咱们大孩儿到了初中，上课训练的时候，比如运球，大部分学生的右手手感肯定比左手强，这与生理和习惯有关。所以为了提高左手动作的熟练性，需要大量增加左手练习时间。幼儿园小朋友就不存在这个差异，左手能拍，右手也能拍，而且是左侧训练时间略多于右侧就可以达到'平衡'效果。我们通过研究发现，孩子越小的时候，他的运动发展能力其实是越强的，这时候，没有难和易的概念，甚至没有右手强于左手的区分。"

肉眼观察，数据积累，到了一定阶段，科研需要更高层次的专家指导。一直关注并推动这项科研的靳海霞校长，在这个时期请来铁岭市专攻心理学的教育专家，也请来国外脑科学专家来给教师们讲解从胎儿、幼儿到儿童，大脑慢慢长大、逐渐成熟的发育过程和规律，及时地解释了运动与大脑发育的关系，提升了教师们的理论素养。

在靳海霞的工作笔记本上，详细记录着她对幼儿体育教学的学习和思考。关于八大感觉系统、关于十类训练手段、关于四项整合动作、关于0—7岁不同年龄段脑神经的发育与运动的关系，都有记录和思考。比如，协调，会提高左右脑连接速度，决定思维的灵敏度；力量，发展肌肉能增强脑学习力，主要通过重复动作练习促进髓鞘生成（0—5 岁最快），它保护树突不受干扰，增强学习能力。比如，5—7 岁，孩子具备了更高的运动能力，也把大脑发育提到了更高的层次——边缘神经和大脑皮层。边缘神经控制情绪情感，大脑皮层控制思维，令其活跃。靳海霞还在这上面标注了重点——越复杂的体育运动越能刺激到大脑的发育，并写下了教学方面的思考：应该加入体育技能的学习，并参加比赛（由简到繁，逐步推进）。

很难想象，一个教育集团的一把手，每天面对千头万绪的工作，还能把这么多的精力和思考放在体育教学的思考与切实推动上。

有现象观察，有数据收集，有理论提升，在靳海霞的强力推动下，团队对体育教育形成共识：体育一定要从幼儿阶段开始抓，越早介入，得到的效果就越明显。在幼儿阶段，投入 100% 的教育和培训，效果至少能达到 90%；到初中阶段，投入 100% 的精力，可能得到的回馈只有 10%。

民主教育集团
到底有多痴迷于体育

走进民主教育集团中心幼儿园小班，会看到孩子们在做一些有趣的游戏。一些孩子在穿大大小小的珠子，这是在锻炼手指的灵敏性。地上放一个小呼啦圈，孩子双手打开，像一架小飞机，然后让这架小飞机在这个飞机场转一圈儿，再到下一个飞机场转一圈儿。这是在用旋转性运动去刺激前庭系统，提高孩子的平衡能力。夏天的时候，教师们会让孩子躺在地上，拿大球在孩子身上滚过来滚过去，或者做一些指压板，让孩子在上面做滚动动作，这是在加大触觉的刺激。统合训练之后，会提升孩子的专注力、记忆力、意志力。

靳海霞要求以课程思维开发幼儿园的游戏。她说："我们特别注重在幼儿阶段的课程设置，针对学生们的弱项做有倾向性的安排，有体适能训练课程、有感统训练课程。为了和小学、初中的体育课相衔接，我们还特别注意挖掘孩子的运动天赋。"在科学指导下的游戏，或者说训练，更加有的放矢，避免了原来幼儿体育教育的盲目性、盲从性，这是体育教育更加高级、更加科学的状态。

将近五年的时间，整个体育组基本上没有寒暑假。只要有空闲，体育组就到幼儿园和小学去做体能测试，追踪课程效果。体能测试和数据收集是基础，根据收集到的数据再去设计课程，然后再让孩子们去实践课程内容，再测试，再调整教学内容。

幼儿体育的效果极大地激发了教师们科研的热情。

在课程设置上，幼儿阶段打好运动基础之后，小学一、二年级要求专项技能和基本运动技能培养，小学三至六年级要求技能和体能同步发展，初中要求技能的深化和体能的大幅提升，同时注重体育精神的培养。这样一层一层堆叠起来，幼小初体育课程一体化终于成型。这项针对全集团各个学段总长十二年的体育规划，经过近二十名教师、万名学生的共同参与，终于完成。五年的时间，不长不短，对民主教育集团的体育教师来讲，这个过程，是他们专业水平得到大幅度提升的过程，也是全集团所有教师提升对体育教育的认知，并强化体育教学地位的过程。

靳海霞对体育课的要求，除了科学性、实效性、幼小初一体化外，还有一个重要的原则就是"指向人人"。体育活动和比赛不能像过节那样，一年只有一次，一次只有一天，或者九年级学生不许参加，或者只重视体育生为校争光，轻视普通学生的全面参与，而是要做到"人人有项目，班班有活动，月月有比赛"。在民主教育集团，几乎所有比赛都是全员参与。全员篮球亲子运动会、全员跳绳比赛、全员八字跳绳比赛、全员亲子趣味运动会，鼓励所有孩子做在赛场上挥洒汗水的人。

民主教育集团到底有多痴迷于体育教育？

大课间，是民主教育集团最热闹的时候。

伴随着动人的音乐，幼儿园大班的小朋友在双手拍球，他们的双手同时触碰篮球，大大的皮球，仿佛粘到了他们小小的手掌上。所有的孩子几乎是同一个频率，单手拍、双手拍、交叉拍，横成行、竖成排、斜成线，这份生命的律动，像阳光下在风的推动下起伏有致的波浪。小朋友表现出的运动能力，成为体育科研成果最好的例证。有人赞美道："小朋友在尿都控制不住的年龄，球却控制得如此之好！"

或许，大课间又变身八字跳绳比赛的赛场。操场上，绳子上下翻飞，伴随呼呼的摇绳声，同学们一个接着一个地进入、离开，像纺车上井然有序的飞梭。场外，体育教师在掐点儿计时，一场不动声色的技能考核正在进行。

或许，大课间又有了热情活泼的东北秧歌操，师生们尽力地舞动着身体，还有高难度的抛转、顶转。经过北京的舞蹈家改良设计过的秧歌操，既保留了地方特色，又增加了运动强度和艺术美感。

在民主教育集团体育学科的规划里，有严谨的课程设置，也有随机的趣味赛事。学校为学生设置了2门体育必修课和7门体育选修课。其中，两门必修课——篮球和跳绳，从幼儿园到初中，每名学生都要学习和掌握。个性发展和兴趣培养的课程有足球、排球、乒乓球、羽毛球、跆拳道、橄榄球、啦啦操，等等。

为了让所有的规划都落到实处，而不仅是一纸空文，集团还明确了体育学科的学习路径：学、练、赛。学，过去课堂成果注重"学会了多少"，现在转向"多少人学会"；练，学生通过大课间、课后延时服务和体育作业进行技能练习，保证每天校内外一小时以上的练习时间；赛，学生通过测试或比赛活动来评价自身运动成果。

集团的体育赛事多，而且很多赛事看起来都很"奇葩"。有引导绿色出行的校园骑行比赛——"骑乐无穷"；有韵律操、武术操、篮球操大赛；有小学部的篮球趣味赛，有单手运球过障碍的"穿越丛林"，有双手运球的"丛林打地鼠"；有初中部的女子素质拓展比赛；有促进和谐亲子关系的亲子啦啦操表演赛；有"'绳'采奕奕"的跳绳大赛；有"青春无畏，迎'篮'而上"的师生篮球对抗赛。

为了增加学生的运动新鲜感，大课间时常出现让学生笑声不断的另类比赛。比如，双膝夹住 A4 纸，蹦跳接力赛；随意摆放，随机翻书，按顺序取书接力赛。20 分钟，一场全校的赛事，就在欢声笑语中完成了。

根据季节变化，体育也有不同的主题赛事。春天大风起兮，放风筝；冬天雪大如席，打雪仗；秋天天高云淡，风车接力跑；夏天艳阳高照，打水仗。没有比在校园打水仗更炫酷的活动了，学生爱玩儿，老师也爱玩儿。学生们个个全副武装，身披彩色雨披，手举"长枪短炮"，舀水、射击、"填弹"、泼洒。学生们见靳海霞校长来了，举起水枪就呲，靳校长也是有备而来，马上举枪对呲。在这样的对决里，没有等级，没有长幼，只有欢乐的笑声。这是属于民主教育集团的独家记忆，对学生来讲，这可能是他们在未来生活里炫耀自己学校的一个特别理由。

民主教育集团的体育赛事大多是团体项目，需要相互配合才能完成。学生们不但以个人的身份出现在赛场上，更是为小组而战，为班级而战。一些不喜欢运动的孩子，也会为了团队而不得不出战，为了团队的荣誉去提升自我，最终达到体育教育的目的。

靳海霞说："体育教育的好处当然不止强身健体、智力开发、愉悦心情，还能培养学生集体合作意识、公平竞争意识，磨砺出学生坚韧顽强的意志品质，这是 21 世纪及未来的人才所需要的品质。"

正如伊顿公学的官网中对"games"的描述：学习赢得和失去、领导和被领导，推动自己前进，也许就能超越极限。学习作为团队的一员去思考，知道什么时候奋力争取，什么时候承认失败。这些都是我们作为人类的必修课。

"指向人人"的体育教育，极大地改善了学生的体质。贾丽明感慨地说："以前，学校有体育队，出去打比赛，然后拿了金牌，拿到前几名，这就代表了全体。但现在不行，靳校长反复强调，体育运动一定是要面向人人，一定是所有孩子必须达到同步，所有学生都要受益。不能说培养体育人才就是拔尖儿，以前就忽略了全员、人人这个层面。"

数据会说话。实施幼小初一体化教学三年以后，民主教育集团学生体质测试优秀率连年提升。靳海霞鼓励体育组的同事们把科研成果写成论文，用以指导今后的实践。他们撰写的那篇《幼小初体育一体化课程构建与实施》的论文，获得了辽宁省2021年基础教育教学成果三等奖，并作为义务教育的成果，在铁岭市大力推广。

在团队的强力执行下，靳海霞心有所想，便事有所成。这是立在校园操场上、体现在学生生命中的科研成果。

里仁校区的春季运动会有一个保留项目，就是在各班学生入场之后，八名短跑运动员共同高擎着一面国旗，快速跑步入场。风中，是少年的矫健，是国旗的律动。看着这些迎风而来的少年，靳海霞的心被巨大的幸福感充盈着。

写给"降妖伏魔组"的信札

"体育老师领你去做拓展练习，愿不愿意去？"私下里，班主任张老师把班里学不进去的那个学生叫到教工办公室。

听说是去体育组，这个被私下问询的孩子当即就同意了。

"有教无类，因材施教，扬长避短，不给学生贴标签，尽可能给学生提供适合的成长空间"，这是靳海霞经常向教职员工传递的教育理念。靳海霞还对体育、音乐、美术组的老师说："你们的办公室都不要锁门，让喜欢体育、音乐和美术的孩子随便进出。"

这些被私下问询并自愿前来的孩子，陆续到体育组报到。为了更好地引导这些学生，里仁校区中学部推出了针对"精力过剩"学生的特殊政策，每天下午的 3 点到 4 点 30 分，把他们统一集合到学校体育馆里，开展体育活动课。

2011 年，里仁校区建校元年。这个刚刚建校的初级中学，教学楼是新的，操场是新的，老师是新的，只有一届初中生，因社会的不信任，还没有招满。靳海霞校长一方面通过非常规的手段抓教育教学；另一方面她常和这些年轻的教师们说："我们必须面对学生的多元性，尽力挖掘每个孩子身上的闪光点。所有的孩子，都需要有滋养性而非压力性的成长环境。

一个包容、接纳、适合孩子个人发展的环境，对于这些不得不'挺过艰难青春期'的孩子而言，是'刚需'。"

体育活动时间到了，体育老师一点名儿，来了三十多个孩子，他们或高或矮，或胖或瘦，看起来都不太好"团弄"。别的老师调侃体育组，把体育组叫"降妖伏魔组"。为了吸引这三十多个孩子的注意力，也为了测试他们的体育特长，体育老师为他们设计了丰富的训练内容。

今天是羽毛球，明天是篮球，后天是排球，球类玩腻了，体育老师又领着他们拳击、摔跤。青春期到处冲撞的力量，似乎在体育组的花式训练与玩耍中得到了平复。为了建立他们的团队意识，体育老师还带他们进行各种各样的拓展游戏，几个人一组共同完成一件事，在轻松的氛围中增进友谊，理解团结的价值，提高与他人合作的能力。

为了更好地吸引这些学生的注意力，激发他们的求胜心，把他们生命中最闪光的东西激发出来，体育老师一方面对他们进行专业体育训练，让他们在体育上的表现更为突出、更具观赏性；另一方面，还组织各种赛事，今天的比赛结束了，又提前部署明天的比赛，让学生们自己研究如何取胜，自行组队、自我管理。

体育组的氛围是有滋养性的，对他们是完全接纳和包容，没有异类的目光，没有批评训斥，没有能力上的拔高期待，没有着急催促，体育老师温和耐心又态度坚定。这些体育老师在专业之外承担了更多政教的工作，他们对靳海霞校长的教育理念，对学校的教育文化也有更深的理解。对体育组的付出，靳校长看在眼里，记在心上。作为集团化办学后的第一任体育组组长，靳海霞用特殊的"团建"打造了一个有爱心、有智慧、能奉献的体育教师团队。

训练或比赛结束后，大多是"别有用心"的漫谈时间。

所谓漫谈，就是休息时，体育老师和学生们聊闲天儿。有一搭没一搭，说道理，又不能总说道理；开玩笑，又不能总开玩笑，像害怕惊跑了落下来的小鸟，说到兴起处，又要猛扎一锥子，直抵痛处。

"你家里干啥的？"

"你家有矿没？"

"你家有皇位等你继承没？"

"你不好好学习将来想咋整？"

"咱说，就是去修车咱也得修到国家级工匠啊，这不是不可能的。"

这些有一搭没一搭的聊天，像辽北的天空，那一片片不成形也连缀不上的云，不知道什么时候能聚成云、凝成雨，落在地上。也不能催促，随时有"小意外"，让升腾的希望一扫而空。有一个孩子，没有和任何人打招呼，就离开了训练队。体育老师嘱咐大家哪天他来上学了，一定送到训练队来。回归训练队之后，这个孩子暂时稳定了情绪，但他也掏心掏肺地对体育老师说："我知道你是为我好，但有些事儿，我也没有办法，我控制不了，家庭情况太复杂。我只能保证消消停停的，不学坏。"

对什么都不以为然的这个孩子叫高山。他从来都是一副高高在上的样子，眼神里透着桀骜不驯，优渥的家庭环境带来的自傲，学习成绩不好的压抑，身体快速发育带给他心理上的冲撞，让他成了训练队里"最难剃的头"。他常常是一副"社会小大哥"的派头，吃得好，穿得好，用得好，说话也要说上句。他对谁都不拘谨，并学着大人一副看透世事的样子，对同学说："不管你学习好还是学习坏，我要说你啥话，你敢不听吗？"

进了"降妖伏魔组"，高山的脾气好像没有那么大了。在体育训练组里，他的"蛮荒之力"得到了释放，和社会朋友也少了联系。

为了进一步吸引这些孩子的注意力和参与的兴趣，激发孩子们的好胜心，"以魔法打败魔法"，体育老师们设计了以"降妖伏魔组"成员为重点球员、全校参与的羽毛球比赛。之所以选择羽毛球这个项目，就是经过一段时间的培训，羽毛球有可以观赏的专业状态，更容易提升"降妖伏魔组"成员的信心。比赛有开幕式，有闭幕式，有场外观赛，有颁奖仪式，有奖状，有奖牌。比赛的奖励五花八门，有冠军、亚军、季军，有成绩优秀奖，也有吃苦耐劳奖，有认真对待赛事奖……所有参赛的学生都有奖励。

这些学生成了里仁校区关注的中心，也有了肉眼可见的变化。"社会小大哥"高山，当他真正站上领奖台的那一刻，当靳海霞校长把奖状发给他的时候，他竟然也很羞涩，原来那副目空一切、看透一切的样子不见了。看来，只有真正通过自己的努力获取的荣誉，才能让人变得谦逊。

有一个改变是难以衡量的，就是赛场上参赛同学为团队荣誉的拼搏，场外观赛同学为运动员的尖叫，是怎样提升了"降妖伏魔组"的团队合作意识，改变了他们的精神面貌。冰层的融化，从来不是一朝一夕的事。当阳光无差别地照下来，没有人看到水分子细微的变化，但冰层的开裂日渐其增，只有把耳朵贴近冰面，才能听到那美妙的声响。

"降妖伏魔组"的一个学生花了半年的时间给体育组的老师写了一封长信：

致最想感谢的你：

　　今天是 2014 年 1 月 3 日，一直想写一封信，但是不知道怎么写，通过私下的努力，今天终于完成了。我想说说我和大家的故事和心声。今天是羽毛球决赛日，而我们的故事从刚上九年级就开始了。

我和我的同学们一起来到了这里，共同属了（于）一个光荣与梦想的集体——里仁中学羽毛球战队。这里不仅有并肩作战的队友、兄弟，还有我们的教练。您教给我们打球的技巧，还有做人的道理。

在校园中，在班里，我们的学习成绩可能不尽如人意，但在这个集体中，我们豪气冲天，义气动地！我原来听过一句话：上帝为你关上一扇窗，必定再替你打开一扇门。原来我不是很懂，但现在我懂得了一些。

真心谢谢你们，我的教练和我的老师们。如果你们不像现在这样对我们，没有让我们有这样一个充实自己的机会，我和身边的这些兄弟可能会早早地离开校园，现在我们通过运动遇见了一个更好的自己。谢谢你，一直对我们不言放弃，待我们如同（自）家兄弟。

谢谢你们，让我们在这里付出汗水，收获了感动；我想我会永远记得我在这里度过的时光。

我们班老师跟我说，心向阳光，看不到太阳也会开放，何况你有属于你的那一缕阳光。我现在明白一些坚持与努力的含义。可能我在学习上没有办法让别人认可，但我会用我们的方式表现自己，我多么希望开原市的所有中学能有一场羽毛球比赛，那样我和我的兄弟们就能一起齐心协力地拼一次，为您长脸，为我们的母校争光，我们一定会勇夺第一，扬眉吐气！

如今，里仁校区中学部每天下午三点到四点半的体育训练仍在进行。2023 年，开原市招十名体育生，里仁有六名学生入选。

体育组的老师又接到运动队里的一个孩子写的诗，这个平时大大咧咧的孩子，似乎又真的很羞涩，他连自己的名字都不肯落，只写了如下的诗句：

在这里，我很快乐。

在这里，我很幸福。

我们放弃懒惰，多了一份努力；

我们面对现状，多了一份自在；

我们欣赏自己，多了一份自信！

我们寻找到快乐，多了一份追求；

我们也感受成功，多了一份欣喜；

我们不惧怕失败，多了一份面对未来的执着与追求！

而这一切的改变，只因有了你，有了你们，

我要掏心掏肺地说一句：

谢谢你——我的母校！

谢谢你——我的老师、教练！

谢谢你——我身边的哥儿们！

谢谢你——我青春成长中最美的时光！

靳海霞说："美育是无用的，无用之用，方为大用，没有美育的教育是残缺的教育。民主教育集团的美育教育不是鉴别、发现、培养一小批'超常儿'，而是以'面向全体，人人参与'为基准点，普遍提升每个学生的美育素养，做到'美育教育，一个也不能少'。"

本章内容，扫码聆听

——

第六章

无用之大用

从教师乐团到学生乐团，
音符里的青春共成长

民主教育集团的教师管弦乐团特别令人震撼。小提琴、中提琴、大提琴、小号、圆号、黑管、长笛……各种乐器配备齐全。老师们身着黑西服、白衬衫，《欢乐颂》《拉德斯基进行曲》《红色娘子军·序曲》等经典曲目如河水般奔腾而出。其中，除了十来个专业音乐教师，这支近百人的队伍全由普通教师组成。这样的队伍能够演奏这么专业的曲目，其中的难度可想而知。

教师管弦乐团始建于 2003 年。靳海霞校长提出要搞教师乐队，而且要能在学生面前演出，老师都要参加，特别是年轻老师。

这是学校打造学习型组织的关键性事件。为了孩子的艺术教育，每个老师要先行。说起来心酸，20 年前，在开原寻找艺术教育方面的师资并不容易。靳海霞还曾到开原人民公园转悠，在吹拉弹唱那儿看热闹，还真寻摸到一位二胡拉得好的老人。靳校长把他请到学校，试了试，不行，不但不会教，说话还带脏字儿。那就激发内生动力！靳海霞产生了办教师乐队的想法。这想法够大胆，怎么看都像是"穷光蛋要办银行"。

现在学校里的几个校长、副校长，当年都是乐队的，佟波吹小号，王哲吹萨克斯，王鹤吹上低音号。这对连五线谱都不认识、十指生硬的门外汉来讲，难度可想而知。把教学搞好了就很好了，还弄这个干啥？没有几个人能理解。

靳海霞校长的想法却是清晰而坚定的：教师要对音乐有了解、有理解，只有这样才能对孩子们有美的引领。教师们学音乐，还可以丰富生活、提升品位，由优秀变得优雅。如果老师是优雅的、是美的，有谁会拒绝这位老师？如果教育是美的，还有谁会拒绝教育？

现在的乐队指导老师叫姜宏，是靳校长让大家像密探似的到处打听，才终于找到的这么一个宝。那是在一场婚礼上，姜宏表演萨克斯独奏为大家助兴，恰好叶健主任在现场，就直接问他："我们想搞乐队，正在找指挥，你能整不？"姜老师就这样来到了学校。

2003年的寒假，天气格外冷。学校里有一个小锅炉，学生放假之后就不烧了。王鹤副校长回忆说："我那个上低音号，个头大，铜的，冰凉冰凉的，吹进去的气儿是热的，到铜管里就液化了，然后就'滴滴答答'地从排气管往下淌水，一会儿地上就是一摊水。"

乐器也少，单簧管就一支，大家轮流用，用之前拿纸擦擦了事。到最后，这支单簧管的嘴儿都黑了。

姜宏老师坐在教室里——那时候还是平房，一个老师一个老师，单独进行训练。长笛先吹，吹完了到隔壁教室去练；单簧管再来，然后是长号、萨克斯。姜老师说："大部分老师就是一张白纸，只有一两个会的。靳校长天天去盯着。老师们也认真、聪明、听话。"整个假期都在练习，假期结束后，管乐队已经能吹些简单的旋律了。一年之后，乐队能吹曲子了。

学校后来又找来弦乐指导老师，乐队配上了弦乐。"这个音怎么吹，那个音怎么弹，就是这样一点点抠出来的。"姜宏老师说："我还给他们排练了《红色娘子军·序曲》，这个曲子经典，任何时候都不过时。"

姜老师至今仍在为学校服务，他感念着靳校长对他的关心。刚到开原没住处，靳校长帮他找房子；儿子在沈阳出车祸了，靳校长第一时间赶去探望；儿子结婚，靳校长围前围后帮着张罗……

2024年6月的一个午后，姜宏老师给学生们上完第二课堂之后，端起了霸气的大管，那是他最爱的乐器。

从2003年到现在，经过20多年不间断的磨炼，集团很多任课老师已成为优秀的业余乐手。姜宏老师很欣赏民主小学的校长佟波，说："他挺有天赋，音乐感觉好。"

佟波是苦练不辍的乐队劳模。2016年6月，他出差去丹东，参加辽宁省第五届小学语文教师素养大赛。比赛项目有上课、三笔字、才艺表演等。才艺表演，佟波选的是小号。

要想把小号的音色吹得美一些、音准，就得每天练习。在宾馆没法儿练，在才艺比赛前，佟波天天打车到郊区的一座大桥底下练。他以为这么偏僻了，肯定不扰民。练到第四天，一个老爷子找来了，半开玩笑似地，但也带着恼火，说："你每天来这儿吹号，我们早觉都睡不好了。"佟波跟他一笑，说："今天是最后一天，我今天比赛结束之后就回家了。"

2024年5月，外省200多位校长来民主教育集团参观学习，教师乐团倾情演出。听说吹小号的是校长，有一位客人点名请佟波表演。佟波当即表演了一曲《海之梦》，悠远广袤的大海似乎随着乐曲浮现在大家眼前，令客人们赞叹不已。表演结束之后，佟波说："幸亏我天天练，要不今天就下不来台了。"

擅长语文教学的佟波成了首席小号手，擅长数学教学的王鹤则成了首席上低音号手，如今，他俩一个是民主小学的校长，一个是副校长。

2003 年，王鹤刚入职。苗条纤细的王鹤，最开始想选长笛，但是，长笛已经被人选了，她只得选了一个又大又沉的上低音号。

王鹤不识五线谱，姜老师给翻译成简谱，她对着简谱看五线谱，有了点儿感觉，就慢慢学会了。一年之后，王鹤能吹一些简单的曲子了。"之后得天天练、年年练，有些时候是非常枯燥的。"王鹤说，"因为不但得练指法，还得练气息。你没有力气，怎么能吹得出来呀？"上低音号是降 b 调乐器，很多时候需要转调。刚开始王鹤总是去请音乐老师翻译，现在她自己也能转调了。

练了七八年，王鹤已经小有所成了。在班级里，孩子们看到王老师拿着上低音号，就好奇地问："老师，这是啥东西？"王鹤说："是乐器。"孩子们又问："老师，那你会吹吗？"王鹤当时想在孩子们面前秀一下，也引领一下孩子们——"你们看，老师这么大岁数还坚持呢。"上低音号声音很深沉，王鹤吹的是独奏曲《草原上升起不落的太阳》。那深厚醇美的乐音把孩子们都定住了，也想吹，想和老师合奏。之后，很多孩子真的有了音乐爱好，学习了乐器。

还有的老师，原本就爱音乐，所以非常珍惜这样学习的机会。

段明书老师是乐队中的首席萨克斯手，她把这种曲风婉转悠扬的乐器"玩"得得心应手，时常在课间吹上一曲，给学生们的学习生活带来不少乐趣。在参加辽宁省青年教师基本功大赛时，她用萨克斯吹奏起名曲《回家》，全场评委无不鼓掌表示赞赏。最后，段老师在名师云集的大赛中脱颖而出，拔得头筹。

陶丽老师学的是贝斯，她每次训练时都早早赶到排练场，一遍遍认真练习，她说："自从学习了贝斯，我觉得自己的生命又多了一份乐趣。我希望自己能弹得再好一点儿。"

李宏宇老师学的是黑管。2005年寒假，她每天早早地来到学校，从枯燥的长音练习开始，她要求自己把每个音吹得结实、饱满，如果没有吹好，就再来，直到自己满意为止。时间一长，她指尖磨出了茧，嘴磨出了泡。如今，她已能熟练地演奏多首中外名曲。当学校成立女子管弦乐队时，她又主攻大提琴，很快就入门了。

学有所成后，李宏宇老师在班级联欢会上大显身手，用自己所学的两种乐器为孩子们演奏曲子，孩子们佩服得眼睛闪着光。此后，班级的学生纷纷投入学校开展的各类音乐第二课堂中。在每年的"歌满校园"活动中，她的班级都由学生自组乐队伴奏，不仅乐件完备，而且配器合理，与合唱相得益彰，受到评委的一致好评。

要求老师做到的事，学校领导先做到；要求孩子们做的事，老师先做到。这是靳校长一贯的态度。所以，这里的孩子本领大，老师们更是多面手。如今，学生们组成的乐队有三个：西洋管乐队、西洋弦乐队、民族管弦乐队。另外，还有很多孩子在学习钢琴、声乐、舞蹈、京剧等二十多个艺术项目。

2024年6月12日，在里仁校区小学部四楼音乐大厅，学校管乐队举办了一场音乐会。

下午1点，二百多名低年级小观众已经坐好，乐队队员在姜宏老师的安排之下一一就位。叶健主任开场提问："大家都知道哪些西洋管乐器？什么？吹口哨？这是谁说的？"孩子们嘻嘻笑着，争先恐后地举起了小手……

在轻松欢乐的气氛中，姜宏老师踮起脚尖，手有力地一挥，第一个节目开始了，是大家熟悉的《运动员进行曲》。

在每个节目结束的间隙，叶健主任不失时机地提出一些小问题，为答对的孩子送上小奖品；同时还传授一些听音乐会的礼仪，诸如演奏中途不能鼓掌之类的。她就像一个活跃的音符，调动着全场的气氛。

合奏曲目《康康舞曲》开始了，姜宏老师屈膝，身体前倾，接着快速挺起身来，向后弯出一道曲线，双手猛地向上一扬。他把自己完全融入这首欢快的舞曲当中了。

下一个节目是小号齐奏《又见炊烟》，几个小女孩，白鞋白袜，穿着带白边的蓝色水手服出场了。熟悉的旋律让人很放松。

三名壮实的六年级男孩登场了，他们表演的是大号齐奏《什锦菜》，这是一首乡村音乐，沉重的大号声十分雄壮。

更多的候场小乐手带着五花八门的乐器，顺着走廊来到大厅边缘。独奏神曲《单簧管波尔卡》响起，候场乐手们随着节奏摇头晃脑。

闷热的空气一大团一大团地在大厅里翻滚，但无论是观众还是演员，都沉浸在乐声中。

压轴节目登场了，在乐队伴奏下，王元鹏和蒋莹两位音乐老师合唱起《我和我的祖国》。王老师的声音浑厚，蒋老师的声音清亮，专业级的演出点燃全场。演出结束后，孩子们掌声阵阵，大声欢呼，一颗音乐的种子就此埋在他们的心田。

民主教育集团每学期都会举行系列艺术沙龙活动，历时两到三个月，民乐、舞蹈、声乐、京剧、弦乐等二十多个艺术社团都会展示精品节目。这为学生们打造了展示空间，积累了演出经验，也丰富了校园生活。歌曲所唱之所，皆为德育课堂；旋律传播之处，教育自然发生。

有时，靳海霞校长也会来，她坐在孩子们的后面，看着他们表演，眼睛里有泪光在闪："我小时候上学没捞着唱歌，这是一生的憾事。现在的孩子多幸福。"

歌满校园，
那些花儿与春风相逢的日子

　　班班有班歌，人人练合唱。每一天，在清晨，或是在下午，纯美的歌声从一个个教室里飘出。每个班级都在自发地练习，为民主教育集团的年度"歌满校园"大赛做着漫长、快乐的准备。而这种准备早已成了学生校园生活的日常，与其说这是一种准备，毋宁说是一种歌唱的习惯。

　　"歌满校园"始于 2011 年。最初这个活动是开原市教育局组织的，办了两三届之后就停办了。靳海霞校长觉得活动好，就在校内每年举办一次以班级为单位的合唱比赛，并一直坚持到现在，活动名称沿用了"歌满校园"，也叫作"班班有歌声"。每个学生都要参与合唱，这或许是投入最少，收益却最大的艺术教育了。

　　合唱指向人人，同时也选拔小歌手组建三个梯队的校合唱队，促进一部分有天赋的孩子更快成长。第三梯队，即纳兰合唱团，在国家级比赛中屡获大奖。

　　民主小学六年五班合唱的《万疆》，是 2023 年"班班有歌声"的冠军作品，是张旭老师设计、指导、排练的。这首歌的原唱是李玉刚，歌词化用了梁启超的《少年中国说》。

　　2024 年 6 月 5 日下午，六年五班的孩子们在学校三楼大厅表演《万疆》。随着刘晨曦同学有力的钢琴前奏响起——"红日升在东方，其大道满霞光……"童声齐唱，弥漫出一个气场，所有表演者形成一个整体，仿佛处在与观众平行的空间中。

齐唱、轮唱、领唱……箱鼓、三角铁、手铃、碰钟、大提琴、琵琶，各种乐器之声大作，凡所应有，无所不有，带着观众的心往上空又是一拔。

此段过后，第一排的孩子们分为两组，以京剧的台步、京剧的手部动作，小步快速转了一圈回到原位。孩子们以京剧唱腔边舞边唱，中间伴以京剧念白。同一首歌，呈现出不同的表达层次。

结尾，王羡同学以刚健的步伐从后排走到前排，右臂高举，以京剧老生的唱腔吼出："啊哈哈哈哈……"

张旭老师说："这首歌，原来的唱法比较平，慢速，不丰富，没有高潮。所以我请来京剧老师张春香，和我一道将它改成了戏歌。"

钢琴伴奏刘晨曦为了这首歌，回家反复练习。张旭老师要求前奏力量要强，有低音向上爬音，音阶要流畅。这对刘晨曦来说是个挑战，毕竟孩子的手指力量不够。最终他在短时间内，取得了突飞猛进的提升，在比赛现场完美发挥，被张旭老师誉为"最强钢伴"。

唱老生唱腔的王羡，正处于变声期，童声音色唱不出来，导致他非常烦恼。京剧老师为他设计了这个结尾唱腔，他的眼睛一下子就亮了，最终不折不扣地把这画龙点睛的"啊哈哈哈哈"练到了他所能达到的极致。

张旭老师说："这首歌适合用箱鼓，它的共鸣色彩比手鼓好。用非洲鼓不合适，非洲鼓太'国外'了。"箱鼓伴奏，张洺瑄同学很喜欢玩儿这个，回家之后自己又练了好几首曲子。在演出结束后，张洺瑄用箱鼓又为大家表演了一段民谣歌曲《安河桥》。

民主教育集团所有的班级都有班歌。六年五班班主任宏中华老师把《万疆》作为班歌，成为保留曲目。很多来学校参观的客人，听过《万疆》

后都流下了感动的泪水。

还有一首冠军作品《欢乐的那达慕》，也备受学校师生的喜爱。

《欢乐的那达慕》是一首经典的蒙古族民歌，表现的是蒙古族开运动会，摔跤、射箭等欢乐场景。

"这首歌很阳刚，而这个班男生更突出一些。这是根据他们班的情况选的歌。"张旭老师说。在正式"开谱"前，张老师带大家读歌词。这是张老师的老规矩，歌词如果读不明白不能唱，先得理解歌词描绘的场景，理解歌曲的感情基调。

歌声由弱渐强，仿佛蒙古族的勇士们由远及近走进赛场。两强相遇，强音到达顶点，马上落下来。张老师说："有强有弱、有张有弛，歌声才能有魅力。"

一首比赛歌曲，特别是重大比赛，每一处细节都是需要精益求精的。每个音、每个小节、每个节奏、每个气口，都得设计好、规定好。该吸气时，所有人都得"偷"一口，十个人里只有两个人偷气，这个声音就断了，就不再舒畅。每一个音、每一个字都得咬准。张老师说："汉字不好咬字，有时候一个字需要练习几十遍才咬得准。"比如《葫芦笙吹响啰》这首歌，"吹"字就不好咬，必须在开口音的状态下发出来闭口音，否则这个音就"扁"了。先用正确的口型去读，是个练习的好办法。

这首歌的动作也是特别设计的。孩子们开始时好似雄鹰展翅，继而像摔跤、像射箭。动作和歌曲相得益彰，艺术魅力就发挥出来了，孩子们也觉得很有意思。班主任黄吉明老师也参加了合唱，他一会儿吹奏着很小巧的"口哨"，一会儿与孩子们共同演唱。

"歌满校园"覆盖所有的年级和学生。集团负责艺术教育的叶健老师还会培养一批小指挥、小领唱和小主持人。他们主动报名，由叶健老师分批培训。

为了提高他们的专业能力，增加实战经验，每周一全校的升旗仪式就是他们表演的舞台。小领唱们会站在前面领唱国歌、校歌和队歌，小指挥们也会轮流指挥全体学生歌唱。"歌满校园"比赛期间，小主持人还会分成 ABCD 组，主持歌唱比赛，主持学校艺术社团的专场音乐会。

六年一班的李洛琦是叶健主任的得意弟子，她是小指挥、小主持人，还是纳兰合唱团的成员。叶健老师还让她做小老师，带一些低年级小学生并成立自主社团。优秀的徒弟毕业后，小师弟师妹们成长起来又担负起学校艺术活动的小主持人、小指挥的工作。六年二班的崔卓然，歌唱得挺好，叶健鼓励他多唱歌，似乎只有在用心地唱歌时，他的小动作才能被治愈。叶健主任说，这些学生到了高中、大学之后，从小培养的组织能力完全能在学校各类活动中独当一面。

歌声中的校园，歌声中的师生，都沉浸在和煦的春风里。

民主教育集团的艺术教育不是摆在迎宾处的几个花盆，而是一座生机勃勃的花园，每个孩子都浸润其中，他们被滋养、被润泽，在他们离开的时候，每个人的衣襟都带着花香。

纳兰合唱团，
满族歌曲的传承者

　　"班班有歌声"活动是普惠性项目，惠泽所有学生，而纳兰合唱团则是针对有音乐天赋和梦想的孩子而搭建的高水准艺术舞台。纳兰合唱团组建于20世纪90年代，至今已有三十多年的历史。

　　"纳兰"很容易让人联想到清代词人纳兰性德，这两个字是满族姓——叶赫那拉的简称，意思是"野鸭子河畔的太阳"。开原市满族人多，合唱团带有满族特色。因此，合唱团也担负起传承满族传统艺术文化的重任。在叶健主任的统筹组织下，合唱队分成三个梯队，第一梯队由一、二年级的孩子组成；第二梯队由三、四年级的孩子组成；第三梯队即纳兰合唱团，由五、六年级的孩子组成。合唱团的工作由叶健主任负责管理，民主校区的张旭老师、里仁校区的赵迪慧老师负责各自校区的指导工作。

　　张旭，是纳兰合唱团的指挥。张旭脸型瘦长，五官线条硬朗，法令纹深刻；他的头发过早地白了，呈现出泛着金属光泽的银灰色。歌唱占据了张旭老师的绝大部分时间、绝大部分身心。他的周围似乎笼罩着一个无形的、透明的、坚韧的气泡，只有在和他谈论音乐时，这个气泡才会打开一条通道。

　　1985年出生的张旭，在开原乡下长大，在上小学的时候，他被音乐课迷住了。1997 年香港回归，各村选拔孩子到乡里参加庆祝香港回归歌唱比赛，张旭被选中参赛，获了个二等奖，这增强了他唱歌的信心。初二辍学，打工两年，他又央求父母复学。十八岁时，他开始学钢琴、学乐理，接触到了民族唱法。四年之后，张旭考上了郑州大学音乐系音乐学专业。到民主小学工作几年之后，2018 年到 2022 年，张旭遇到了专业瓶颈。

"有一天，我觉得不能再这样下去了，有问题。"张旭说，"我想让孩子们轻松自然地歌唱，然而我自己却做不到。"张旭是唱男高音的，这个时期他觉得高音唱不上去了，音色沙哑灰暗，他开始严重怀疑自己已经唱不了男高音了。

从学音乐开始到大学毕业，张旭发现，一些音乐教育的观点，在实践中被验证是错误的。张旭的自我怀疑时期恰好与疫情重叠，他有了大把时间去想自己专业上的事情。他扪心自问：我是否真正喜欢歌唱？我是否痴迷于音乐专业？我要如何走下去？

因为发自内心对声乐的热爱，张旭终于走出迷雾，坚持下来。"开原只是辽北的一个小地方。"张旭说，"我需要学习。"尽管收入不高，他还是先后参加了两个培训班。一个是在北京参加的"声乐大师班"，开阔了眼界；另一个是在海南开办的"咏峰声乐学习班"，主讲老师是著名歌唱家陈咏峰。在"咏峰班"里，张旭解决了很多技术和思想上的问题，有了很大的转变。

其中一个转变是，张旭现在很重视读书。做人，到最后拼的是人品，音乐做到一定层次，更多讲的是内涵，拼的是素养。他读散文、读小说，还读《毛泽东选集》。张旭说："我主张把歌曲的情感处理得迷人，不主张单纯地'唱'。"

张旭每天按时上下班，下班后不喝酒、不打麻将，饭后健身一小时——健身对唱歌有很大的好处。其他时间，一直到睡觉之前，张旭就是琢磨声音那点儿事。

靳海霞校长给了他极为宽松的工作环境，他只需要把心思用在专业上。集团对音乐教育的重视，让他找到了人生的殿堂。

2024年6月3日下午3点，纳兰合唱团在民主小学三楼大厅组织排练。三十多个孩子呈半圆形排列，高音声部在左侧，中音声部在中间，低音声部在右侧，钢琴伴奏于灵灵老师已经就位。

首先进行的是发声练习。张旭老师双脚微微分开，站在孩子们的前方，双手手背向上，平放在丹田之前，随着他声音的逐渐升高，双手同步上移。孩子们跟随着老师一起发声。张旭老师不时提醒着："看指挥！""丹田不要松散！""气息不要动！"

这一天，排练的歌曲是云南民歌《月亮粑粑》。张旭老师带着孩子们逐句练习，不时停下来，给孩子们讲解：

"这个'哇'不是开口就强，得能弱能强。"

"这里很有意思，俏皮一点儿，不要太慢！"

"这个'啦'在腔体里唱。"

"'山清水秀太阳高'，这一段声音很柔和，情感上要递进。注意动作！身体前后摇动。"

"第二个'啦'往前顶，轻声歌唱。"

张旭老师在指挥时，整个身体都在律动，双臂像蝴蝶的翅膀一样随着歌声起伏着。下午3点多，光线暗淡，他的白衬衫和银发反射着光晕，他整个人和虚空的界限模糊了。

张旭实际上做的是音乐组组长的工作，校领导想要正式任命他，张旭不同意，他更愿意做普通老师，只要沉浸在歌唱中他就很满足。

2024 年 7 月 12 日，张旭被中国东方文化研究会评选为民族男高音声乐艺术委员会的委员。这是国内最权威的声乐学会，很多顶尖歌唱家，如郁钧剑、吴雁泽、吕继宏、殷秀梅、陈咏峰等都在其中。获得这个荣誉，让张旭难得地激动了一回。

《月亮粑粑》这首歌轻松、自然、明亮，张旭老师精心设计过每一句的唱法，"哎——月亮粑粑"这一段是原生态的唱法，其他部分是民歌唱法。张旭解释道："全是原生态，吵闹、脱轨；全是轻松自然的唱法，没特色。两者结合一下，取长补短。"

《月亮粑粑》已经排练了好几次。第一节课，张旭老师并不直接"开谱"，而是先解释这首歌所讲的故事——儿童嬉戏淘气，外婆打他，他逃走去找爸爸。接着，张旭老师让孩子们绘声绘色地朗诵歌词。

狭义的音乐分为声乐、器乐和舞蹈，声乐大多有歌词，像一篇文章。张旭说："歌词加上音高，就像在说话，要有强弱快慢、轻重缓急、抑扬顿挫。要带上情感把故事说给别人听，这个'别人'可以是你假想的对象，总之得找个参照听众。"

张旭老师平常说话，声音高低起伏明显，发声带着共振效果，听众很难走神。

音乐老师王博负责指导民主校区的第一梯队合唱团。他同时还是民主小学的电教主任——一专多能在集团是常态。

2024 年 6 月初的一个上午，王博在小礼堂指导第一梯队排练合唱。

王博左手摆在腰间，有节奏地抬高，虎口随之一下下张大。"啊啊啊啊——"王博由低到高，带着孩子们练习发声。他的身形和脸颊清瘦，发声时，耳朵前方的一块小骨头——下颌头，上下移动着。孩子们的声音随着王博的手势，一点点拔高。

接下来，练习《少先队队歌》。钢琴声响起，孩子们的歌声荡漾起来。站在"C位"的，是一个矮矮的小女孩，小脸圆圆的，眼睛也圆圆的，她像水草一样自如地左右摆动着。

王博从不进行程式化的训练。"表达很重要，没必要去数孩子露出几颗牙。"王博说，"低年级的孩子以兴趣为主，快乐很重要。"

第一梯队的第一节课，王博会立规矩，这个过程是一个轻松的"套路"。

王博问孩子们："你们想要什么样的课堂啊？"

孩子们回答："轻松快乐的！"

王博说："轻松快乐的课堂需要大家来创造，你们自己来立规矩吧！"

于是，孩子立下了规矩：不迟到，上课不说话，课后摆好凳子……

此时，王博开始录像，录的时候，孩子们可开心了。录完之后，王博与孩子们一一击掌，做好约定。以后谁犯错误了，王博就会把录像播给他看，让他看看当时是谁答应的。孩子这时才追悔莫及："王老师还留证据了，当时我不答应就好了。"

第一梯队的孩子处在稚声期，合唱很难练，王博即使批评孩子也不会那么严厉。除了技术上的训练，第一梯队还需要学习一些简单的乐理。每次训练之前，王博会带着孩子们做一些律动小游戏。这些游戏秉承着奥尔夫音乐教学法的理念，奥尔夫教学法是综合性的，有听有唱，有即兴表演，这是王博近几年正在研究的方向。

在日常教学中，王博也会上一些奥尔夫课程，比如《云》《小树叶》《小白鸡小黄鸡》等。

《小树叶》是幼儿园小班的课程。伴着音乐朗诵散文，王博老师拈着一片银杏树叶，表现着散文中描绘的小树叶的动态。接下来，每个孩子都有了一片黄色的银杏叶，和王老师一起将小树叶舞动起来。

王老师说："《小树叶》让音乐变得可视化，还可以让孩子们感受自己的空间和位置。小孩儿都喜欢扎堆儿，这样他们会有安全感。在舞动小树叶时，他们自然而然都有了自己的空间，这样有利于孩子们形成自我意识。"

在里仁校区，王元鹏和蒋莹两位老师负责带第二梯队。王元鹏老师负责合唱指挥，蒋莹负责钢琴伴奏。

三年级的孩子刚上来，先进行半年的基础训练，学习音阶、音程、音准，训练听音，唱一些小的练习曲；下学期唱比赛歌曲。上学期，第二梯队是两个声部，下学期则分成三个。"这个阶段的孩子处在童声期，声音纯净、薄。"王元鹏老师说，"二梯队要向表演进行过渡，这样他们到了校合唱队，就可以直接练习作品了。"

合唱追求统一、均衡、和谐，队员个人的声音不能太有特点。选队员时，这是一个重要标准。叶健主任说："一唱起来就滋滋冒泡儿，那还叫合唱吗？得有'嗡嗡声'才好。""嗡嗡声"行话叫作"出嗡"，即造成如风、如潮、如管风琴等嗡嗡作响的声音，这正是合唱的美妙、动人之处。

选曲时，要根据队伍的条件来选。"难度8.0，我们的孩子能完成吗？与其这样，不如选个难度小的，没水花儿。"叶主任说。跳水的术语都用上了。

王元鹏老师努力营造课堂上宽松、快乐的氛围，他会经常给孩子们带些好吃的、好玩的，进步慢的孩子们，看到别人有奖品，也会有紧迫感。即便是指出缺点，王老师也愿意用鼓励的方式去说。有的孩子想积极表现，嗓门太大了。王老师会先扬后抑："你的声音表现力强，非常突出，独唱没问题，合唱就需要收着点儿了。"

有些曲目有难度，王老师会提前进行心理"按摩"："这个歌儿不好唱，我们不要着急……"

蒋莹老师原来喜欢唱歌，不喜欢练琴。现在她感觉到自己的即兴伴奏有了很大进步，这种"提升感"让她很满足。她说："C大调简单，F大调转降E大调比较难，还需要加强。这就是教学相长吧。"

王元鹏和蒋莹还在不断学习，他们在网上听了很多大师公益课，也听了优秀合唱团的作品。学到的东西，他们会在实践中去验证、去实施。蒋莹老师说："这五六年，音乐老师们进步都很大。"

不断地学习、精进，是民主教育集团整个教师队伍的常态。

2017年，靳海霞校长和叶健主任带队赴京参加"让世界看见你的声音"2017电视合唱邀请赛。比赛由中国国际合唱艺术研究会主办，并在央视等全国多家电视台播放比赛实况。

纳兰合唱团一战成名，以一首原创满文歌曲《望祭山》，囊括了全国少儿组合唱金奖第一名、最佳指挥奖、最佳钢琴伴奏奖、最受观众喜爱合唱团奖、最佳节目编排奖、最佳原创作品奖、最佳着装奖共7项大奖，获得奖励基金5万元。2018年3月28日，纳兰合唱团再赴央视，与满族歌者八音赫赫合作，录播满族歌舞节目《悠悠歌》。

"孩子们去北京见了世面，回来后眼神都不一样了。"叶健说。从此以后，学校合唱队一招新，名额就秒没。

2023年3月，民主教育集团的纳兰合唱团，入选"春蕾计划"首批春蕾合唱团。"春蕾计划"是由中国儿童少年基金会发起的公益项目，首批春蕾合唱团全国只选了十一个合唱团，东北地区只选了纳兰合唱团。2023年9月底，纳兰合唱团受中国儿童少年基金会邀请，赴北京参加"春蕾梦想成长营"。在北京王府井大街，纳兰合唱团的孩子们，身着红色盛装，表演了歌曲快闪《今天是你的生日，我的祖国》。很多行人驻足观看，为孩子们喝彩、鼓掌。

每逢有大型比赛，叶健主任都会提前两三天进驻合唱团，与纳兰合唱团的指挥张旭、赵迪慧等老师一同忙碌着。叶健会指出一些关键性的问题，包括各声部的问题、歌曲情绪、技术性的处理等。张旭和赵迪慧老师则负责孩子们的歌曲指导、指挥等工作。为了达到最好的合唱效果，他们精诚合作，密切配合，实现了合唱团一次又一次的自我超越。从开原这个小小的县级市，到铁岭市，到辽宁省，再到首都北京，纳兰合唱团一步步走向了全国舞台。全校放歌的氛围、科学的训练、大量的比赛，造就了今日的纳兰合唱团。

现在，民主教育集团一共有十五名专业音乐教师，每一位音乐老师都参与指导合唱的工作。这是多年以来，靳海霞校长一点点辛苦攒下的音乐教育的家底。哪一个都是她的宝贝，提起哪一位老师，她的嘴角都是上扬的，像是说起自己的孩子。

美术是大科，
花样百出玩起来

美术老师刘艳华感觉自己很幸运。2005 年她入职时，最难忘的是靳海霞校长当着全体老师的面说："不允许把音体美叫作小科，不允许管音体美老师叫小科老师，美术在我们学校里是真正的大科。班主任很多人都可以当，但是没有人可以轻易去教音乐、教美术，他们是专业性极强的。"

刘艳华在大学里主修油画，如今已成长为里仁校区的美术组组长。在她眼里，这所学校跟其他学校非常不同，学校给予音体美老师最大的尊重、支持和理解。于是，千姿百态的艺术课程在民主教育集团里蓬勃生长，真正呈现出大科风范。

纸玩家，把废纸玩出花儿。

在里仁校区，有一个玩纸的特色社团课程，叫作"纸玩家"。

刘艳华老师发现，刚上学的孩子每天废纸特别多。刘老师想找到一种巧妙合理的利用方式，来体现废纸的价值。于是，针对刚入学的"小豆包"，刘老师设计了 8 课时的"废纸也是宝"课程，这就是"纸玩家"社团课程的起点。

废纸可以揉成团，变成漂亮的玫瑰、造型各异的小人儿，也可以展开。有一个作品特别动人，一个孩子把小纸团儿展开了，把它变成了一张老爷爷的脸。搓揉形成的纸张的褶皱肌理，完美表现出老爷爷脸上的皱纹和粗糙的皮肤。刘艳华老师感叹："孩子的观察力和想象力，超乎寻常。"

废纸的玩法多种多样，还可以撕一撕、拼一拼、剪一剪、折一折、画一画。一种方法或者是两种以上方法进行组合，就会形成不同的效果。比如说，撕一撕，撕完之后，通过改变撕纸条的位置和方向，再添画就能完成一幅拼贴作品。剪一剪，折一折，弹簧娃娃、小帽子、大恐龙就诞生了。孩子们的造型能力也会因此而提升。在课上，孩子只要有胶带、剪刀就可以。主要的材料就是他当天"制造"的废纸，或者是班级里的公共废纸。每个班级都有一个废纸箱，有的孩子就到废纸箱里去找原材料。

"废纸也是宝"既有趣，又很简单，一节课下来，作品还能带回家。不知不觉中，孩子们已经有了这样的意识：废纸确实是宝贝呀，所以不能浪费那么多纸。

透过叶子，能感受多少种季节之美？

2017 年 9 月，秋意渐浓，刘艳华和她的团队，观察校园里的扶疏草木有感，想通过小小的叶片带孩子们走进秋天，感受色彩之美、创意之美。"叶片创想记"课程顺势而生。这是一套基于季节的、贯穿小学一至六年级的项目化课程。

一、二年级的课程有"让我轻轻地走近你""我给叶片穿新衣""叶片形状的奇妙创想""叶片想象一起画"。

三、四年级的课程有"让我轻轻地走近你""叶片的百变组合""用叶片装饰我自己""多种材料的组合变身"。

五、六年级的课程有"让我轻轻地走近你""小叶片大画卷""守护你的美——标本制作、叶片新视野"。

课程开始前，每个年级都有两节先导课。美术老师会带着孩子们了解具体任务，制作简易"材料包"，到校园里收集叶片。材料齐备，就可以开始创作了。

"我给叶片穿新衣"课程，就是以叶片为画纸、以丙烯为颜料，为叶片添上一件彩色新衣。有的叶片，被沿着主叶脉平分成两份，一半粉一半蓝，或是半白半蓝。也有的在叶片上横向拼出一道道彩色条纹。一片心形叶子涂了白、蓝、粉三道粗彩条，好似一条燕鱼。

"叶片形状的奇妙创想"课程，就是将叶子粘贴在白纸上，根据叶子的形状用勾线笔或彩笔添画。一片橄榄形的叶子，给它添上头部、细胳膊细腿，外加一条跳绳，就变成了一个运动小人儿。一片鞋拔子形的大叶片，给它添上小脑袋、触角和一排小细腿，就变成了一条贪吃的毛毛虫；另一片小叶子粘在毛毛虫头部的右下方，就成了毛毛虫的一顿大餐。在一片卵形叶子中间挖两个小圆洞，就变成了大盗的面罩。两枝折下来的细茎，各带着对生的八九片卵形小叶，以25度夹角叠拼在一起，就变成了金鱼摇曳的大尾巴；同款的小叶子层层拼贴，是金鱼带着鳞片的身体；鱼身轮廓和眼睛是寥寥几笔勾出来的；身体上下，四片"三尖两刃刀"形状的细小野草，成了鱼鳍。

"用叶片装饰我自己"课程，让孩子们用叶子制作饰品，披挂到自己身上。圈形草帽是做得最多的，几乎人人都戴着一顶。有的孩子做的是双层的：上层叶片朝上，下层叶片朝下，好似冠冕。还有的孩子，只在两侧点缀两片巴掌大小的心形大叶，好似"二师兄"的两只大耳朵。有些女孩用树叶编制项链和手镯。有些男孩将大叶片贴在身上做盔甲，用树枝制作简易弓箭。

小学部二楼的银杏叶帘，是美术组与赵岩副校长合作完成的。之前的叶片作品，大部分是平面的或者是半立体的。而银杏叶帘，可以算作初级的立体装置。"学生对于装置、成品艺术之类的，接触比较少，理解上也会比较困难。通过叶片装置这样的形式，就会省掉对很多抽象概念的解读。"刘艳华老师说。

课程结束之后还有个叶子作品展，每个班级一块展板，呈现本班级孩子的作品。学校给每个孩子发 6 张选票，投给自己喜欢的展板。

"废纸也是宝"也好，"叶片创想记"也好，都是偶然灵光闪现，抓住那一线灵光创造出来的课程。类似的事，在美术组还有很多。他们的创造力，因靳海霞的包容和鼓励，得到了极大的解放。无论听起来多么离谱的事，只要汇报到靳校长那儿，都会得到支持。创意无限，来自管理生态的自在，靳海霞的内心也是松弛的，别怕错，错是积累经验的过程。她还有一个神奇的能给伙伴们赋能的密语：我相信你！

2022 年 6 月，刘艳华老师发现小学部教学楼一楼东侧墙角有块瓷砖，中间位置碎了一小块，露出了底层的水泥，不好看。刘老师拍了一张照片给同学们看，让大家想办法补救一下。孩子们一时之间想不出来，刘老师给孩子们看电影《格列佛游记》和《借东西的小人》片段，还展示了一些街头创意彩绘图片。这回，大家开始七嘴八舌地讲创意，大多是画上小人或小动物。最后孩子们在破损的位置画了一条很奇怪的尾巴；裸露的水泥被涂黑，画成了洞口。

孩子们画过了瓷砖，又跃跃欲试，想在校园里找到更多的地方大展身手。刘老师去征求靳海霞校长的意见，从不扫兴的靳校长"就怕事小"，不仅马上同意，而且看起来比刘老师还激动。于是，一块破损的瓷砖，牵出了彩绘校园活动。这个活动成为丙烯社团的一个临时课程。

几天以后，校园里出现了好多有趣的"客人"：一块路边大石头上，金发小女孩以荷叶为帽；户外地砖上，小兔子正在赖床；树干上，小松鼠在洞里与你对视；墙上，一只小老鼠打开窗户，用喷壶浇灌墙角的花草……

异想天开地"玩"，自由自在地"长"。

里仁校区有 9 个中小学全学段的美术社团，"丙烯社团""纸玩家"都在其中。这些社团课程是梯度上升的，是全学段一体化的。以"异想天开"社团为例，从幼儿园到小学、到初中，线描贯穿始终，有的学段是缠绕画，有的学段是黑白装饰画，等等，课程在设计上有完整的脉络。

有的社团是从材料出发设计的。以"纸玩家"社团为例，一年级有"废纸也是宝"，后续还有剪纸、衍纸、纸雕、纸塑、纸板箱板画、纸浆画等课程。每一种课程都是精心设计的。纸塑课上，孩子们做了很多"大作"，有近 3 米高的长颈鹿，在美术大厅里，长颈鹿都快顶到天花板了。孩子们还做了体型巨大的大猩猩、大象、三角龙等。"大作"虽大，成本却很低，它们所用的材料是废纸、用完的作业本、答过的卷纸等；颜色刷得不全的地方，还能看到学生原来写的字、答的题。这些大家伙体内的骨架，则是用竹子和纸筒做的，也是很便宜的材料。

再比如说绳艺社团，以绳为主线，尝试各种表现技法。从系鞋带、系红领巾，到打结、编绳、编中国结，再到高年级编织壁挂等，也是一系列完整的课程。后来，美术组看到有些孩子动手能力特别强，又加了钩针课程。绳艺是美术与劳动融合的课程，家长、孩子都喜欢。

靳海霞校长经常对刘艳华老师说："艳华，我相信你，你能做好。"在靳海霞校长的支持下，美术组进行了大量的教学实验。靳海霞对这些教学实验最满意的就是借由平淡无奇的材料，通过艺术思维呈现出无限可能，从而打开孩子思维的天花板，这比获取了多少知识、习得了什么技能都重要得多。

绘画作品《太空歌剧院》曾带给刘老师很大的触动，那是2022年美国一个美术大赛的一等奖作品。《太空歌剧院》引发了很大的争议，因为它是AI完成的。刘老师说："如果单纯拼技法，比知识累积，人永远不可能追上机器。所以，国家艺术课程提出要培养核心素养，传统的教学模式是不可能培养出符合国家要求的人才的。当下，我们的实验课程是十几年来积累的，放在今天看，它依然不落后。"说到这些，刘艳华就会有一些小小的开心。

美术类的社团活动，都在三楼美术大厅进行。这是一个开放式的大厅，丙烯、国画等4个绘画类的社团在南侧，"纸玩家"、绳艺、彩泥陶社团在北侧，都和中国传统的民间工艺有关。

刘艳华老师现在在澳门支教。所在的澳门教业中学想做传统文化和传统工艺美术方面的课程，这些内容是碎片化、元素化的。刘艳华在开原民主教育集团的教学实践，特别是最具代表性的刻印空间，通过"刻"与"印"两种具体技艺，将版画、印章篆刻、传统年画、浮雕、自成特色的藏书票、具有现代特色的橡皮章等课程内容串联在一起，以跨学科学习的形式指向传承技艺，正好契合澳门教业中学新课程内容构建的需要。

十几年的积累，给了她信心，也给了她底气，刘艳华在给靳海霞校长的信里写道：

> 校长，不知您是否还记得，在民主校区一次会议上，您曾经讲过："人无我有，人有我精，人精我变。"我思考了很久。
>
> 我们里仁校区美术特色课程，就是针对传统文化与美术形式

碎片化、元素化这个问题而构建的。

在澳门，刘艳华老师了解、学习了很多国际化的美术课程，这些课程给她带来很大震撼、很多思路。靳海霞相信，集团未来的美术教育还将有新的创意和惊喜。

十二位艺术大师"走进"课堂

梵高、莫奈、张大千、齐白石……艺术史上的顶尖大师不再高不可攀，他们联袂"走进"了民主校区的美术课堂。孩子们听大师故事、学大师技法、悟大师理念，玩得高兴，学得开心。

艺术大师课是民主校区美术组组长李彬带领全体美术老师共同开发的。李彬的妻子曹怡也是学校的美术老师，小两口和大家一起讲授大师课。

学会用大师的视角看世界。

李彬与曹怡是大学同学，在辽宁师范大学学的是电脑动画专业。李彬到民主小学没多久，就开始开发大师课，他说："靳海霞校长很开明，这里氛围很好，有机会研究自己喜爱的东西。很多学校不具备这个条件。"

大师课在每学期开学时启动，每次两课时。第一课时，介绍一位大师，包括大师的生平、事迹、艺术成就、艺术特点等。第二课时，模仿大师进行创作，或是以大师的技法进行创作，或是制作介绍大师的手抄报。目前开发了 12 位中外大师的课程，正好覆盖小学的 12 个学期。

李彬说："并不是所有人都喜欢美术，但是可以去了解艺术家们如何用不同的眼睛看世界。"

在讲马塞尔·杜尚时，李彬老师问孩子们："什么是艺术品？"

孩子们的回答五花八门。有的孩子说，很贵的东西是艺术品，玉石、玛瑙是艺术品。有的孩子说，金光闪闪的是艺术品，黄金项链、手镯是艺术品。也有的孩子持不同意见，认为书画是艺术品。

李老师给孩子们展示杜尚的成名作《泉》——那是一个在五金店购买的陶瓷小便斗，在上面写下作品的标题；展示《手臂折断之前》，杜尚又去了一家五金店，买了一把雪铲，同样也在上面写下作品的标题。

"什么是艺术品呢？这取决于内心。只要表达出你的思想，每一件普通的物品都可以是艺术品。如果认为艺术家就是画画的，那格局就小了。"李彬在课上总结道。

接下来，李彬让孩子们在生活中寻找普通的物件，模仿杜尚进行创作。一位同学带来雨伞，打开之后倒置，起了个名字叫作《下雨之前》；另一位同学带来一瓶矿泉水，起了个名字叫作《被关起来的泉》；还有一位同学带来电风扇，倒着拿，起了个名字叫作《不带桨的船》。

在讲梵高时，李彬老师给孩子们展示了《吃土豆的人》《麦田乌鸦》《向日葵》《星月夜》等作品，还给孩子们播放了梵高的纪录片片段。

在模仿梵高进行创作时，李老师强调要使用点、碎线和曲线。孩子们还用陶土创作了半立体的作品。"陶土有重量、有肌理，模仿梵高用陶土效果更好。"李老师说。梵高的《向日葵》最受孩子们喜爱，李彬老师引导孩子们分析《向日葵》的色彩："向日葵像什么？火球？太阳？暖绿色带给你们什么感觉？"

大师课很受孩子们欢迎，李彬计划将这个系列课程扩展到24位大师。

曹怡老师的大师课，更愿意讲中国画家。

在讲徐悲鸿时，曹老师会将徐悲鸿的马与张择端《清明上河图》里的马，并列呈现在 PPT 里，让孩子们去比较。孩子们会发现，张择端的马很笼统，徐悲鸿的马更细致，看上去更有力量。这时候，曹老师就会引入徐悲鸿的写实技巧。曹老师还会让孩子们比较徐悲鸿和其他画家的色彩，徐悲鸿喜欢大量使用青色，喜欢画墨叶红花，因而颜色更艳丽。

徐悲鸿的山水画更接近彩墨画，吸收了很多水彩画的技法。曹老师带着孩子们创作山水画时，则采用泼墨。曹老师带头儿泼，用绿色泼山，用蓝色泼水，山上有小屋和树木，以明艳的颜色勾勒，水中有大石块，用墨勾勒。看到老师泼得那么洒脱自在，孩子们可激动了，一个孩子用双手拽着曹老师的手不放，那真是激动的小手，一个劲儿地抖。曹老师说：“别抖了，再抖画儿就坏了。”孩子们对画画没有太多的概念，但这么放开了泼，很多孩子就有了感觉，曹老师就夸他们：“你们比徐悲鸿想得多！”其中一个孩子泼完之后，特别自豪，回家拿给爸爸看。爸爸问：“这是啥？”孩子就讲：“这是山，这是水，这是船，这是小人儿……”

泼了一次之后，孩子们就记住了这种感觉。在上衍纸课时，要用卡纸制作装饰柱，柱上有透雕。有的孩子就在宣纸上先泼，再把泼出来的线条、轮廓迁移到卡纸上。“孩子如果真喜欢，就会千方百计去实施。”曹老师说。曹老师做的，就是千方百计唤醒孩子内心对艺术的喜欢。

在讲齐白石时，曹老师主要以《可惜无声》这本画册为素材，让孩子们走近白石老人。曹老师引导孩子们通过画作，思考毛笔如何使用：“大号笔画叶，中号笔画花，小号笔渲染深浅……”曹老师让孩子们仔细观察齐白石画的小鱼、小虾和昆虫，在“像”与“不像”之间找感觉：“这个细节到位，小蜻蜓翅膀精细、身体淡一些……”

在创作环节，孩子们画昆虫，画蜻蜓、画蝴蝶、画蝈蝈、画蛐蛐、画螳螂，画什么的都有。曹老师引导孩子们思考：它们生活在哪里？它们正在做什么？一幅作品就有了故事性。故事里的昆虫，就像生活中的人，有了表情，有了神态，有了独属于自己的"这一个"。

为了开发大师课，李彬老师带领美术组的同事们熟读艺术史。对于美术教学，他有自己的理解："开办大师课，是为了让孩子们感受和理解大师的精神、大师的思维方式。要让孩子们学会鉴赏，学会用图像来思辨，敢创新、敢表达。大师的精神应该延伸到所有美术课程里。"而大师之所以为大师，原因之一就是做了前人没做的事。

一节普通的美术课，任务是设计靠垫。一个孩子觉得画在纸上的靠垫是平面的，不像靠垫，他还把这种质疑提交到李彬老师这里。李老师鼓励孩子们开动脑筋，把靠垫做成立体的。很多孩子把纸靠垫做成口袋状，找填充物放进再封口。面巾纸、碎纸屑，放进去之后鼓起来了，一捏，又瘪了。一个孩子从家里带来的坐垫破了，他抽出里面的棉花填进去，效果不错。纸靠垫不结实，一碰就坏。一个孩子想到了用塑料袋做面儿，用双面胶封口，用丙烯上色，非常漂亮。李老师说："艺术不应该走寻常路，就是要玩别人没玩过的东西，玩别人不敢玩的东西。"

李彬老师在课后服务的第二课堂中，还承担铁艺课的教学。

他带着孩子们用氧化铝丝做花草、做书签、做发卡；用铁丝做刀枪剑戟等小小的兵器……有一个孩子还在家长的带领下，到开原植物园摆摊售卖这些精巧的作品。

掐丝珐琅，是铁艺课程的重头戏。孩子们用铁丝和彩砂做龙，做凤，做梅兰竹菊，做开原火车站，做三星堆大立人。孩子们也有了自由发挥的机会，自己设计，自己起稿，做轮船、飞机、坦克、悍马车，做花卉，做盘子。

说起美术第二课堂，在以分数论英雄的 20 世纪 90 年代，靳海霞校长就开始不遗余力地为美术趣味课堂的开展提供全方位的支持。当时的民主小学率先诞生了漫画肖像、丙烯画、剪纸等课程，由刘艳华老师、王珀老师、王阳老师负责。经过三十多年的积淀，如今，铁艺、国画、衍纸、茶艺、纸立体、剪纸等社团早已成为孩子们遨游美术天地的乐园。

完成作品并不是美术课的终点，在现实生活中，艺术品应该发表、展示出来。2018 年，李彬和美术组的同事们策划举办了首届"个人美术艺术沙龙展"。每个孩子都可以申请办展，低年级孩子作品少些，可以几个孩子联合办展；高年级孩子作品多些，可以办个人展。"来办展的孩子太多了，展板很快就被大头钉扎坏了。"李老师说，"后来用吸音板做展板就耐用多了，原来的展板能用十来次，吸音板能用上百次。"展板在一楼大堂进门右手边，正对着楼梯，谁经过都得多瞅一眼。这极大地增加了孩子们作品的曝光率。

这是民主教育集团"学生个人艺术展"的先声，后来音乐组也参照这个创意，举办了"个人音乐艺术沙龙展"。学生不论喜欢唱歌，还是喜欢拉琴，只要想展示，就可以提前申请，当然，也可以找别人来助演。如今，在民主教育集团里，"个人艺术沙龙展"会经常更新内容。6 月的时候，民主校区四年六班的关心淼同学，搞了一次"承香书道 墨絮飞扬"的个人书法展，这个沉静的小姑娘为此准备了好几个月。

三十年坚持，
只为写好一笔中国字

校园里，早晨书声琅琅，中午笔走龙蛇，这就是民主教育集团的"晨读午写"。每临书写有静气，下午 1 点到 1 点半，孩子们照着字帖书写着，教室里只有轻微的笔摩擦纸张的声响。

写字是伴随绝大部分人一生的技能，是刚需，也是艺术。从 1995 年开始，民主小学的师生就开始练习书法，转眼间坚持了 30 年。

1995 年互联网刚刚走进中国，世界开始变"平"。何以中国？书法是其中一个回答。民主小学在当时提出了"端端正正地坐，端端正正地写；端端正正写中国字，端端正正做中国人"。

当时学校没有专职书法老师，就外聘了教育局退休的书法爱好者李嘉奇，专门给孩子们打字头，一本本带字头的本子都提前准备好。

李飞副校长说："最初练字，用的是准格本和米字格本，这两种本把一个格子切分成很多小部分，参照物多，利于孩子们欣赏、观察、模仿。"后来，学校进一步细化了练字本的使用，低年级用准格本，中年级用田字格本，高年级用方格本。

"要求学生们做到的事，老师先行"——这是当时定下的规矩，如今已成为民主小学的传统。老师练字，与工资挂钩。字分五等，被评为第五等就是不合格了。合格的老师每个月则会有几块钱的奖励。

李飞当时是班主任。李飞教孩子们书写的要点，特别提示孩子观察笔画之间的联系。学写字得先会观察，观察字形，观察结构，从整体上观察笔画的逻辑。李飞说："老师未必时时做示范，得让孩子自己抓住要领。可以让孩子先看看自己的，再看看别人都是怎么写的。"在带自己班级孩子练字时，李飞主要的策略是"点火"，也就是以鼓励为主，让孩子们每天进步一点点，只有心怀希望，才有可能改变。"张小三、李小四，让他们展示，小红花摁上！谁是最棒的？能战胜自己，就是最棒的！"李飞说。

到了2005年，陈旨扬、王杨等老师成长起来了。他们一直在摸索书法教学，此时他们发现，一、二年级用准格本之后，到了三年级换成田字格就不会写了。入口顺畅，出口咋这么难？准格本容易让人产生重度依赖，把孩子的手脚捆得太死了。

是时候放弃准格本了，一到四年级全部用田字格，五、六年级用方格。字头也到了升级的时候，陈旨扬老师从《灵飞经》中选字临摹，写出一套一到四年级的新字帖；又从《圣教序》中选字临摹，写出一套五、六年级的新字帖。《灵飞经》是唐代钟绍京所书的小楷作品；《圣教序》是唐人所集东晋王羲之的行书碑帖。低年级改用田字格，学校对全体教师进行了专门的培训。

2021年之后，书法练习在追求艺术性的基础上，开始强调实用性。练习书法需要大量的时间，但并不是每个孩子都能走上专业之路。李飞副校长说："现在我们希望，孩子们离开字帖也能写出好看的字，写的速度也要快，这样有利于应对中高考。小学高年级练习行书，也是这个意图。"

2011年，一位叫王刚的外聘书法老师被请到学校。王刚老师是中国书法家协会会员，他的到来，把民主教育集团带上了临古帖之路。从此，懂行的客人到学校参观，总会说一句："你们学校有高人指点呐！"

王刚老师，斋号忘筌居。他说话语速不紧不慢，声音不高不低，从容笃定，目光中偶尔露出一点儿针尖般的锋芒，鲜明锐利。王老师在书法中浸淫了三十多年，在机关，他本有着大好的前程，却一心归隐，专注于自己的书法爱好。

王刚老师初到学校，靳海霞校长问他："你对我们有什么建议？"

王刚回答："学校已经写了 16 年，基础扎实。但是外面人来看呢，缺少经典。要想再上个台阶，必须学经典、学传统、临古帖。"

调子定了，真做起来并不容易。当时分管这方面工作的金芙副校长内心犹豫，理由有二：一是原来的办法已成熟，贸然全面改变恐怕学生把握不了、跟不上，风险太大；二是古帖里繁体字太多，孩子们容易混淆简体字和繁体字。

王刚老师和金副校长都是做实事的人，也都是倔人。两个人拍桌子争吵了好几次。王老师放出狠话："不用我的方法就别用我！我怕让人笑话！"

靳海霞校长不是书法方面的专家，但她有条准则：遇事不决就看谁的专业背景更强。靳校长劝王刚："你和金校长好好沟通，说透了，最后他能同意。"

最后，双方各退一步，选出 40 名学生，分两组，按照两种书法教学方法做测试。结果老办法组，优秀率达到 50%；临古帖组，优秀率达到 80%。

不打不相识，王老师与金校长开始携手推广古帖，两个人现在已成了十多年的好朋友。王老师说："外聘老师一般都是让你怎么做你就怎么做，换作别的学校、别的领导，早就把我撵走了。在里仁，能接受我的想法，让我做。我想用 20 年时间，让学校书法更进一步。"

一、二年级依然用陈旨扬老师临摹的《灵飞经》字帖。王老师说："一、二年级小宝儿，直接上手古帖困难，继续用陈老师的字帖比较好。《灵飞经》节奏感明显，小宝儿写起来轻松。"三年级以上，都临古帖。

一整套的方法在学校里推广开来，以前关注不到的细节一一被点破。王老师说："写字要有个节奏感，对于孩子来说，这个字是写出来的还是画出来的，差别就大了。"以"一"字为例，孩子就是画条横线，如果是写"一"，就要有起、行、收。画字的话"形"能出来，"神"出不来。写字要有速度、有力量，哪里快、哪里慢、哪里停留，都需要学习和思考。

握笔的手势也得改，随便写就会退步。初学者练正楷，执笔应该低一些。二年级的孩子，如果有兴趣，硬笔、毛笔可以同时学。写毛笔字，站着写大字，手腕子不擞，能把大的面先写出来。如果坐着写，以后发展就小了。五、六年级，写行书，执笔得高、轻、空，用写楷书的手势就写不好了。

学校教师的书法培训也由王老师来完成。李飞副校长对王老师说："咱们学校的老师，你讲到了他们就能做到。"王刚说："李校长的言外之意是，我得有效率，讲的东西必须简洁、到位。"

写铅笔字、钢笔字，都用什么样的笔，写铅笔字如何转笔……诸多细节，王刚老师都做了研究。培训教师时，王老师经常整节课写字做示范："老师看我咋操作，我怎么教他们回去就怎么教。"王老师还会展示自己临摹的古帖和其他人临摹的古帖，他说："现代人写字，僵硬、犹豫是通病。古帖具有示范性，临古帖也有技巧。"

学校里，陈旨扬、王杨、张艳等老师都沉醉于书法艺术，他们的书法水平一年年在提高，如今的作品已逐渐形成了自己的风格。王刚老师和他们往来密切，共同研究书法。"懂书法的人多了，大家审美提高了，能共情，推广书法就更容易了。"王老师说。

里仁校区小学部三楼有两间书法教室，东边教室里是学生的书法作品，西边教室里挂满了辽宁省内名家的作品。西边教室的门楣上，悬挂着开原市书法家刘世业所题写的"忘筌居"三个大字。"忘"字右下两点肥大厚重，距离较近，虽为"忘"字，却又有心存垒块之感；"筌"字堂堂正正，稳坐中央；"居"字甩出长长一撇，奇崛洒脱。三个字神完气足，有遗世独立的孤傲之意，俨然大家手笔。当有人夸赞这三个字时，王刚老师的眼睛里就会有光芒乍现，那是得遇知音的快意，再交谈时就多了一份明显的柔软和亲近。

班主任教书法，魔法都在细节中。

每个班主任都要练书法，都在练书法，都在教书法。每个班主任都接受过王刚老师的培训，那些写字的诀窍在日常教学中被一丝不苟地传递给了孩子。在民主教育集团，书法教学是标准化的。新的老师入职了，先得接受书法培训。

民主校区的班主任刘清亮老师喜欢带着孩子们观察字帖上的字。刘老师说："得观察字的细微之处，研究这个字。如果每次观察都会有新的理解，对这个字就会了解得更透彻。这是艺术。"

观察要细，落笔要稳。控笔、运笔、结构都是练习的要点。

低年级的孩子需要进行控笔训练，基本的笔画、基本的规则，这个时候都需要学习。运笔重点要强调轻重的变化，轻重没变化，或者笔画位置不对了，节奏感就消失了。笔画之间不能打架，得找到平衡。"比如说'丢'字的最后一点，位置不好，重心就不稳了。"刘清亮老师说。

不同年级孩子需要突破的难点不同。对于低年级的孩子来说，笔画简单的字练习起来容易些，结构复杂的就会困难一些。三年级开始练习钢笔字，字形更复杂，而且没法儿改。刘清亮老师会跟孩子们一起写，做示范。到了高年级，写行书，有连笔。刘老师会将每个笔画的走向都画出来，将运笔线路交代清楚。

孩子写啥，刘老师写啥，一拨儿孩子送走了，刘老师又接了新的班级，她的书法又重新从铅笔写起。孩子长大了，刘老师又变小了。这是一种重复，是一种不断精进的重复。刘老师说："重复的过程中会对字有新的理解。"

民主校区的班主任段明书老师更愿意让孩子们觉得有意思。"兔"字的竖弯钩，在她那里，是兔子的大尾巴，承担着将整个字托起来的任务；"敖"字左边不能挤到右边别人的房间；有的字高高瘦瘦，有的字矮矮胖胖……

在幼小衔接的过渡期，段老师会组织孩子们和爸爸妈妈进行书法比赛。到三年级的时候，练钢笔字，孩子们很兴奋，觉得用上钢笔更像大人了。段老师会让一小部分同学先用上钢笔，其他孩子就会很羡慕，等他们也用上了钢笔，就会格外珍惜，写起来也会更用心。

孩子们用什么样的笔，规定得很细致。这种规定，来自三十年的经验累积。一年级刚上学的孩子，用 HB 铅笔，这种笔软硬适度，便于小宝儿运笔；笔杆选圆的或六棱的，握得牢，不选三棱的。二年级就可以用软一点儿的 B 型号铅笔，2H 硬一些，也可以用。二年级下学期，一些男孩就应该换 3H 铅笔了，因为男孩手劲儿大。选钢笔，看笔尖，笔尖有包头的、有大头的。包头的下水均匀，书写感受较硬，适合练习楷书；大头的弹性较强，变化丰富，出水豪放，更适合书写行书、草书。塑料杆的滑，不选；带墨囊的笔尖薄，不选。墨水用老款鸵鸟牌墨水就很好。

使用铅笔时，有一个转笔的技巧，这是王刚老师从写粉笔字中获得的灵感。孩子们写铅笔字时，每写三笔转一下笔杆，始终保持着用最尖的部分书写，写到最后，笔尖也不钝，纸面也不脏。

字帖是细长条的，孩子们在临写时，字帖上的字和练字本的格子是紧挨着的。每写完一个字挪一下字帖，始终保持着这个最佳观察距离。

段明书老师在检查孩子们的书法作业本时，会翻看背面。如果背面凹凸不平，字迹都透过来了，那就是写重了，就要提示学生们。

靳海霞校长说："孩子们离开学校之后，能带走什么？最好能带走一两项特长。"书法，就是这里每个孩子都能带走的特长。

春联大集，
孩子们的书法秀场

2019 年 12 月，农历大年临近了，里仁校区举办了一场红红火火的春联大集活动。五十多个孩子奋笔疾书写春联，2000 多位家长、老师现场逛大集、购春联，和孩子们一起做公益。

活动的策划者、组织者是里仁校区初中部政教主任张艳——"没当过班主任的德育主任不是一个好的书法老师"，在张艳的职业生涯里，班主任、德育主任、书法老师是他的三个标签。

民主集团的老师都是多才多艺、一专多能的，这是为了给孩子们做示范，也是为了自我提升、自我实现，更是学校工作的需要。在民主教育集团，"指向人人"的艺术教育，仅仅依赖十几位艺术专职教师是很难收到效果的。所以，学校将普及艺术教育的责任延伸到每一位教师，使之成为全体民主教育者共同承担的职责，督促他们磨炼技能，提升综合素养。学校从 2004 年开始，针对 45 岁以下教师提出了"每人专修一项艺术技能，每人爱好一项体育运动"的号召，并将其作为教师专业培训的主要内容予以大力推动和扶持。经过 20 年的培训和坚持，学校 90% 的教师成为一专多能的技能型教师。靳海霞讲教师学习艺术的重要性，她说，教师必须走在学生前面才能和学生产生共识、形成合力。为此，学校投资 150 余万元购买了西洋管弦乐器和民族乐器。86 人的教师管弦乐队里，有很多乐手都是班主任老师。如何理解"一专多能"？张艳说:"这个'专'也是'砖头'的'砖',哪里需要就往哪里搬。"这当然是一句玩笑话。每个老师都有不止一个拿得出手的本事,才能胜任多个领域的工作。

2005年,张艳到学校工作之前,就已经在大专、大学时代练了五年书法。最开始,他是在少年宫里和孩子们一起学,全班数他年龄最大。刚上班时,他是班主任,同时兼任第二课堂的书法老师。书法一直是他的爱好,经过多年练习,张艳如今已看得见这门艺术门内的风景了。

策划春联大集的初衷,是为了提升孩子们写字的兴趣。练书法很耗时,很多孩子因此就不爱写了。办春联大集,让孩子们卖春联筹集公益资金,很容易激发他们的兴趣。张艳说:"一副春联卖10元钱,钱虽少,但这代表有人愿意花钱收藏他的作品。这或许能为孩子建立自信,未来真的可能会从事和书法相关的职业。"

活动方案报了上去,得到了靳海霞校长的大力支持。活动要落实下去,还有千头万绪的工作要做。

张艳组织了一次全校的选拔,利用周末的半天时间进行比赛,最后筛选出来50个孩子参加活动。这些孩子既有初中的,也有小学的。

接下来得为孩子们准备摹写的字帖。张艳买来一本名家集字的对联字帖,挑出适合孩子们摹写的,用A4纸复印、塑封,然后让孩子们自选。每个孩子都根据自己的能力、喜好挑了三五个摹本。

春联需要配"福"字,"福"字是张艳自己写的,一天写200个,连着写了10天,一共写了2000多个。写的时候,请来两个学生帮忙,一个帮着抻纸,一个帮着晾字。小学部三楼书法教室外、走廊里摆满了"福"字。张艳顺便还教了一个知识点:"写'福'字,要注意最后一笔不留口,这是我们的民俗。"

活动是在小学部五楼展开的。在又宽又长的走廊里，50个孩子一字排开。2000多名家长报名参加这项活动，学校将家长分成3组，一组六七百人，分批上楼"赶集"。靳校长带着领导班子以及教师队伍单独算是一组。各组都是从东侧上楼，从西侧下楼，现场热热闹闹，同时又井然有序。

靳校长要求所有的校领导和老师，至少购买一副春联，以实际行动来鼓励和支持孩子们。

家长们一边逛，一边兴高采烈地议论着："不愧是咱们民主教育集团的孩子，有才！""里仁的孩子就是优秀！"每个家长离开时手里都多了好几副春联，不但自己要用，还想送给亲戚朋友。靳校长自己买了十副，自己家贴一副，剩下的送邻居送朋友。集团领导班子成员一人也买了十副。那一年的春节，恐怕小半个开原的春联都是民主教育集团的孩子写的。一想想这阵势，就让人激动。

参加活动的孩子，甭提有多兴奋了，一张张小脸上，洋溢着自信和满足。每个参与书写对联的孩子，不仅被家长们啧啧赞美着，还眼看着自己写的春联换成了钱。

一位叫安书慧的九年级女孩，成为现场的流量明星。围着她购买春联的人始终不下十位。张艳说："安书慧的字不是特别'靠帖'，她学的是一个老师的'颜体'。活动现场，她临的是米芾，刚健大气又不失隽秀，看上去很'书法'，家长、老师都喜欢。"尽管很累，安书慧的眼角嘴角始终含着笑，幸福感洋溢在脸上。

另外一个叫周航宇的九年级男孩，小桌子前也是门庭若市，活动结束时，他的胳膊都写酸了。周航宇擅长行书，他的字潇洒飘逸。有的家长对他说："就喜欢你这个字，今年就贴这个了。"听到这话，周航宇写得更起劲了，一抬头发现纸湿了，竟然是汗滴上了。

现场服务的老师们也是忙个不停，有时候孩子们写好的春联都来不及挂上，就被家长买走了。这场活动圆满成功，扣掉成本，最后筹集了两万多元的善款。

张艳主任计划着在2024年年底，将这个活动进一步扩大。活动地点想安排在空间更大的学校篮球馆，一个孩子一个收款二维码，这次捐多捐少随孩子的心意。同时，他也想尝试着以春联为龙头，把其他美术活动带进来，很多孩子的手工应该也很受家长欢迎。那时候，"春联大集"就有可能升级为"创意市集"了。

靳海霞说："热爱劳动、双手灵巧的孩子，思维一般都清晰敏捷、喜欢钻研。在劳动时，由于中枢神经处于积极的状态，非常有利于发展学生的创造思维。要让核心素养落地，就要关注那些'看似不紧急但很重要的事情'。"

本章内容，扫码聆听

——

第七章

遇见五彩缤纷的生活

谁是草莓宝宝与万物皆有权

草莓宝宝、番茄森林、甘蓝家族，不同的植物主题伴随着几届学生的成长。草莓宝宝将怎样引导孩子们进入一个未知的植物世界？不同植物会有共通的培育方式吗？

在里仁学校东菜园，张鹤老师和肖遥老师栽培了两种草莓，一种是四季草莓，另一种是野草莓变种。通过对两种草莓外形、习性的鉴别和果实的品尝，同学们知道了生物分类的多彩缤纷。

通过亲身体验，同学们知道了，自然界的生物品种越多，越能为人们提供安全稳定的食品、纺织、药品、能源等原料，人类可以依赖的生物保障选项就越多，所以说生物多样性是地球生物和人类实现可持续发展的基础条件。

从学习理论到实地看、摸、尝，一颗小草莓传授知识的广度、深度令人惊叹。学生们知道了草莓并不是舶来品，中国是世界上草莓野生品种最多的国家，但是中国的农业科技与世界先进水平相比还存在一些差距，需要几代人像袁隆平一样努力才能实现超越。由此可见，吃一颗好草莓多不容易，背后是一群人的努力。

草莓苗圃的田间管理是个耐心活儿，在两位老师的带领下，孩子们学会了除草、浇水、子苗打卡（qiǎ）……一个环节都不能少。苗圃的最终目的是培养草莓宝宝。一开始同学们把"宝宝"的概念泛化了，错把草莓母株当作宝宝。随着课程深入，同学们才知道，原来所谓"宝宝"，指的是以母株为基础抽生延伸出来的匍匐茎上的各级子株。一个母株一个周期能繁育出 20 个子株，母株是爸妈，子株是孩子，是真正的草莓宝宝。每个草莓宝宝都需要学生细心呵护，才能成长得越壮、越多。秋天，到了孩子与爸妈分开的时候，母亲与宝宝要断、舍、离，宝宝最终成为独立的种苗转入校外基地温室内的反季节商品田。

给商品田草莓的苗打杈，是劳动中最有技术含量的活计了。在学生以往的劳育课里，各类作物的"杈"也是教学的重点。在里仁校区东菜园的展板上有一幅图，画的就是主枝和侧杈的示意图。对学生来讲，打杈、掐尖，是他们在植物身上下得最狠的手，也是他们印象最深刻的一个环节。在这个过程中，老师们特别注意到植物的培养也有逻辑相通。同一个现象，举一反三，区分归类，增强规律性认识，提高学生解决问题的能力。这也是劳育课里非常重要的能力获得。万物皆有"杈"，番茄有杈、甘蓝有杈、黄瓜有杈，草莓也有杈，虽然外形不同，但都是生在叶腋处或里侧生长点，都有着开花结果的功能。这就是事物的普遍联系。

如何给番茄打杈？"杈"到底是什么？五年一班的王泽同掌握得挺好，他在自然笔记里写下：

　　我学会了一项很重要的技能，就是给番茄掰杈。

　　所谓"杈"呢，就是植株叶片叶腋处生出的小芽，进而发育成的枝条。农业老师说，这种枝条与结果的大主枝争夺营养，影响果实发育，降低产量和品质，必须及时去除。

　　第一步，是寻找杈。为了不漏一杈，老师教我们从更贴近地面的茎节开始搜索，从底下往上数，逐个叶片搜索。

第二步，学会区别叶片和杈。在操作中，一开始我总是辨别不出杈和叶。经过老师讲解，我知道区别叶片和杈的要点是：叶片仅仅是一片独立器官，由几个单叶构成复叶；杈，实际上是一个"五脏俱全"的小植株，有花蕾、有自己的小杈杈和叶片，经过定植后，可以长成一株独立的苗。

第三步，把杈掰下来。掰杈的时候，弄不好会把邻近的叶柄或茎掰折，需要用手托着杈和茎的连接处，将杈掐折或掰折，杈不要全掰下来，要留一小段在茎上，作用是防止"伤口"腐烂延伸到主茎上。

这个活儿啊，可不简单，练习眼力和耐心。在棚里一干活儿，就是满头大汗的，我们也顾不过来了，连泥带汗成了小花脸，但是看着自己的劳动成果，心里满满的幸福感。劳动真能锻炼人！

劳育课老师又向同学提了一个问题："同一个作物，同样是打杈，在不同时间段里，作用是一样的吗？"

这个问题是有难度的，老师的目的当然不是为了难倒大家，只是想让同学们不要做那个"刻舟求剑"的人。老师还是以番茄为例，讲解了这个问题。番茄在幼苗阶段，杈的生长可以促进根系生长，所以要留着；番茄坐果后则需要及时去除杈，因为这个时候的杈争夺果实营养。原来，杈在开始发育的时候还能促进根系的发展。老师继续和孩子们讲解：在"龙头"受损时候，还可以就近培养杈，生成新的发育点。杈还可以成为预备队。

因时因地因事，不能"刻舟求剑"，不能事物发展变化了，还守着原来的规矩。这也许是植物在给孩子们上一堂重要的人生课吧。

里仁校区六年四班的刘恩奇，对"打杈"的认识并没有那么顺利。对把一个杈硬生生地掐掉，刘恩奇还是没有完全理解。看别的同学干得热火朝天，他还是下不去手。种植课结束了，他来到姨姥爷家，在姨姥爷的书架上翻了种植方面的书，才终于搞明白了，这种多余的枝杈可能影响植物的生长，浪费养分。现在，刘恩奇对农业产生了浓厚的兴趣，他种过辣椒、茄子、番茄、菠菜，记录过自然笔记，还手绘了植物的生长样态。他画得很好，心里特别有成就感。有的时候，他甚至会想，将来要做个农业科学家，去帮助农民过上更好的生活。

2012 年，是民主教育集团开启农事实践和自然研学活动的元年。种植课，一定要有土地。民主教育集团下属的民主、里仁、滨水三个校区，楼下墙边的条块土地，都被开垦成了可耕作土地，建成校内菜园。这并不是一件容易的事，因为原有的建筑垃圾要被运走，土壤要重新改良。集团下属学前阶段的民主、里仁、迎宾三个幼儿园在园内或室内留有一定的种菜空场，校外农场位于老城街后三台子村金地现代设施农业园区。

校内小型种植园的面积虽然不大，但在这"方寸之园"耕作劳动，学生们所获得的却远远大于"种植"本身的意义。孩子们通过田地的认领、规划，班牌的设计、制作以及一系列劳动实践，感受到劳动的艰辛与快乐。

对学生的农事启蒙，渗透在民主教育集团的角角落落。在教学楼的窗台上、楼梯台阶上，都摆放着"小豆包们"认养的动植物，处处可见水培、沙培植物和游动的小鱼，这是孩子们最早的劳动教育、生命教育。何伟副校长介绍说，回到家，学校要求家庭亲子穴盘种植、花卉养护，这些做法也能达到农事启蒙的目的。

民主教育集团形成了以外聘农业专家为核心、校内自然科学老师为主体的"农教两通"教学团队,集团的教学思路和实践方案通过专业团队的运作得以确立、执行和完善。外聘专家来自开原市现代农业服务中心,有着丰富的生产经验和技术;校内老师从科学、劳动等学科老师中选拔,挑选对自然科学感兴趣的老师充实到专业队伍中,最后达到"你即是我、我即是你"的融合状态。

靳海霞对劳育课程给予了足够的重视。从教师队伍的建设,课程体系的建设,到每一块小菜园的开发,她都给予了专业教师充分的尊重和鼓励。她对外聘的主讲老师王磊说:"农事技术要求怎么做就去怎么做,只要没有危险性,别怕孩子做不好。学生不能像农民那样干得面面俱到,但是关键的节点性劳动要有学生参与,让学生亲历种苗长大、开花、结果的生命过程。"

破解土豆在地下王国的秘密

    土豆，是孩子们常见的食物。土豆条、土豆丝、土豆饼、土豆泥、土豆块、土豆片……土豆总是有足够的花样让孩子们喜欢上它。可是，土豆是怎样在地下长大的呢？

    这是民主教育集团劳育课植物种植的一个主题。

    里仁校区东菜园有一个"高大上"的名字——里仁植物科学院。在这里，孩子们种地，观察植物的生长，也体会生命养护的辛苦。春天，里仁校区三年级的孩子在农业老师王磊的指导下，学习种土豆。

    土豆是粮食还是蔬菜？就像西红柿是蔬菜也是水果一样，只要思考，到处都是问题。在种植之前，孩子们学习了关于土豆的知识。孩子们司空见惯的小土豆，竟然那么了不起。最让孩子们吃惊的是土豆的营养含量，它含磷、铁、无机盐以及多种维生素，兼有粮食、蔬菜的双重优点。它所含的维生素是小麦和稻米的 7 倍，各类微量元素含量是稻米的 2 倍左右。

    "纸上得来终觉浅，绝知此事要躬行。"了解了有关土豆的知识之后，孩子们开始学习如何种植土豆了。

    王磊老师已提前把垄备好。农业劳动教育不是零散拼凑，而是环环相扣，以季节为令，按植物主题来合理配置土地、工具等要素。劳育课要让学生感受到农业生产是有流程的，要按时间顺序做好准备。

第一步，准备种芽。

令孩子们感到惊奇的是，土豆的播种，用的不是种子，而是土豆茎块上的芽。摆在孩子们面前的土豆，表面上每个小小的坑儿里，都已经冒出来一个小芽儿。

2024 年 4 月 24 日，播种前，在王磊老师的指导下，孩子们用小刀将整个土豆按芽的数量进行优化分割。先是找到土豆的头部。这可能是一个令人迷惑的事，土豆还有头尾之分吗？但王老师有判断的门道，他说，土豆也分头尾，头是突顶，尾有一个浅浅的凹下去的小坑。王老师还用笔在土豆上面画出了分割的线条。从上往下，以芽为中心切割出不规则的方块儿，一个土豆差不多可以分成四到五块，这就是土豆的"种子"了。

第二步，播种。

这里的重点，一个是土豆块的朝向，一个是株距。王老师的要求是，土豆芽要冲上摆，结合分割块的形状，略微偏斜是可以的，但绝对禁止土豆芽朝下。一株土豆和另一株土豆的距离就是株距，大约是 20 厘米。

学生们拿着切好的土豆块，把它们按 20 厘米的距离，播种在备好的垄穴里，再用土埋上。播在土里的深度也是有要求的，一般是 3—5 厘米。王老师说，太深不利于温度提升，且芽向上突破阻力大；太浅了容易随着风吹雨淋种块暴露在外，反倒干枯而死。不深不浅，才是一个土豆块正确的选择。

在土豆块被种到地下的第二天，孩子们已经来土豆田看过好几次了。见孩子们如此迫切，王老师答应让孩子们看看土豆块在地下生长一天的样子。

孩子们小心翼翼地扒开覆土，看见了触角状的小白尖，这就是土豆初始的稚根。王老师还让孩子们用放大镜观察，连又白又嫩的根毛都看得一清二楚。王老师嘱咐孩子们，观察后务必再把土覆盖上。

劳育课还有一个特点，它要根据作物的生长情况，随时抢出一些上课时间，以便让学生了解植物生长的全过程，而不能像常规课程那样按部就班。十天后，土豆的叶子终于冒出地面，又到了孩子们上植物课的时间。

在土豆田里，王老师双臂呈 V 形举过头顶，用肢体模拟一棵苗，向孩子们演示什么叫主株的高度、什么叫土豆的冠幅。学生们开始记录自然笔记——作物栽培观察记录单：

2024 年 5 月 4 日下午 1 点

今天是我第一次观察，它高约 11 cm，没有花，叶子有 5 个，还很小。

2024 年 5 月 15 日中午 12 点 30 分

今天是我第二次观察，它高约 14 cm，有一个小花苞。

2024 年 5 月 29 日下午 1 点

今天是我第三次观察，它高约 19 cm，小花苞开了半边儿。

还有的同学在笔记上画下作物的生长形态。"自然笔记"是个好东西，既锻炼了孩子们的文字、绘图能力，又考验观察、分析能力。选择什么方式去记录植物的生长，老师会提供几种参考样本，中高年级的学生可以在表格中自行选择，也可以根据自己的想法自行设计表格。设计观察记录表，目的是培养学生对动态现象的语言描述能力、对事物发展的逻辑判断能力、对测量数据的统计分析能力。小一些的孩子采用简易表格，大一些的孩子用正规的科学记录单，同学们可以用自己理解的、本真的语言来讲述所见所想，当一个周期做完后，就会自动形成一套反映真实过程的种植信息汇编——孩子人生中第一份农业科学实践报告！

看似简明的填写，离不开对农作物的实际观察和认知。劳动课中，老师们把数学、语文、美术的知识整合应用，在潜移默化中，促进知行合一、学以致用。

这一天，除了记录土豆在地上的高度、样态，还要再次观察土豆地下部分的样态。王老师用铁锹把一株不幸被选中的土豆挖了出来，把种茎上的泥土冲洗干净。于是，孩子们终于看到了被埋在地下的土豆块是如何发芽、突破地面的。为什么说那只土豆不幸被选中呢？因为，它的根须已在这个过程受损，不能再被埋到土里，去结小土豆了。它为学生们的科学观察献出了自己年轻的生命，得向这株土豆致敬！

这天的植物课，还要继续讲生物肥的内容。王老师对学生们说，种地不上粪，等于瞎胡混。这里的"粪"，是广义的肥料，上什么样的肥料是有讲究的。在菜园的一个小角落里，有稻壳和残枝败叶混在一起发酵形成的生物肥料。校园里，孩子们也会经常遇到各种各样的有机废物，比如树叶儿、枯草，王老师告诉孩子这些都可以用来做有机肥。过去，把残枝败叶作为普通垃圾处理掉，占用了大量的垃圾转运空间，这是一种相对不经济、不生态的行为。现在，它们在孩子们的眼中也不一样了。

孩子们每人手里拿一个塑料小盆，围在王老师身边听他讲生物肥的知识。讲解过后，按照王老师的要求，孩子们每人装半盆生物肥，把肥铺陈在垄台上。

不出意外的是，还是出了意外。一个孩子在为土豆植株铺生物肥的时候，在土豆花那里发现了一只茄二十八星瓢虫。他捏着这只小虫子向王老师跑过来，别的同学也扔下手里的活计，一起围在王老师身边，看他如何处理这只小虫子。对田里的虫子，孩子们总是表现出极大的兴趣。王老师表示要消灭这只茄二十八星瓢虫，并对孩子们说，对待虫子的原则，就是不要过度感情用事。

这样的原则几乎呈现在王老师课堂的各个环节。他对学生们说："说虫子有用，是对人有用，于生态有用。说没用，它可能就是中性动物或有害动物，也不必对其实施生物学清零，不必百分百消灭它们，十个里消灭八个，剩下两个在地里，它们也不会危害到什么程度。要站在维护生态平衡的角度，要用更加系统科学的观点来看待我们周围的生物关系。不能非黑即白，虫子要与人类长期共存。"这是一种常识教育。

六年四班的曾飞涵在种植课上迷上了虫子。当时，王老师说蚯蚓是益虫，小飞涵就纳闷，蚯蚓怎么是益虫呢？后来，曾飞涵阅读了这方面的书，发现蚯蚓能松土，能让土壤变得肥沃。曾飞涵有点儿害羞地说："一开始，我以为所有的虫子都是害虫呢。"

孩子们继续询问如何处理手中的害虫，王老师很平静地说："把它的头扯下来，就这么简单。"

有的学生说："老师，这也太残忍了！"

王老师说："我们就是要冷静地看待这个世界。茄二十八星瓢虫的成虫看起来很可爱，但它偷吃土豆的叶子，叶子被破坏了，土豆叶子的光合效能降低，就会影响地下土豆的生长。虫子，不像动画片里演的那么可爱，也不像我们想象的那么凶神恶煞，正确对待，就对了。"

把作物当教材、把田间当课堂，在观察、思考、劳动中，不断发现自然现象，思考现象背后的成因、规律，学习如何辩证地干预自然环境，朝着有利于人的方向可持续发展。这是劳育课的教学目标。

关于土豆的课程，需要孩子们做的还有浇水、除草、抓虫、收获，其余的则需要"无为而治"的智慧，就交给大自然了。

西红柿秧里，
伯劳鸟"抢镜"之后

　　这是劳育课上的一个意外。因为一对鸟夫妻不请自来地选择了在西红柿秧里做窝、孵蛋，促成了一堂有关辽宁灰伯劳的鸟类养育知识课。课程是从一个个"凶杀现场"开始的。

　　里仁学校阶梯教室，一、二年级的同学们都屏住了呼吸。

　　在西红柿种植大棚外面，一只小蜥蜴挂在木栅栏尖上，它的身体扭曲着，内脏没有了，脑袋也被吃空了。

　　一棵蓝莓树上，一只小麻雀大头朝下被钉在了树上，只剩下筋腱和骨骼。

　　西红柿大棚围栏的铁丝上又挂了一条无毒蛇，铁丝穿过蛇的颈部，蛇头已被吃掉。

　　"是谁做了这一桩又一桩可怕的事？"小学生们七嘴八舌地参与了对"犯罪凶手"的猜测。有的说是猫头鹰，有的说是野猫，还有的说是黄鼠狼……在这一瞬间，他们觉得自己就是"小柯南"。

　　在孩子们的期待中，王磊老师揭开了谜底："作案的是伯劳鸟。"它是一种雀形目食肉鸟类，性情凶猛且十分激烈，在《格林童话》里有"屠夫鸟"之称。这是因为伯劳鸟喜欢把猎物挂在树枝、铁丝等锐物上，用锋利的喙一点点啄食。猎物的尸体挂在树枝上风干，也起到了保存食物的作用。

看着"作案凶手"的图片，孩子们实在不解，它和麻雀长得很像，性情可和麻雀一点儿不一样。小同学们看得很准，这伯劳鸟看起来的确和麻雀很相似，但它的体型却比麻雀大一倍。

接着，孩子们又听到了一个更惊悚的事实："作案凶手"已经把自己的窝巢建在了西红柿大棚里。

原来，是伯劳鸟不请自来了。两只辽宁灰伯劳飞进飞出，已经把西红柿大棚当成了自己的家。王磊老师把伯劳鸟养育儿女的过程拍成了一个纪录片，为此还退让了三条垄。

视频的播放和师生的探讨参差互现，相映成趣。

"一个蛋、两个蛋、三个蛋、四个蛋、五个蛋！"鸟巢里面有了五个带着斑点的蛋。学生们高声数着，兴奋得小脸都红了。

这个时候，王磊老师把播放停下来，问大家："你们猜一猜，接下来还将有多少个蛋出现在鸟巢里？"

小同学们热切地说："六个、七个、八个……"最冒进的小朋友已经猜到了一百个。

王老师对大家说："伯劳鸟不是母鸡，不能一直下下去。五个蛋就是它的极限了。"

雌鸟开始孵蛋。在孩子们期待的目光里，小鸟终于孵出来了。"一共会有几只小鸟出壳呢？"有的说是四只小鸟，有的说是五只小鸟。到底是几只？一个女孩说有五只幼鸟，她的理由是因为鸟巢里原来有五个蛋。但画面上只能看到四只小鸟。孩子们又成了小侦探。一个说大鸟吃了一个蛋，另一个说第五只小鸟死掉了，而且，是被它的兄弟姐妹坐到屁股底下压死的。还有的说，是被幼鸟吃了……

王磊老师替幼鸟鸣不平："幼鸟还没长牙呢！怎么吃？""唉，我也糊涂了，幼鸟长大了也没有牙啊！"

另一个同学不满意"吃"的答案，抢答道："被别的鸟给偷了！"

王老师总结："好，我可以告诉大家，的确是被它的各位哥哥姐姐给干掉了，但不是被吃了，而是被挤出去了。"

王老师继续揭开谜底："第五个蛋，我观察了几天，其他鸟儿孵化的时间间隔是2—3天，最后那个蛋，它妈它爸等了它五天，它也不出来。这个蛋光占地方不产生效益，其他四只鸟越来越大，行动能力越来越强，感觉多这个蛋已经很不舒服了，于是就把这个蛋给拱出去了。第一个轮次，先淘汰掉一个。"

这时，一个学生直接从座位上站起来："我看过书，这种行为，是本能，叫优胜劣汰。不光是伯劳鸟，别的鸟也有这样的行为。"

大家为他鼓起掌来。

其他的伯劳鸟，继续在窝里睡觉，心安理得地继续接受父母的喂食，越长越大。在视频里，王老师的手伸向了幼鸟，幼鸟也张开了嘴叫起来。

"哎、哎……哎……"学生们也紧张得叫了起来。

王老师继续问："小鸟为什么要叫呢？"

有的学生说是害怕被抓走，有的说是要啄人。一个孩子的回答最接近正确答案："小鸟以为自己的爸妈回来了。"

王老师解释道："它们太小了，眼睛看得不是特别清楚，但是能感光。只要我的手一到，小鸟就感觉是妈妈来了，我手再一到，小鸟又感觉是爸爸回来了，它们就会自动张嘴。张嘴干吗呢？而且争先恐后，为什么呢？"

这时候，孩子们的回答非常一致："谁最先张嘴，谁最能喊，谁就最先得到食物，谁就活得最好。"

出壳一周后的幼鸟，头大，眼睛大，脖子软，身材短小，眼睛尚未睁开。当爸妈不在身边时，它们半睡半醒，彼此挤在一起。当看到大鸟又回来，并带回一只蜘蛛时，教室里的孩子们都一齐发出了呕吐的模拟音，还伴着嘻嘻的笑声。

"我最怕的就是蜘蛛了。"一个女孩子说。其实，蜘蛛富含蛋白质，外形也相对圆滑，很适合幼鸟吞咽。

大鸟轻轻地呼唤着昏睡的幼鸟，叫它们起来吃饭。

这一轮的进食不像同学们期待的那样，不是直接把蜘蛛喂进小鸟的嘴里。大鸟将沾着它口水的蜘蛛放在这只幼鸟嘴里蘸一蘸，又放到另外一只幼鸟嘴里蘸一蘸，如此周而复始。这是伯劳鸟一种特殊的饲喂方式。原来，伯劳鸟的幼鸟并不能直接消化蜘蛛，而是通过提取大鸟口水溶解蜘蛛体表后所形成的混合溶液来获取营养。这个过程非常繁琐，鸟爸鸟妈不辞辛苦来回就做这一个动作。

王老师的问题又来了："最后大鸟是怎么处理蜘蛛的？是吃了还是扔了？如果是吃了，这个蜘蛛到底被谁吃了？"学生们坐直了身子，连嘴唇似乎都在帮着幼鸟用力。

一只幼鸟试图把蜘蛛咽进去，但是发现自己咽不进去，因为这需要颈部肌肉的组合做功。那么，这只大鸟在测试什么呢？

一个同学回答："测试谁是第一个能把蜘蛛吞咽下去的幼鸟。"

"这回答真好。"王老师鼓励了小同学，并继续说："第一次淘汰是淘汰什么？淘汰未孵化的那个蛋。第二次选拔是选拔什么？选拔谁能先把这只蜘蛛吞进去。"

伯劳鸟的妈妈特别有耐心，它要看看这四只小鸟到底谁行，谁行谁就作为重点培养对象。伯劳鸟的存活比例没有那么高，这四个里边儿能活两个，对于伯劳鸟夫妇来说，就非常成功了。这就是大自然设计的筛选机制。在此过程中，大鸟也在逐渐训练幼鸟的吞咽能力，谁最先吞食，那就说明这只幼鸟取食的意愿非常强烈，颈部的肌肉也非常发达，将来就是个好种好苗好鸟。

如果吞不下去，当然大鸟会把蜘蛛吃掉。"注意看，接下来会有一个非常神奇的现象。"王老师提示大家。

同学们没有看错，就在刚才，大鸟把幼鸟的排泄物给吃了。

教室里，是孩子们的一片惊讶声。

"大鸟为什么要吃幼鸟的便便？"

"伯劳鸟是一种坏的鸟，还是好的鸟？"

"有那么多的好吃的，为什么鸟妈妈鸟爸爸非得去找这些虫子来给自己的孩子吃？"

"小鸟死了，爸爸妈妈怎么办？"

"假如妈妈爸爸都死了，那小伯劳鸟怎么办？"

"为什么伯劳鸟长得这么小，还这么凶残？"

……

王老师又给大家放了一段伯劳鸟的标志性警戒音。同学们用心地听着、记着，因为校园里面就有伯劳鸟。如果在校园里听见"抓啦抓啦"的叫声，就能认出它来了。

伯劳鸟的世界仿佛一座神奇的宝库。此时，对这样一只出现在开原，或许时时出现在民主教育集团校园的鸟，孩子们已经有了更丰富的认知，也有了更多的好奇。

孩子们还在继续举手提问，一个前排的小同学，还把双手同时高举过头顶，表达提问的迫切性。将来，有更多的未知等待他们自己去观察、去研究。

这堂课，未完待续……

一根能长大的绳子

　　一根绳子，在中国人的生活中扮演着重要的角色。它在开原民主教育集团的劳育课里，也伴随着孩子从幼儿园到小学毕业，孩子长大了，这根绳子也长大了、变美了。从鞋带到密封扣，从中国结到逃生扣……打绳结，不仅仅是孩子要掌握的一个劳动技能，还是一种美的表达。

　　在"打结秀场"，一年级至六年级的学生，在进行"小绳结·大智慧"的技能比赛，比速度，比绳结的美观度，比团队合作，比孩子们在日常生活中要掌握的基本生活技能。

　　开设劳动教育系列课程，目的就是增强学生的动手操作能力，最终使学生获得更高品质的生活。何伟副校长认为，在未来，一个生活能力强的学生比一个生活能力差的学生，更容易有自信，更容易获得幸福。劳动教育是小学生身心发展的必要条件。

　　根据学生生活的实际情况，学校设计了三类课程：快乐种植、劳动创意、美好生活。"小绳结·大智慧"的技能比赛，就是第三类课程"美好生活"主题下，以"绳"为载体的"绳结"技能挑战赛。负责集团劳育课的李飞副校长，对选择绳子让整体劳动技能课变得系统有自己的考虑：古代有结绳记事。上古时没有文字，人们用结绳来帮助记忆、传递消息。每得到一个猎物打上一个结，又或者用一个大结代表一个大野兽，一个小结表示一个小野兽。古人给绳子打结来记时间、人数、男人或女人，打结的位置和不同形状，表达不同的意思。我们的劳育课，一个重要的原则就是和生活相关，是否能够帮助学生解决生活中可能遇到的难题。在我们的生活中，绳结也在孩子不同的发育时期发挥着不同的作用。最常见的就是系鞋带。我们发现，家长为了省事，就给孩子穿松紧带的鞋，孩子被过分照顾，这对孩子的未来发展是不利的。一根鞋带，也可能是领带、蝴蝶结、逃生扣，我们还设计了相关的美化生活的劳育课，像绳艺、钩织，等等。

系鞋带的训练，从幼儿园小班下学期就开始了。幼儿园的走廊里有各种生活能力培养的宣传画，有系鞋带的，也有叠衣服的，细分步骤，孩子看图学习，熟悉动作。为了让小班的小不点儿更好地掌握系鞋带的技巧，老师们还会用一首小儿歌来引领孩子完成动作：小绳子手中拿，一左一右先交叉，弯一弯，转一转，系出一朵蝴蝶花！

为了检验学习成果，从小班到大班都有生活达人比赛，小班是"生活达人三项赛"，中班是"生活达人四项赛"，大班是"生活达人五项赛"。

小班的"三项赛"：穿上衣服、裤子、鞋。

中班的"四项赛"：先脱，再穿上衣服、裤子、鞋。

大班的"五项赛"：先脱，叠好，再穿上衣服、裤子、鞋。

"指向人人"的劳动教育，都有相关的赛事检验成效。"小绳结·大智慧"的技能比赛，先在班级内进行选拔，每班获胜的前三名选手代表班级参加学校的总决赛。这样的赛事，隆重程度一点儿不比别的赛事差，靳海霞和班子成员悉数到场，还有家长评审团，呐喊声、加油声响彻整个综合楼会议室。

一至三年级的孩子们，虽然比的仍是系鞋带、系领带，但对难度、花样和美观都有梯次的要求。

四年级学生的比赛任务是解决密封问题，让封口结既方便又实用。五年级的大孩子们，要用自己学过的数学知识——包装的学问，解决实际包装问题，同时也用各式蝴蝶结对包装盒进行美化。这个要用到实用美术的知识。不同的系法，不同的样态，孩子要能做、会做，还要有对美的感受力、表现力。六年级的学生，绳结的难度又上了新高度。他们的绳结甚至和生命相关。他们要结出吊篮结、拖拽结、逃生结等绳结。这些绳结，不但能锦上添花，关键时刻还可能成为自救和救人的关键物件。

紧张而激烈的比赛结束后，由家长委员会组成的评审团，最终评出18个特等奖、30个一等奖、60个二等奖。领导在发奖的过程中，鼓励孩子们养成热爱劳动的好品质、好习惯。

对劳动能力的肯定，也能唤醒一个孩子内在的力量。里仁校区六年四班班主任刘佳玉说起她的学生小鑫，眼角眉梢都是笑意："他特别有意思、特别可爱。刚上一年级的时候，中午需要午睡，他身子底下铺着凉席，他能把凉席拆成丝儿，把桌布拆成线。但通过他拆东西，你就能感觉到这孩子动手能力特别强。班级扫地用的套撮儿，孩子用的修正带、自动笔，班级浇花的小喷壶，篮球架子下边的轱辘，这些东西坏了他都能给修上。"

小鑫对自己的手艺也相当自信。他说，他把家里能拆的都拆了一遍，从玩具小汽车到机顶盒。爸爸给妈妈修电动车的时候，他在一旁看，爸爸不让他上手，但怎么修电动车，他心里已经有了数。

小鑫的学习成绩现在还不是特别理想，但班主任刘佳玉对他有信心："因为好鼓捣一些小东西嘛，可能有时上课也会悄悄在桌子下面鼓捣，就影响了他听课的状态。但是同学们有啥东西坏了，第一时间想到的永远都是他。交给他，他一定会把这个东西修好。修好之后，当他把东西还给同学的时候，看着同学崇拜他的眼神和表情，他可自信了。这个时候，我们当老师的就说一声：你看，小鑫，你这么厉害，手这么巧，你要是把这个心思往学习上用那么一点点，你的成绩肯定会老棒了。他可能就是因为这个建立了自信。"如今，小鑫特别爱学习，爱发言，举手特别积极，成绩虽然还没有达到特别理想的状态，但进步很大。

劳动教育课在一开始推进的时候，并没能得到家长的支持。或许是因为工作忙，或许是因为认知的偏差，一些家长对劳育课不以为然，还有一些抵触情绪："一天天的，净整事儿。今儿个唱歌，明儿个种地，把学习整好比啥都强，净整没用的！"

针对这样的抱怨和认知，靳海霞在学年家长会上，明确地说明了劳育课的重要，以及良好的劳动习惯和能力对孩子个人成长以及未来幸福生活的意义："我们要关注那些看似不紧急但很重要的事情。实践证明，劳动教育是促进小学生主体性发展、培养创新能力的最好途径，并且是其他科目无法替代的。希望通过学校的劳动教育课程设计，在老师的引领下，在家长们的大力支持下，我们家校联合，共同助力孩子们的成长，托举出孩子们更灿烂的未来！"

古有结绳记事，今有结绳寄情。劳育课上，有劳动技能的培养，还有审美能力的提升。在民主教育集团，有一个特别的绳艺组，吸引了对绳艺编织特别感兴趣的学生。这个兴趣组就是用各种绳子、线，或者苞米叶、荆条，通过编、织、钩，完成实用与审美兼具的作品。

五颜六色的线，通过结、绕、缠、编、抽、捆等循环有序的编织，让学生感受到线绳所带来的魅力，感受到祖国传统文化中纹样设计的精妙。同时，也让学生体验到普通线绳能实现的多种可能，用来美化生活。

初始阶段，绳艺课专注于棉绳编壁挂、中国结，后来又把传统的手工钩织也加了进来。针对不同的年级，课程设置也有难易之分。

一、二年级的技法维度：缠缠绕绕。

三、四年级的技法维度：捆捆系系。

五、六年级的技法维度：编编织织。

令人想不到的是，绳艺组里，不仅有乖巧安静的小姑娘，也有壮硕有力的小男孩。孩子们的作品多种多样，有花朵盆栽，有发夹，有小动物，有中国结，有壁挂，还有编织的花朵画。互联网再发达，也替代不了手工的温度和独一无二。每到母亲节，绳艺组的孩子献给妈妈的礼物，都是最特别的，他们用钩针钩出永不凋谢的花朵。

绳艺组里还有负责作品推广的。为了更好地展示孩子们的作品，班主任还把班里文笔好的同学推荐到绳艺组，负责宣传营销。草编的鸟窝，推广语是"港湾，是温暖的家，也是爱的港湾"，售价 15 元。苞米叶编织的笔筒，推广语是"重生，是一双期待的手，让平凡的事物有了更多的价值"，售价 10 元。

小不点儿的厨神初体验

"包饺子、做面条、烘饼干、卷驴打滚、包青团……我都会！"幼儿园大班的小不点儿汐汐有点儿骄矜地说。

三年的幼儿园生活，汐汐最爱的课就是食育课程。在家长眼里，这或许只是一个游戏，但在汐汐眼里，小小的他已拥有了了不起的大本事。他边用手里的塑料刀切着面条，边小声嘀咕："晚上回家得教教我妈。"小朋友自己做的食物，会出现在当日幼儿园的餐桌上。如果是饼干，学校还会让他们带几块回去给家人尝尝。

开原民主教育集团下属的幼儿园，从小班开始，就有了真正与制作食物有关的课程。四五岁正是小朋友最有参与意识的时期，当家长在家里包饺子、做面条时，小朋友总是要想方设法加入，但家长极少有耐心让小朋友全程参与。在幼儿园，小朋友有了全程主导的空间，这给了他们当家做小主人的快乐和自豪感。

常规情况下，食育课半个月一次，如果赶上节日或节气，就要再密集些。有食育课的时候，小朋友们要戴上高顶捏褶的厨师帽，系上同色系的围裙，在和他们身高匹配的桌子前，摆上专门的橡胶揉面垫，根据所做的食物不同，老师会给他们准备不同的工具。做面条时，准备塑料刀；包饺子时，有擀面杖。小班有专门的包饺子器，中、大班就要靠他们自己的小手捏。如果是烘焙饼干、做月饼，还有专门的模具。

在中国的节日、节气里，吃饺子的频率很高。以前，相关的节气到了，老师会先讲一讲风俗，再让小朋友们画一画饺子，或者用橡皮泥捏一捏饺子。后来，靳海霞向他们提出幼儿园的课程要实现"四真"，即真实情境、真实生活、真实学习、真实发展。从课程视角设置幼儿园优质游戏，课程游戏化，游戏课程化、生活化。

如何进入真实情境，实现孩子的真实学习和真实发展，不虚饰、不删减，成为幼儿园劳动教育的关键。按照以美治校、美育浸润的原则，结合国家的相关要求，集团负责幼儿教育的李卓，便对相关课程进行了改革。孩子不是毫无目的地玩耍，或者随意片段地游戏，所有的游戏都是以任务为导向的。首先是了解不同节日、节气的文化内涵，然后引出美食和风俗，最后准备工具，食物原料都是真实的，动手做食物就变得顺理成章。让孩子入情入境，从感情上向往，在结果上体验。

冬至日的课堂，是这样开始的：

"今天是二十四节气中的冬至。这一天，要吃什么呢？"

"好，小朋友说得很好，要吃饺子。你们知道是为了纪念谁吗？"

"对，原来是纪念'医圣'张仲景。"

"冬至的时候，天太冷了，露在外面的耳朵都要冻坏了。所以，每天早晨从家里出来的时候，爸爸妈妈都会给你们戴上帽子，把两只像饺子一样的耳朵藏在帽子里。可是，在很久很久以前，不是每个人都有帽子，有的人耳朵就被冻坏了。"

"有一个叫张仲景的医生，就把羊肉和一些驱寒药材放在锅里熬煮，然后将羊肉、药物捞出来切碎，用面皮儿包起来，煮熟后，分给来求药的人。面皮儿把肉和药材包起来的样子，像娇贵的耳朵一样。人们吃了'娇耳'，喝了'祛寒汤'，浑身暖和，冻伤的耳朵就治好了。后人就学着'娇耳'的样子，做成食物，叫'饺子'或'扁食'。所以，有'冬至不端饺子碗，冻掉耳朵没人管'这样的民谣。"

了解了饺子的来历，老师会继续问小朋友："今天要包饺子，大家想一想，包饺子首先需要干什么？工具是啥？你能干啥？你不能干的时候怎么办？"

这一连串的问题，需要小朋友思考并做好劳动前的准备。

小班有包饺子的模具，所以幼儿园里最小的孩子也能操作。

食育课的主题设计主要围绕着节日或节气，有的时候也尊重孩子的兴趣，有的时候是根据获取食材的便利程度，有的时候是根据季节变换时出现的生理状况。

冬天到了，幼儿园小朋友咳嗽的多起来。

老师就会问："宝贝们，知道怎么能预防咳嗽吗？"

有的小朋友说吃药，有的小朋友说去医院，有的说奶奶或姥姥给蒸梨吃。

老师说："好，今天食堂有梨，我们也试一试吧。"

于是，小朋友用塑料刀给梨削皮、切块，加上红枣、冰糖，就可以拿到食堂去蒸了。中午，小朋友们会吃上自己亲手做的冰糖雪梨。这也是为食堂帮厨。

老师还不忘嘱咐孩子们："回家之后，如果家人也咳嗽了，可以为他们做一次冰糖雪梨。"

烘焙课，更是小不点儿们任性发挥的时候。

操作台上，摆放着两种馅料：凤梨馅、豆沙馅；两种熟面：紫薯面、黄豆面；还有椰蓉粉。这些都是食堂提前为小朋友准备好的，小朋友要做的就是组合。

有的小朋友把饼干做成汉堡状，有的用心形的模具，有的用小熊的模具。在心形的模具里，小女孩朵朵把一小点儿紫薯面、一小点儿黄豆面、一小点儿凤梨馅，都放了进去。

老师问她："你这是什么口味的饼干？"

朵朵的回答很有趣："这是彩虹饼干。"

模具里杂糅在一处的面，瞬间有了不一样的甜美。老师说："你的想法真特别。老师还没有吃过彩虹饼干呢！一会儿烤好了，分给大家都尝一尝。"

在制作食物的过程中，可以充分调动孩子的各种感官，使他们直接获得生活经验。这不再是一份食物那么简单，更重要的是孩子们能在学、做、玩中体验劳动的快乐，激发他们的创造力和对生活的热爱。

食育既是回归生活的教育，也是一种回归教育的生活。这个过程中，还有对小朋友精细的小动作和大动作的训练。比如，做蛋糕时的裱花、挤果酱时的小动作训练；做蛋挞时，鸡蛋液和牛奶在一起搅拌的大动作训练。

2009年5月，靳海霞到日本进行为期一个月的教育考察，她感触最深的有两点，一个是各个学校的老师都会和她谈起对学生的观察；另一个就是成熟完备的食育。日本的幼儿园会让孩子在学校菜园里体验耕种、收获的乐趣，自己动手做料理、分享食物。

这一切引发了靳海霞的思考。在开原这样一个经济欠发达地区，如何让孩子接受食物相关知识的教育，培养良好的饮食习惯，通过食物进行包含生命、自然、感恩这样的人类通识文化教育，成为她和她的伙伴们新的努力方向。志存高远，海纳百川，开原民主教育集团就是这样一点点成就了今天美好的样子。

如今，民主教育集团下属的幼儿园，日常生活劳动成为常态。从清洁卫生、收纳整理、烹饪美食、美化环境等领域设置劳动任务群，让学生学会照顾自己、分担家务、服务他人。在烹饪与营养课程里，有幼儿园"小不点儿大厨神"系列、小学段的"我为家人来掌勺"系列、初中"一日三餐我做主"系列，梯次建构，一体化实施。学生从参与家庭烹饪劳动开始，到学会烹饪方法，再到根据家庭成员实际需求、营养搭配等方面，独立设计制作一日三餐。在此过程中，孩子们不仅掌握了技能，而且了解了科学膳食与健康的密切关系，增进了对饮食文化的了解。

为了更好地把劳育课的实践落到实处，家庭和学校的配合是必不可少的。在家庭，推行每日劳动清单，实行"节假日劳动"机制，实施周末"1+N"劳动策略……多种策略让家庭劳动成为生活常态，让孩子更加理解劳动对于个人生活、家庭幸福的意义。在校园，劳动贯穿在校生活。以"校园清洁""校内服务"为主要实践内容，学生自主按照主题、年级、课时、内容、目标指向、实施时段等，对校园岗位梳理、规划，通过实施承包责任区域卫生清理、设立服务岗位、招募志愿者等措施，鼓励学生至少选择一个岗位，并设计岗位名称、职责、标准、操作流程、举行入职宣誓、制定劳动公约等。学生们用合作劳动赢得荣誉和尊重，为集体和他人创造美好生活，增强集体荣誉感和服务意识。

靳海霞说："作为现代学校，我们有责任以自己良好的专业素养和教育智慧引领社会和家长，帮助家长对自己的孩子抱以合理的期望，用先进的教育理念、科学的教育方法指导孩子，示范孩子良好规则与社会操守，从而贯通学校与社会、家庭的育人通道。"

本章内容，扫码聆听

——

第八章

以学生为中心的同心圆

家长合唱团，
换一种方式守护孩子

没什么大愿望

没有什么事要赶

看见路口红灯一直闪

它像眨眼的小太阳

乌云还挺大胆

顶在头上吹不散

我抓在手里捏成棉花糖

什么烦恼不能忘

既然是路一定有转弯

哪个风景都漂亮

揉揉疲惫的眼睛

停下来看一看

美好简单

……

周四午后的阳光照进合唱教室，木质台阶上，家长的身边站着孩子，高高低低，家长的大手拉着孩子的小手，心手相连，轻灵的音符从钢琴的黑白键上升起，爸爸妈妈歌声的浑厚和孩子声音的娇美，在空中相遇、交融。合唱团的指挥叶健用全副身心引导着家长和孩子的情绪。

阳光是安静的，音符在光线上跳跃，一首《小美满》，如一阵清凉的风从草地、从枝叶间、从家长和孩子们的心头抚过。这是一个特别的合唱团——开原民主教育集团里仁校区的家长合唱团。合唱团的组织者和指挥是快人快语的叶健，同事们大多叫她"叶子"。叶健1991年入职民主小学，她是学校第一位专业音乐老师，她还擅长编舞。那时候，学校里只有一部手风琴、一台脚踏风琴。她的微信签名是一个"叶"字，旁边有一团火，她的确是一片燃烧的叶子，是一片律动的叶子，是一片在音乐里自由歌唱的叶子。总有无穷无尽的热情和力量推动着她，美好的音乐借由她，去感染、感动、滋养、改变更多的人。

家长合唱团于2024年年初组建，学校为家长合唱团配备了很强的音乐教育师资。起步阶段，家长因忙于生计，报名并不踊跃，有的家长是为了完成班主任的任务，才勉强报名，并不真正喜欢唱歌，还有的家长参加了第一次培训，就因工作繁忙请别人替自己参加了。

一直推动家长合唱团工作的靳海霞对叶健说："叶子，你考虑没考虑，家长搁这儿唱得让孩子来，得让班主任老师来。不能家长搁这儿唱，谁也没看着，要调动家长的积极性。班主任老师来了，孩子来了，家长唱歌的劲儿得老足了。"

叶健索性说："那就让家长和孩子一起唱一首。"

靳海霞鼓励说："你这个想法更好了。"

星期四的下午，孩子们和家长走进了同一间合唱室，家长的身边站着孩子，家长拉起孩子的小手同唱一首歌。叶健精心选择了这首《小美满》，曲调舒缓，歌词平易，直抵人心。这也是家长合唱团排练的第三首歌。

四十年的教育生涯，靳海霞最意难平的，是家校之间的关系，学校无论怎样努力，家长看老师、看学校的工作，总是挑剔的。从学校管理的角度，家长也分多种类型，有老实巴交的，有宽厚包容的，有工作繁忙完全把孩子托付给学校的，也有那些"打鼓上墙头儿"的，有点儿热闹就得看看，并且喜欢传播真真假假的信息，没事儿传出了事儿，小事儿成了大事儿。如何动员家长中最广泛的力量，调动最积极的因素，把不利因素转变成有利因素，共同把学校搞好，把孩子教育好，把家庭经营好，以至于辐射到社区，把社区文明建设好，这是一个没有标准答案、永无止境的探索。

　　靳海霞说："我们一直都在做这方面的工作，给家长写信，开家长会，让有专业素养的家长进校授课，但仍然会有很多这样那样的问题。我的想法非常简单，利用学校的优势资源，吸引更多的家长走进校园，参与学校的活动。在活动中，他们会更多地了解学校的工作，更好地理解自己的孩子，不仅多一条亲子沟通的渠道，也提高他们的艺术素养，从而更好地引导孩子。"

　　第一次排练，家长们谁也不好意思张嘴。这对经验丰富的叶健来说，当然不是问题，她对大家说："放松，放松，乐呵儿，欢儿——起来！欢儿——起来！"叶健用语言、用目光、用肢体动作调动着一群拘谨的甚至有点儿心不在焉的家长。第一首歌是难度不大、应时应景的《上春山》："二月天杨柳醉春烟，三月三来山青草漫漫，最美是人间四月的天，一江春水绿如蓝……"

　　这首歌的中间有一段间奏，叶健对家长们说："来，你们要发挥你们的聪明才智，你们可以做各种造型，怎么做都可以，要错落有致，不能全站着，也不能全蹲着，你们要和左右的家长一起配合，做三个组合动作。"陌生的家长们开始一起设计动作，最后，由叶健再做统一的调整。

为了稳定合唱队伍，每一次训练，叶健都会拿出各种对待小朋友的办法来调动家长们的歌唱热情，她尽力地挖掘家长们的优点，比调动小朋友积极性多一条的是去赞美他们的孩子。叶健记下他们孩子的名字，到孩子所在的班级去，给孩子发奖品、拍照片、录视频，再发到家长合唱团的群里。在学校的艺术沙龙上，叶健也会拿着话筒大声地问谁的家长参加了合唱团，并把这些孩子请到前面来，叶健和他们拍照留念。这份特权，是叶健隔空给予家长们的一份鼓励和荣誉。

靳海霞和叶健达成共识，家长合唱团不能单纯地只是提高家长们歌唱的水平，还要影响、改变他们的思想。在训练之前和训练之后，叶老师都要和家长们聊一聊，这种聊天是漫谈式的，是叶式风格的音乐欣赏与艺术普及课。又是一次训练结束，叶式风格的艺术普及和家长们的交流，参差交替。

二年六班刘子豪的妈妈是全职宝妈，也是合唱团的领唱，她说："参加家长合唱团之前，我的生活圈子只有两个孩子，所有人都忘记了我也有自己热爱的东西！我热爱唱歌，热爱跳舞，虽然热爱，但不专业。参加了合唱团，从老师这里学到了专业的知识，也认识了好多可爱的家长，找到了小时候上学的感觉。每一次唱完歌回家，感觉心情都是美美的！这可能就是音乐的力量吧。"

"你们是不是学会安静了？学会聆听了？"叶健老师引导家长们思考。

在合唱的过程中，因为有不同声部的配合，所以首先要学会聆听别人的声音，这是合唱里重要的一步。从最初的喊唱，到静下来唱，到相互迁就，寻找歌唱里的平衡，寻找曲调里的逻辑，这是个音乐素养不断提升的过程。没有接受过更多音乐教育的家长们，在叶健的引导下，在自己张嘴唱歌之前，首先学习倾听别人的声音。

叶健继续引导："学会了安静，学会了聆听，才能知道如何配合。先把自己调整好，有大局意识，合唱才会更加和谐。"

下一次家长合唱团培训，"叶式艺术漫谈"已从艺术讲到了人生，讲到了社会："什么是合唱？合唱，就是在歌声中建立一种平衡关系。合唱队的平衡关系能辐射到家庭，辐射到社会。合唱的最高境界是由内而外地歌唱，是自由地歌唱，是愿意唱，而不是在被强迫的节奏里机械地重复动作。合唱是由内而外的美好，在歌声里，你的眼里有光了，你能感受到美了，能发现美了。回家之后，你会发现，你的心态也发生变化了，对孩子、对家人都平和了。"

家长们在合唱中找到了童年的影子，也成为孩子眼中既亲切又充满魅力的父母。

五年五班的贺兰芯爸爸本来有点"社恐"，合唱团让他变得有点"社牛"：

　　本来参加这个家长合唱团是孩子自告奋勇给我推荐去的，原以为也就去个一次两次，不想让孩子难堪就答应了。要是一开始知道是个长期的活动，我大概率会找个理由婉拒，因为我是个比较"社恐"的人，虽然喜欢唱歌，也都是只在家里和车里唱，不会当着别人面唱。参与家长合唱团，以一种全新的方式参与到了孩子的校园生活中，不再只是接送孩子时短暂停留，而是真正融入里仁学校的文化氛围之中。回家后和两个女儿多了很多关于学校的话题，对孩子的成长环境有了更全面的认识。

二年四班刘雨墨妈妈的感恩之心溢于言表：

> 叶老师专业幽默的教学让我很开心、很放松。还有赵迪慧老师，总是那么文静而亲切地站在那里，教我们如何发音更好听；还有那几个专业很强的钢琴伴奏老师……

从最开始的给班主任老师面子，到现在的对叶老师的喜爱、追随，对学校教育理念的理解，对一周一次家长合唱培训课的期待，几个月的时间，家长们已完全消除了陌生、拘谨，并逐渐在合唱团里感受到音乐的美好、专业素养的提升、友谊的温暖和团结的力量。这些家长有"70后"，有"80后"，也有"90后"，音乐成为他们共同的纽带。有的家长在合唱培训之前，还会发朋友圈："又到了一周最快乐的时光。"高考期间，叶健去监考，不能参加培训的家长都觉得空落落的。

合唱团的家长们，还记得合唱团第一次培训前，靳海霞校长对他们的鼓励："你们还要承担社会责任。聚是一团火，散是满天星。将来，你们就是一个个火种，星星之火，可以燎原。培训完了之后，你们还要回到所在的社区，20年后，我们开原文明不文明就靠你们了。"

2024年7月12日，家长合唱团进入丽湖社区演出。这个夜，有星光，有荷香，有歌声，有亲情，有场内场外音符与情感的交融。

四年二班王禹侨家长感慨：

> 加入合唱团是我2024年最正确的决定，因为有那么多"没想到"接踵而来……没想到合唱团的老师们那么与众不同，叶老师诙谐而轻松幽默的课堂氛围让我对合唱越发感兴趣，每次都期

待着下次排练快点儿到来；没想到每周都能有机会走进里仁校园，我在合唱团的点滴进步都对孩子有影响，无形中便给孩子树立了榜样；没想到家长中藏龙卧虎，跟这么多优秀的家长在一起有压力，但同样激发出了我的潜能；没想到校领导如此重视家长合唱团，让我明白了里仁教育的初心。

这正是靳海霞期待的效果。现在，合唱团有时候是四十多人参加，有时候是三十多人参加，只要时间允许，家长们都积极参加培训。目前，他们已经排练出来《上春山》《我们走在大路上》《光阴的故事》《小美满》《校歌》《青春舞曲》《掀起你的盖头来》《校园的早晨》《我和我的祖国》《夜空中最亮的星》等十首歌。里仁校区家长合唱团的成功，极大地鼓舞了其他校区家长的积极性。民主校区家长合唱团成立的信息刚一发布，就有一百多人报名。"没想到这么多人报名，冒漾了。"老校长刘久远说起这事的时候，又开心，又有点儿难心，因为家长报名人数太多，不知如何取舍了。"家长不再只是站在校门外守望，而是走进校门，当他们身临其境理解了学校和老师的工作，家校之间的关系自然会变得融洽起来，亲子之间的感情也会变得融洽。"

家长合唱团是学校给家长提供的学习空间，家长在学校的表现，也在另一个方面鼓励了孩子。家长出满勤给学生加分，不来的不批评，来了就奖励孩子，孩子可以拿积分换礼物。五年三班周俊赫的妈妈参加家长合唱团，是儿子给报的名。家长合唱团培训时，周俊赫的班主任吕老师把家长们唱的歌录下来，特意在全班同学面前放出来，周俊赫在视频里看到妈妈，可把他高兴坏了的。回到家，他对妈妈说："别的同学都老羡慕我了。

老师还给了很多奖励，笔、本儿、好吃的。我头一回得到这么多奖励！"

家长王浩说："自从我参加了家长合唱团，给我儿子树立了很好的榜样，孩子在班级表现特别好，老师也给我儿子很多的鼓励。我儿子高兴极了，最近精神状态都不一样，进学校昂首挺胸的，扫地都勤快了。"合唱，让父子二人的关系更和美了。小王对老王说："爸爸，我俩关系最好，咱俩是一生一世的好'哥们儿'。"父子二人的目光在音符里相接，这是只有在音乐的世界里才能达成的一种情绪上舒缓的释放与和解。

> 你看小狗在叫树叶会笑
>
> 风声在呢喃
>
> 不如好好欣赏一秒迷迷糊糊的浪漫
>
> ……
>
> 不用急急忙忙说一个答案
>
> 你愿相信什么就把世界看成什么样
>
> 偶尔难题加点重量也要轻轻地旋转
>
> 所以，无论如何记得保管小小的光环
>
> 笑也好，哭也好
>
> 今天就是明天最好的陪伴

当旋律响起的一刹那，有一种双方都听得懂的语言在父母和孩子间流动，这是一首关于爱与成长的美妙乐章。在歌唱的过程中，叶健引导家长和孩子要互动，要对视，要有情感交流，不仅仅是用声音唱响歌曲，更要用心灵对话，用行动展现对亲人、对生活的爱。

不得不说，中国人是羞于表达爱的，也是缺乏音乐滋养的。父母和孩子在同一个空间唱歌，更是少之又少的情形。如果问，你上一次和孩子一起唱歌是什么时候？有几个人能回答上来呢？

叶健也被每一位家长的热情与真诚深深触动。在她心里，她不仅仅在指挥一个合唱团，而是和一群成年人一道，在繁忙的生活中寻回纯真，通过歌声，在心和心之间形成连接，这是一次奇妙温暖的旅程，音乐让平凡的生活绽放出不平凡的光彩。

这样的瞬间，是时光的缝隙中遗落下来的饱满的种子。或许，在未来的某个时刻，当记忆的魔法棒指向这样的瞬间，这些充满生机的种子会突然长大，成为学校、家长和孩子共同拥有的幸福森林。

靳海霞说："我希望我们的家长，所有的家长，在我们的学校都有他的位置，就像所有的老师都有他的位置，所有的孩子都有他的位置一样。我们的想法是，家长和学校的共建活动是全员的、无死角的。现在还没有做到理想的程度，我们会努力让更多的家长走进校园，能参与学校的活动，理解学校的意图，也能在活动中增加亲子情感，和孩子一起健康成长。未来，如果家长们能把在我们学校获取的能力带到社区，把歌声带给更多的人，那就更理想了。"

解忧杂货店

这是一个寻常的午后,还是副校长的王卓在滨水校区的走廊看到一个初中生,他和别的孩子明显不一样,像一个落单的受伤的小动物,目光里又有一种躲闪和锐利的自尊。她把男孩子叫到办公室,想给他鼓鼓劲儿。

王卓问他:"你多大了?"

男孩回答:"不知道。"

王卓以为孩子是故意抗拒,就试图和孩子聊一些他喜欢的话题,男孩说喜欢玩游戏,但是到初中就把手机中的游戏都删了,晚上写作业写到11点。

王卓问:"是不是效率低,边写边玩啊?"

孩子说:"没有。我爸妈也说我边写边玩,那就是边写边玩。他们说啥是啥。"

过了一会儿,孩子又说:"我讨厌噪声,别人和我说话我就心烦,我和别人说话不觉得心烦。"

王卓问他:"我现在和你说话,你心烦不?"

孩子毫不犹豫地说:"心烦。"

王卓缓了一下自己的情绪,没有马上让他走,而是继续说:"你要是有什么不开心的事可以和我说说,看看我能不能帮上你。"

孩子看了一眼王卓，说："你帮不上。我看过心理医生了，但是心理医生说我没有问题，是家长问题很大。"

这样的场景，在现在的校园并不少见。学生心理健康教育也是家校共育的内容，从学校层面开展家庭教育讲座、开展心理健康服务的同时，靳海霞校长向所有教职员工提出一个新的课题："教师如何成为孩子最后一根救命稻草？"着眼于"面向人人"的幸福教育，要重点提升教师的服务意识，关注每一名学生，引导家长重视学生的心理健康问题，希望教师带给学生的温暖能够成为他厌世时的那根救命稻草，成为引导他走出黑暗的那一道光。

巧的是，文章开头的那个男孩和悠悠同一个班级。叫悠悠的女生，最令王卓心疼。悠悠的母亲有精神疾病，常住医院，父亲脾气火暴，经常打骂她，不让她去见母亲，还总说她会像患有精神病的母亲一样。所以在王卓最初鼓励悠悠的时候，悠悠没有一点儿自信，她总说自己啥也不是。悠悠来到王卓身边，蹲在地上，摆弄着她的手，说："你的手怎么是这样的？"王卓知道，未见得她的手有什么不同，只是悠悠太渴望和别人亲近。

王卓说："我和你爸沟通沟通吧。"

悠悠制止了老师的好意，怕爸爸因此更加打她。王卓想让她从自立的角度改善父亲对她的态度，就告诉她回家要收拾家里的卫生，帮爸爸干点儿活，给爸爸端杯水。这是第一次有人对悠悠说这样的话，她非常听话地做了。也许是学会了举一反三，在班级，悠悠也开始打扫卫生，王卓借机鼓励她，说她有责任心，卫生打扫得好，有眼力见儿。她有了一点点自信。但生活的复杂性，早已千疮百孔的心灵，又怎是一两个方法能完全治愈的呢？

悠悠又在教室里坐不住了。连着几天，她都在第九节和第十节课的时候，来到王卓的办公室。有的时候，王卓在写材料，她就在一旁安静地待着。王卓知道她喜欢看小说，平时看的多半是玄幻小说。看她无聊，王卓随手给了她一本东野圭吾的《时生》。

这"随手一拿"，并不是随随便便那么简单。之前，见悠悠情绪消沉，王卓曾对她说过"人生美好，未来可以通过努力改变现状"的话，悠悠全盘否定了王卓的苦口婆心，冷漠地说："我没有未来，也许等不到毕业我就不在了。"

作为一个老师、一个母亲，王卓听到自己的学生说出这样的话，真是心痛、心疼学生，也感觉自己很无力，无力说服悠悠放弃轻生的念头，无力将她从绝望的泥潭中拽出来。

"你从没觉得能来到这世上真好吗？"王卓是因为这本书封面的这句话，决定让悠悠看这本书的。这本书是一个穿越与轮回的故事，即将离开这世界的时生穿越二十年的岁月，回到过去，找到当时的父亲，去寻找自己生命存在的理由。对于现在的悠悠，王卓觉得，这本书可能会带给她一点点生命的意义感。

三天的晚自习，悠悠坐在教师办公室黑色的沙发上，边看书边和王卓搭话。一开始和王卓讨论时生是穿越还是复活，到后来默不作声安静地看书。当她合上书站起来的时候，王卓知道她看完了，王卓非常急切地想知道她看这本书有没有达到预期的效果。

虽然很迫切，但王卓还是控制住语速，像怕惊走了一只怯生生的小鸟，很随意地问："这本书怎么样？"

"很好。"

"时生的经历告诉我们什么呢？"王卓好像在向悠悠求教，语气矮颠颠地问。这是她的秘诀，在学生面前不能像个老师，要像个朋友，甚至像个缺乏见识的妹妹。

悠悠回答说："他来到世上是很美好的。"

悠悠在说这句话的时候，目光里有热情在跳。虽然是对这个故事的简单总结，但是王卓能感受到她把这种热情迁移到自己身上了，悠悠翻到情感线的高潮部分，并把这部分内容指给王卓看："面对年轻时依然幼稚的父亲，他满腹牢骚，不思进取，但时生依然感激父亲给了他生命，带他来到这个世界，即使他身患疾病并不能活很久，但在活着的时候能够看到年轻时候的父亲，并且参与到他的生活里，为父亲带来影响，使他转变，这一切就已足够。人只有在要失去生命的时候才会感到时间的珍贵，真挚的感情让人铭记这个瞬间，为了未来勇敢地活下去。"这些话，好像是专门为悠悠写的。悠悠说，她看到这里的时候掉眼泪了。

这可能是阅读时一种共情的表现，这更是生命教育的重要一课。悠悠的阅读感受令王卓欢喜，王卓热切地写下了这样的句子："这不是一个孩子在说读后感，而是希望！人心时而会轻惹尘埃，而看书可以帮助我们洗涤落在心头的尘埃；书，像在寒风刺骨的冬天行走的人，进到温暖的房间推门一刹那扑面而来的暖气，将一路的凛冽吹在门外。"

王卓又给悠悠准备了《解忧杂货店》和《萤火虫小巷》，王卓希望自己好不容易找到的办法有效，借助大师的智慧、书籍的力量带着悠悠一点儿一点儿从"那里"走出来。

"那里"，有多远，又有多近？

近几年，青少年心理健康问题频发。《中国国民心理健康发展报告（2019—2020）》显示，全国中小学生存在不同程度抑郁症的总体比例占

24%。而且随着年级升高而上升，处于中学阶段的青少年出现情绪不稳定等心理问题的比例最高，达到17.3%。在青少年阶段，如果没有得到及时的干预，对未来的人生将产生不可预料的负面影响。

还有一种病症，叫空心症。学生服从家长的要求学习、考学、报考，但是他不知道他为了什么学习，学习能干什么，在枯燥的学习中感觉对什么都不感兴趣，没有爱好，没有特别想做的事。这样的孩子是长时间被忽略需求的表现，他想要的东西被家长叫作没用的东西，他想做的事被认为是没用的事，久而久之，他就把自己的想法和需求放在最隐蔽的角落，以至于让他找的时候，他都找不到了。对什么都提不起兴致，其实也是抑郁的一种表现。除了明显的病症，有些孩子喜欢啃指甲，指甲几乎啃没了，有的孩子喜欢两个手指对搓，这些都可能是焦虑的表现。

民主教育集团成立了心理咨询工作室，工作室成员都是有心理咨询师资格证书的老师，针对不同的年级有不同的心理课程。还设有宣泄室，宣泄室里有沙袋、沙盘和一些减压的小玩具。这里是学生们的"解忧杂货店"。

如果说，孩子的世界里大多是不被允许，不许越界，而宣泄室就是"允许"，允许孩子玩一玩，允许孩子说一说，允许孩子抱怨，允许孩子焦虑，允许孩子发泄……允许的背后是对人的发展规律的尊重，是对"全人"的看见。被看见、被尊重，让孩子的情绪更加平和了。

摆沙盘，是一个静心的过程，就像回到小时候过家家一样，找一找童年的影子。在摆沙盘的过程中，可以摆脱心理防御机制，展现本我。有的时候，学生的心理有所防备，不想把自己的心事告诉老师、告诉家长，或者学生自己也说不清楚自己有什么困惑，但是沙盘作品的状态可以呈现出学生的深层心理问题。

王卓说，现在值得关注的现象，就是孩子的倾诉没有人倾听。家长总是在强调学习，孩子不愿意和家长吐露心声。"解忧信箱"悄然出现了。孩子们把这个信箱当成一个"树洞"，令他们想不到的是，这个温情的"树洞"，还会有老师给他们回信，像一个知心的忘年交，倾听他们的心声、回答他们的问题。这些看似简单的举动，让孩子们感受到力量、理解和支持。

对开头提到的那个男孩，王卓采取了不同的帮助方式。那个男孩家境优越，他的认知很高，也极其自尊，只不过父亲极度严厉。她和那个男孩的父母做了沟通，父母已放下了对孩子过高的期待和要求。

悠悠也在帮助别的同学时，爆发了生命内在的力量，她的眼里真正有了光。

同一天，发生了两件事，悠悠都尽力地帮助了别人，两件事让悠悠的自信心和自我认知有了进一步提升。一个孩子从楼梯上摔了下去，悠悠帮着把书包收拾起来，并帮同学提着，送同学出了校门。另一个女孩早上没吃饭，在体育课上跑了两圈后低血糖了，悠悠第一时间跑到王卓办公室，给那个孩子要糖，缓解了同学的症状。

放学后，悠悠还在拿着扫帚打扫教室。过了一会儿，她兴奋地、满脸笑容地来到教师办公室，对王卓说："老师，我突然感觉身体注入了能量。"

王卓对她说："你身体本来就有能量，只不过被唤醒了。"

这一刻，王卓突然明白悠悠真正需要的是什么了。悠悠通过帮助别人找到了快乐，通过"施"实现了"得"，这是物质满足无法带来的快乐，她需要同伴交往和认可，需要回应和归属，需要尊重，需要价值感。

魔法字条

　　午休时间，安然老师接到了一个陌生男人的电话，在电话里，他卑微地求安老师能不能和他的儿子联系联系。他的儿子曾是安然老师的学生，刚说了几句话，这个男人突然就哭了起来，他的儿子说啥不想上学了。

　　八年级开学，辰辰突然对家人宣布不去学校了。他把自己关在屋子里，一整天都不出屋。最严重的时候，他也不跟妈妈交流，不吃妈妈做的饭，不跟妈妈照面。半夜饿了，等妈妈进屋把门关上，他才会自己端个小锅出来做饭。跟爸爸也是吵架，情绪到了激烈处，竟跟爸爸动手打了起来，最后把警察都惊动了。或许，是成长中生理性和社会性的不适，让他惶恐不安，他逃进自己的小小天地，以激烈的方式表达着对他人和外在世界的拒绝。没有人知道，这个少年的心里刮起了怎样的风暴，或许，连他自己也说不清楚。

　　恨铁不成钢的爸爸、唉声叹气的妈妈，因为他，原本就经常吵架的夫妻俩吵得更厉害了。妈妈带辰辰去看了心理医生，医生也无能为力。冷静下来的爸爸，在一片黑暗里摸索着任何一丝拯救儿子的可能。他似乎隐约地想到，在儿子"自我封闭"之前，曾和他说过，挺喜欢跟安老师在一起学习的时光。

　　11月的开原，寒冷，萧索。地上的残雪，被车轮碾压，黑多于白，泥泞不堪。辰辰的爸爸试着向别人要来了安老师的电话，就有了开头的一幕。这个愁眉苦脸的父亲小心翼翼地问："我能不能把他再送回您班上来？"

安然无法拒绝一个父亲的苦心和求助，也无法放弃一个她曾经的学生。她没有把握地问："他能回来吗？他愿意回来吗？"

孩子的父亲说："我回家跟他沟通，我现在想问问您，他如果想回来，您能不能接收他？"

安然爽快地说："那没问题，他只要愿意回来，我肯定接收他。"

辰辰的爸爸又踌躇了好半天，问安然老师："您能不能先跟他联系联系？您百忙之中跟他说说话，因为他说，他就挺想跟您说话，挺愿意跟您交流的。"辰辰已经好几个月不和他这个当爸的说话了，辰辰的爸爸害怕一张嘴就谈崩了。

重头戏全留给了安然。她需要寻找一个看似自然又不让辰辰反感的由头，并借此把他找回校园。

安然找到了一个很特别的由头。

转眼到了12月，安然给她这位曾经的学生发了一个微信："你还有当年那本英语书吗？你给我拍个照，我想看看你写我生日的那几个字还有没有。"

经验丰富的安然没有直白地问："你最近咋样啊？"她知道这个时期的孩子特别反感这样的问话，反感别人劝告他什么。

这由头还真是独特。当年，安然教他们班的时候，有一次在课堂上谈论生日，安然说自己的生日是12月24日。辰辰随手在书上写下"12.24老安生日"，他的同桌看见了，当时就开玩笑说："安老师，你看，他写你坏话！他写'老安'……"从此以后，安然就在学生中有了另一个亲切的名字——老安。这个淘气的同学还把书举了起来，安然看到了辰辰写在英语书上的那一行字。没想到，这成了安然和辰辰"搭话"的一个独家理由。

辰辰看到安老师的微信，很快回复说："安老师，我在外边。回家给您拍。"晚上回到家，他把英语书找出来，找到写有老师生日的那页，拍了一张照片传给了安然。这就是师生二人第一次的微信交流。安然憋了满心的话，却一个字都没敢多说。她生怕这宝贵的开始，因她的操之过急而结束。

还好，辰辰很喜欢把自己的心里话和安然说，安然对他说的，他也愉快地接受了。时间很快到了安然的生日，在她过生日的前几天，辰辰给她发微信说要送给她一份生日礼物。安然开心极了，不是因为有了生日礼物，而是这个封闭了那么久的少年终于肯迈出一步，肯来见她了，她能不开心嘛！安然当即跟辰辰约好了见面时间。到了约定的日子，辰辰送给安然一个自己亲手制作的相框，相框里是一张当年他们班一起拍的照片，那是辰辰心中珍视的回忆，他把它送给了安然。师生俩吃了一顿饭，聊了些家常，临走时，辰辰开心地说："有时间我还来看您，安老师。"

后来，辰辰在安然老师的引导下，回到了里仁校区继续学习。忙于教学的安然，鼓励辰辰把心里想说的话写下来，等她有时间的时候再给他回复。

辰辰的信有时长、有时短，最长的时候，A4的纸，要写四页，每一页五六百字。这样的长信里，看得出来一个在黑暗里艰难跋涉的少年，"有老多话想说了"。他倾吐着他的思考、他的迷惑，他多么渴望这个世界有一个温暖的"树洞"，完全地包容他，耐心地倾听他的诉说。如果不是看他写下来的文字，可能没有人能想象一个少年在学校里，有时是旁观者的心态：

安老师：

　　最近又有些东西想问问您，我最近有时候就感觉像是在旁观自己的生活，看见别人喜怒哀乐，仿佛和自己没有一点儿关系，我实在不明白为什么会有这种感觉。而且，还有一种不配拥有爱的感觉，去年过年的时候，我是自己一个人过的，不想跟我妈待在一起，害怕听见她的唉声叹气，感觉自己太无能，她原来优秀的儿子不复从前了，现在的我，可能是她人生中的败笔。看着电视里那种其乐融融的感觉，不知为什么，只能笑笑并加以祝福，自己感受不到自己的幸福了，很苦恼。我该怎么办呢？

　　还没等安然老师回复，又一封信放到了安然老师的桌子上。学校里的一个优等生，在他的心里竟然掀起了这么大的波澜。

安老师：

　　今天升旗仪式上，得知九班有个女生提前考上西安交大少年班，关于这件事，不知道您知道多少？老师您说，她考上了西安交大之后，看待我们都是什么感觉？会不会感觉都像蝼蚁似的，碌碌无为的一群人？毕竟像她这种天才太少见了，而她这种人现在又出现在我们身边，像梦一样，感觉更遥不可及了。而且，老师您说，她参加了那么多额外的课程，损失了我觉得堪称人生中最好的几年时间，在这些光鲜亮丽的背后，她真的快乐吗？

　　对于榜样，辰辰的思考是这样的。如果不是他的记录，谁又能真正看懂他内心的挣扎、他独特的想法？

这天，辰辰父亲给辰辰发了微信。这件事，在关系极其紧张的父子俩之间，有破冰的意义。这次，辰辰又给安然老师写了一封长长的信，他渴望从安老师这里得到一些建议。

安老师，您好！

今天我爸给我发了微信，我其实真的不想跟他沟通，他带给了我很多的伤害，他做过的那些事，我不想原谅，但我又觉得他是我爸，我没办法完全忽略他，我该怎么办呢？您能不能给我一些建议？

您还记得我跟您说过吧，我跟我爸的关系一直非常非常的不好。其实，我们俩之间的关系可能要超出您想象的分裂，我们俩曾经吵架，都惊动了警察。现在想起这件事，我还心有余悸，特别不舒服。那是在我休学后的一段时间，得知我休学后，他特地从广东回来，想劝我上学。那段时间我很抑郁，不想再见人，更不想听人说教，他来了之后非要叫我出去跟他谈谈，我不想去，把门反锁上，不想跟他说话。他刚开始还能心平气和地叫我出去，后来他就开始骂我，说我是窝囊废，不是他生的儿子，说我跟我妈一样，全都不是啥好东西。话骂得越来越难听，不仅骂我还骂我姥家所有人，说我姥家基因就差劲儿，生了我这么个没用的东西，我越听越生气。我从小就是这样，他只要一生气就骂我，骂我妈，骂我姥家的所有人，那骂得难听的，我都不好意思跟您说。

我在里面跟他顶嘴了，他越骂越激动，还想踹门进来打我。他在外面踹门的时候，我害怕了，他要是进来真的能打死我，我妈根本就阻止不了他。我赶紧拿出电话，报了警，他还一直在砸门。我吓得要死，幸亏警察很快到了，警察劝了他，也劝了我，他跟警察说不会再有过激行为了，警察走后，我就又把门锁上了，不想跟他沟通。

他从来都是这样，一有不顺心的事就骂我们全家人，这样的爸，我真的不想要，如果可以，我不想承认他是我爸，最好不要跟他有父子关系。我恨他，恨他让我从小就没得到过父爱，恨他在我遇到困难、人生陷入低谷的时候，没有尽到一个父亲应有的职责，反而把我推向更深的深渊。但是看他从外面打工回来时的狼狈样子，我又从心底心疼他，可又不愿说出口，我觉得他不配。我的心里很煎熬，我到底该怎样面对他？安老师，您能不能帮帮我？

接到辰辰这封信，安然终于可以一吐为快了。

辰辰：

看到了你内心的纠结，感同身受为你感到心累。同时，真的开心你能对我敞开心扉，让我有机会帮助你。

先说说你爸爸吧，站在我的角度看，他是一个爱你却不知道如何表达爱的父亲。

你知道我为什么在你休学将近一年后，突然给你发信息找你吗？当时我们在一起上课时，你写在英语书上的"12.24 老安生日"，你觉得我会是突然想起来的吗？我一直没跟你说过，其实，是你爸找到了我，是他告诉我你的情况，让我帮帮你，不然我对你的情况一直都只停留在生病休学的认知上。

你爸来找我的那天，刚刚下过雪，路上到处都是融化的积雪，他踩着泥泞，站在风中，风吹着他本就散乱的头发，显得很凄凉。见到我他更拘谨，他说了你的情况，说到你当时的现状，他声音哽咽，红了眼圈，他说他没办法了，家里也没办法了，偶然间听你说想念我，想念跟我一起学习的日子，他感觉抓到最后一根稻草。他求我去见见你，他知道你不待见他，特意叮嘱我不要告诉你他来找过我。所以，我联系了你，再后来你来到了我的班级。今天跟你说这些是想告诉你，你爸爸是爱你的，不然他不会在一个老师面前，堂堂七尺男儿流下眼泪。有了这个前提，再来分析他这个人，他不会表达爱，可能更不会控制情绪，这确实是他不对，但人哪有完美的，不是吗？

　　所以，我希望你能够理解他一点儿。当然，我并不是要你现在就完全接受他，我不搞道德绑架，我只希望你能站在他的角度去体谅一下他，把他当作一个会有缺点的人来考虑一下。给你时间，也给他时间，寻找你们之间最舒适的父子关系。你爸爸那边，如果有需要，我会去跟他沟通，他的问题我也会跟他谈。只希望你能放下一点儿，开心一点儿，给你们彼此一个机会。

　　但愿我能帮助你一点儿，欢迎你随时来找我。

　　Yours,

　　　　　　　　　　　　　　　　　　　　　　　Mrs An

　　父子之间的情感坚冰，就这样无声地消融了。师生之间的字条，引导辰辰走出至暗时刻。正像靳海霞校长常和教师们说的，教育就是人和人之间最细微的情感影响。中考之前，辰辰的状态已非常好，和父母有了正常亲密的交流。如今，他已在清河高中就读，还是班里的学习委员。原本只希望他"能正常生活就行了"的父亲母亲，对他今天的变化喜不自胜，也对他的未来有了更大的期许。前两天考试结束，他还回来看望安然老师，跟老师"白话"了两个小时才离开。

酷爱钩织的大男孩
刚从"淘气堡"出来

　　2019年冬天的一个上午，常珍老师走进了新接任的一年四班。在一声"大眼睛，看老师"的口令中，所有的学生都端正坐好等待老师上课时，一个胖胖的男孩却走下座位，在地上走来走去，似乎眼前的这一切都与他没有关系。常珍老师走到他面前，要求他回到座位上。这个小男孩却抱起肩膀，歪着小脖儿，噘着嘴，一副要与老师对抗到底的架势。

　　这个孩子叫小皓。美术课上，他更是"大闹天宫"，不仅把水粉洒得到处都是，而且还调皮地放到了其他同学的水杯里，蹭到了别人的衣服上，甚至还"吃"到了自己的嘴巴里，班级被他一个人弄得一片狼藉！体育课上，一起牵手做游戏时，因为同学们不和他牵手，他竟大打出手，打哭了好多同学……一时间，他成了令常珍老师最头疼的学生。最严重的时候，常老师不在旁边看着，科任老师都没法上课。

　　为了尽快引导小皓步入正轨，常珍老师尝试过多种方式来鼓励他，贴笑脸、发奖励、课下沟通，但好景不长，没过多久，这些方法就都无济于事了。

　　后来，常珍老师了解到，原来小皓的父母都在农村工作，他被寄养在市内的一个远房亲戚家，只有周末才能与父母见一面，平时想妈妈了也只能通过手机视频，如果妈妈忙起来，可能一个月都见不到一面。听到这些，常珍老师终于明白了小皓种种异常行为背后的原因——缺爱。

苏霍姆林斯基曾说："最完备的教育是学校和家庭的合作。"常珍决定邀请他的父母共同参与教育。于是，她打通了小皓妈妈的电话，并亲自到他的家里，与家长长谈。几番交流后，小皓妈妈接纳了常珍老师的建议，无论工作多忙，都会在每周末回来陪伴孩子，聊聊学习、谈谈生活，让小皓感受到来自父母的关注和家庭的温暖。常珍老师则会每天都给小胖妈妈发一段孩子的视频，让妈妈了解小皓的学校生活，为她和孩子的交流提供话题，拉近亲子关系，帮助小皓把曾经缺失的爱一点点补回来。

在学校里，常珍也不断地给小胖制造积极表现的机会，让他有被需要、被认可的感觉。经过一段时间的观察，常珍发现小皓特别爱干活儿。于是，常珍便把给班级换水和擦黑板的工作交给了他。没想到，自从有了这份无可替代的"工作"以后，他整个人都变得特别有成就感。有的时候还没下课，他就已经迫不及待地开始问："常老师，需不需要擦黑板？"虽然他问的时间不对，但至少常老师能感觉到他的责任感，他是想为班级出一份力的；每当班级里没有水的时候，他都会主动把水桶拿下来，然后叫上一个和他体型差不多的同学去换一桶新水回来。而常老师也从来不会吝啬表扬，每当他为班级出力或是有一丁点儿的进步时，常老师都会在班级内大加表扬，然后再与小皓的妈妈"串通一气"，让妈妈回家后继续趁热打铁，巩固表扬，强化行为。

就这样，在学校和家庭的共同努力下，不到一个学期的时间，小皓的思想变得越来越积极，行为也变得越来越好，虽然学习成绩进步不大，却收获了不少好朋友。就这样，在家校双向奔赴的努力下，小皓重塑了形象，收获了友谊。

然而，他的成长还在继续……

在一次学校组织的线上"触摸春天"课程里，小皓所做的桃花作品是用毛线粘的，造型准确，粉色有层次，还有一小团花蕊。小皓的设计别出心裁，手工细致精巧，一下子就从众多作品中脱颖而出，在班级投票中以绝对的优势被评选为"最佳创意手工奖"。谁承想壮硕的小皓还有这样的巧思，还有这么一双巧手呢？

或许是这一次得奖激发了小皓对手工的热爱，在疫情解除回归校园后，小皓在学校众多的第二课堂中自主选择了手工编织课，有了一份属于自己的热爱。

每次第二课堂下课后，他都会把自己课上的作品带回班级给常珍老师看。最开始的时候，他编得很幼稚，但为了激发他的热情，常珍每次都会褒奖一番，并展示给其他同学欣赏。每到这个时候，小皓总会腼腆地低下头，但眼睛的余光却是一直在关注着大家欣赏他作品时的样子。渐渐地常珍老师发现，小皓带回来的作品越来越精致、越来越美观，同时过来围观的同学也越来越多，有些同学竟然还嚷着要向小皓讨教编织技巧。

这边，在手工编织课堂上，小皓已经是编织组刘梅老师最得意的学生之一，成了编织组里当之无愧的"显眼包"。不仅因为他的体型比别的孩子大一圈，更因为他粗壮的小手却能钩出精巧、和谐的花纹，让人忍不住停下脚步，被他快速转动翻飞的钩织手法所吸引。

渐渐地，他的工艺越来越细腻精美，很多作品都被放在了小组最显眼的位置。每次有参观学习的人来到编织小组的时候，大家都会在他身边驻足观看，他的作品还被学校当作礼物赠送给了参观者。其中，一位辛叔叔回赠给小皓一本词典，并在词典上题写：

感谢你送我精美的手编饰品，心灵才能手巧，手巧更促心灵。

祝你学习进步，用巧手编织未来的梦！

小皓得到辛叔叔回赠的礼物，开心极了。他美滋滋地回复：

我想对您说：收到您送给我的这本《现代汉语词典》，我真是太太太开心啦！真没想到我编织的这个小杯垫能让您这么喜欢！看来我选的这个社团真是没选错啊！但我也有点儿不好意思，因为那天送给您的杯垫并不是我编得最好的。上次我们学校组织我们去社区送温暖，我教老奶奶编坐垫，那次才是我最好的水平呢！等下次您再来我们学校的时候，我一定要给您编一个更好看的坐垫！

辛叔叔，其实我不仅手工编织得厉害，我还会投掷呢！我是投掷第二课堂里，投得最远的！怎么样，我厉害吧？

小小的杯垫能得到您的喜爱和赏识，我在高兴的同时，更是自信心爆棚！接下来，我还要再接再厉，编织出更加精美的作品！辛叔叔，您可一定要再来我们学校啊！

出于好奇，在小皓上编织课的时候，班主任常珍老师偷偷来一探究竟。果然，第二课堂里的小皓安安静静地沉浸在编织的世界里，一针一线在他胖乎乎的小手中轻巧穿梭。常珍老师不禁感叹，这哪里还是原来那个到处惹是生非的小皓！

妈妈对儿子的变化激动不已，她说："感谢学校全方位的课程设置，让我的孩子能自主选择喜欢的课程！民主教育集团的课程，我这个切身体验者真的是要竖起大拇指点一百个赞！"

小皓的成长见证了家校共育的温暖，见证了"五育"并举的落地生花，更见证了教育静待花开的美好。

家长比孩子还小了一点点

初夏，6月的一天，操场上的人多了两倍，一个孩子带两个家长，随着音乐响起，家长和孩子一起入场。这是一个庞大的队伍，不要求队列整齐，不要求服装统一。这是民主教育集团民主校区一至三年级的亲子运动会。

亲子运动会，也是家校共育的一种方式。

运动会的亲子项目每年都有所不同，但共性是，所有的项目都要求家长和孩子一起参加，而且所有的家长和孩子都要参加。这是一场运动会，更是一场亲子沟通、家校共建的嘉年华。

运动会的比赛项目每年都有所调整，主打的就是亲子配合。

抬小猪：三人一组，两名家长加一名同学，竹竿一根。

套圈游戏：每班一组，男女不限，大呼啦圈一个。

搬石过河：男女不限，呼啦圈两个。

搬运工：每班一组，大呼啦圈两个，篮球十个。

……

"抬小猪"比赛开始了。两名家长和孩子一起跑到垫子前面，孩子手脚并用缠住竹竿，为了增加竿子的韧性，家长们提前都把竿子缠满了胶布。家长按规定路线把"小猪"抬到下一个垫子上。放下"小猪"，家长和孩子跑向下一组等待中的家长和孩子。如此往复。

"套圈游戏"，是所有的家长和孩子手拉手形成一条长龙，先是从排头到排尾，再然后排尾变排头，家长和孩子们从大呼啦圈里钻进钻出，硬性要求是手拉手，不能断。

"搬石过河"，家长和孩子站在同一个呼啦圈里。在一定的距离里，孩子负责"搬石"——扔另一个呼啦圈，家长和孩子要一起从这个呼啦圈蹦进另一个呼啦圈里，孩子再捡起一个呼啦圈，继续向前搬。孩子扔呼啦圈的远近，要保证和家长能够一起跳进去，并能够回头捡起来。

"搬运工"的游戏更是壮观。每个班所有的家长和孩子排成一列，在操场坐好，一个家长一个孩子，后一人的脚要抵住前一个人的臀部，比赛是把 10 个篮球依次从排头传到排尾。前一个人把篮球举过头顶，向后传给下一个人。这个项目，对孩子没有难度，因为这也是学生体育课训练注意力的内容，但家长就会出一些状况。

亲子项目很欢乐，但并不轻松，这也从另一个角度提示家长对运动的重视。好几个在"抬小猪"项目里有点儿吃力的家庭，在比赛结束后，都嚷着回去要相互监督加强锻炼和减肥了。

亲子项目在笑声和加油声中结束了，但家长们不想结束，说是没玩够，他们围在曹慧主任四周，说啥要再比几个项目。组织什么项目呢？去年，学校组织了家长拔河比赛，家长们一直把适用于孩子们的绳子拔断了，才不得不结束了比赛。在家长们的强烈要求下，曹慧主任组织家长们进行百米跑接力赛，每班出两对家长。班主任们又把曹慧围了起来，说是家长们还不满意，每班出两对家长太少，还有想跑的没轮上，要求再组织一轮。

一个高个子的男家长，在自己的妻子和儿子面前，蹦跳着，嘴里直叨咕："这是我的强项啊！"他们一家三口的服装也很有特点，全家穿着浅蓝色亲子T恤，男家长胸前的字是"忙着赚钱"，女家长胸前的字是"忙着花钱"，孩子胸前的字是"忙着捣蛋"。曹慧主任满足了家长们的要求，家长接力赛组织了两轮。比赛开始了，穿浅蓝色亲子T恤的男家长自告奋勇地跑第一棒，二百米跑下来，只跑了第二名，他很不满意，不满意自己的成绩，最不满意的是曹慧主任也跑了第一棒，和专业体育出身的曹慧主任相比，男家长还是略逊一筹。曹主任也无奈，笑着解释并安慰男家长："我女儿在三年级，我不跑，我女儿也不干啊！明年，咱俩错开跑。"

家长在运动场上接力跑，孩子们在场下给爸爸妈妈们加油。在孩子面前，每个家长都拿出了最好的状态。家长比赛一结束，就有小朋友上来，跑得好的家长，受到孩子的鼓励；跑摔了的，孩子们上来安慰。这场景，怎么看都是家长比孩子小了一点点。家长跑得特别好的，孩子在班级也成了小明星。这份欢乐，一直到中午也没有消散。正如曹慧主任在亲子运动会开幕致词中说的那样：活动为每个孩子、每个家庭搭建一个运动的平台，让家长和孩子同台展示，进一步拉近了父母和孩子的距离，促进和谐的亲子关系。

像这样的亲子类运动会还有很多种。夏天，有亲子啦啦操表演。亲子啦啦操以"运动、快乐、陪伴、感恩"为主题，吸引了三至五年级1600多名家长和孩子参加。踏入寒冬，有"小篮球·大梦想"亲子全员运动会。孩子和家长，以篮球运动为媒，在运动场上一起过关斩将，在领奖台上，学生的背后也站着家长。的确，人生最好的时光不是生活富足的随性，而是亲子之间的交互时刻，抛开生活的琐碎，忘记工作的烦恼，彼此就是最好的礼物和陪伴。

对里仁校区的学生来讲，他们年级亲子运动会的入场式，更为酷炫、更有创意，每个队伍的进场形式都不相同，但又有着动人的和谐。有踩着滑板车进场的，有骑着小自行车进场的，有滑着轮滑进场的，有敲着非洲鼓进场的，这种不同引起全场的笑声，也令孩子们对即将开始的比赛充满期待。这不同中的"相同"，就是孩子们表现出来的精神风貌，松弛、自在、快乐，富有创新性。

让家长走进学校，参与学校活动，替学校想事，为学校的工作出谋划策。由于"立场"优势，家长们更相信家长的判断，家校之间的沟通就顺畅了许多。金芙校长说："在教育越来越强调生态化的今天，家校合作已成为教育发展的必然趋势。学校组织的亲子活动，在教育发展中正发挥着不可估量的作用。"

家长们提的意见也得到学校的重视和有效落实。家长们说，孩子们更关心和自己有关的项目比赛，运动会上年级太多，坐半天也没有自己班级的项目，学生们会无聊，应该单给他们开一个运动会。学校觉得这个建议好，就把两个年级段分开，一、二、三年级开一次，四、五、六年级开一次。学生们在各自的运动会上都得到了更好的展示和释放。

像这类亲子运动会，每年都要举办。民主教育集团不仅想把运动的基因刻在学生的骨子里，也想把这种影响传递给家长。靳海霞说："很多时候，我们见到的是一群不爱阅读的家长，天天苦口婆心地教育孩子。一个躺在沙发上玩手机的父亲，催促着孩子赶紧完成作业；一个狂热追剧的母亲，不许孩子玩一会儿游戏；一个喜欢打麻将的家长，天天责备孩子贪玩；一个不喜欢运动的父亲，天天埋怨孩子的肥胖和懒惰。这样的场景，在现实生活中是不是很常见？家长不爱自己孩子的很少，不希望自己孩子成才的几乎没有，但是不知道怎么教育孩子的家长很多，过度焦虑，教育方法简单粗暴，不懂得言传身教，期待过高……我们想通过更多的方法，对家长进行精神上的引领，让焦虑的家长豁然开朗。"

靳海霞说:"学校中每个教师都很重要,一个都不能少。每个孩子的校园生活都是一段无法逆转的时光。学校走和谐发展的道路,就要通过创造一个合乎人性、宽松、健康、向上的环境来发展人。其根本在于尊重生命,尊重生命成长的自然规律,尊重人的正常需求,使一切教育活动在彼此尊重和接纳当中自然而然地发生。学校教育不仅要为儿童的未来幸福打好基础,更要努力使受教育的过程也是幸福的。"

本章内容,扫码聆听

清晨故事会：
那些了不起的小事

周一早晨7点20分，班主任们就已经提前到校了，要参加一周一次的班主任师德故事会。

我讲我的故事，他讲他的经历，讲教学，讲师德，讲家校共育，讲对教育的认知，讲与家长如何沟通……总之，要讲发生在身边的真实案例。原定的演讲时间5分钟，现在已经延长到10分钟至20分钟，用民主小学德育处曹慧主任的话说，老师们讲讲就讲"过油儿"（东北方言，"超出范围"之意）了。

第一个故事，是靳海霞校长分享的，是一个令她愧疚的故事。那还是40年前，她刚当班主任时候的事。以下是她的分享：

> 那时，学校条件艰苦，冬天，教室里要自己生炉子。班里有个叫易永新的男孩，他特别单纯，没有接受过什么学前教育，不懂什么规矩，直接就上学了。这个小男孩还特别顽皮，我在前面一回身写板书的工夫，他就从座位上下来，走到老师身边来了，一堂课总得下来溜达几次。
>
> 我和他说了很多遍，但他就是听不进、记不住。我一气之下，把易永新的书包从窗户给撇了出去，并跟他说，听不懂话，

就不要再来上课了。他也不生气，笑嘻嘻的，第二天又来了，该咋淘还咋淘。他的父母特别好，有时候还早早来学校帮我生炉子。

等到这个孩子二十多岁、大学毕业以后，他来学校看我，说：您还记得我吗？我说，我咋不记得你。那一时刻，我哭了。我真觉得我对不住这个孩子。我那个时候太年轻了，没有教育经验，性子急，不注重方法。现在，这个叫易永新的学生，有了一对双胞胎，他又把孩子送到咱民主教育集团接受教育了。

靳海霞对她的同仁们讲："每个教师，都需要尽快地成长，这是因为每个孩子在我们学校受教育的过程是不可逆的。教育是科学，懂教育的人应是严谨、有序、宽容的人；教育是事业，懂教育的人应是广博、大度、心志高远的人；教育是艺术，懂教育的人应是智慧、灵动、激情的人。"

第九章
清晨故事会：那些了不起的小事

教育的智慧是巧妙地忍耐与让步

陈媛媛　讲述

　　初接新班，一条来自家长的私信悄然而至："我家孩子是个本质特别好，但是特别有个性的孩子，希望老师在教育的时候注意一下方法。"看了这样的信息，我挺有情绪的，现在的孩子谁没有个性，怎么就你家孩子特殊了？这完全是对我的不信任、给我的一个下马威啊！我带着情绪回复了这位家长："每个老师都有自己的教育方法，但是家庭教育和家长对老师的支持和理解应该更重要。"就这样，我最先记住了这个孩子的名字，最先了解了这个孩子的性格：个性极强、不能接受当众批评、爱耍小性子、爱生闷气。面对孩子的倔强与敏感，我必须改变策略，在大庭广众之下，我总是"放她一马"，给她找个台阶，化解彼此尴尬的局面，同时不忘提出暗示或事后进行批评教育。

　　我们之间的第一次"交手"是我外出未归，家中的孩子们便"撒了欢儿"。果不其然，她因为同学不小心碰了她的一头长发而耍起了性子，没吃饭就从食堂跑了。我回来时，教室里只有她自己，安静地把头埋在胳膊下，那样小小的一只。我悄悄退出教室，买了一个面包、一袋牛奶，回来强拉着她到了政教处，当时只有邢主任在，问我怎么了，我说姑娘大了，爱美要减肥，中午不吃饭，我没同意。她听我这么说，挺惊诧地看了我一眼，好像还有一点点不好意思。没一会儿，她悄悄地自己回到了教室，好像什么事都没发生一样，我知道她这是情绪过去了，但我不能让这件事就这么简单地过去。晚上放学后，我留下她，告诉她："回家想想今天这事儿是不是没什么大不了的，不吃饭并不能解决问题，饿肚子的是你自己，自找苦吃的也是你自己。如果以后再不吃饭，肯定没有今天这样的优待了，今天老师给足了你面子，但仅此一次。"

后来的一天，这个极具个性的孩子，再次因为一件微不足道的小事选择了放弃午餐，其他学生见她这样也见怪不怪了。而我，作为旁观者与引导者，半开玩笑半认真地提议："既如此，我们便成全这份决心，餐餐相聚，你独赏，我们共食，或许真能见证奇迹降临。"言罢，我与其他学生们围坐一堂，欢声笑语中，我故意自嘲，提及自己虽有心效仿，却终难抵美食诱惑。这番话，似乎也悄然触动了她的心弦。

未待话音落地，一抹身影悄然起身，是她，她以一种近乎"决绝"的姿态端起了餐盘，迈向了打饭的队伍。那一刻，食堂内的空气仿佛凝固，又迅速回暖，带着一丝不易察觉的温馨与释然。归来时，她手捧饭菜，我不禁调侃："怎么了，不想瘦成闪电了呀？"面对我的调侃，她只以一抹白眼和一句"我觉得我这婴儿肥挺好看的"轻轻回应。我心中暗喜："小样儿，这局我又赢了。"

后来，"不吃饭"这事再没发生过。她特别乐意表现，愿意帮同学打饭，好，这活儿你干，我乐享其成；乐意给花啊、鱼啊浇水换水，多好啊，我省心了！后来我工作中的一些琐碎的小事情都让她来做，她能做得井井有条，我亲切地称呼她"田小秘"，我的私人小秘书。

在那段斗智斗勇的岁月里，我俩也有针锋相对的瞬间。记得那天学校活动日，其他学生已井然就座，唯独她姗姗来迟。众目睽睽之下，我不能不闻不问。我的初衷，是给她一个解释的机会，也是为她在同学面前保留一份尊严。可是她不说话，我又问了一遍，她却把书包"啪"的一下扔在地上了。面对这突如其来的"没面子"，我内心的怒火却奇迹般地被理智所压制，选择了隐忍与宽容，让她先行回座，以免事态进一步升级。

中午，我约了她妈妈来，未等我详述经过，她的妈妈仿佛已洞悉一切，说："我知道了陈老师，你啥都不用说了。"我们三个人就在教室里面对面地开始解决这件事。她妈妈完全没给她说话的机会，上来就说："全班同学都算在内，你班陈老师对你的好是数一数二的，我都看在眼里，其他孩子都要嫉妒了。"她妈妈一边说一边掉眼泪，然后细数了我都没怎么在意的几件小事，这个时候这孩子也哭了。许是那些我未曾留意却温暖了她的小事，许是她妈妈的哪句话触动了她，最终，她不再沉默，向我道歉。我知道，这一次，她是真的发自内心的道歉。自那以后，她仿佛变了一个人，脾气收敛了很多。

期末家长会时，她的妈妈说："陈老师，能不能在家长会上给我 10 分钟时间，我还写了简单的稿子，想说几句话。"其实说的就是从我接班以来孩子的变化，用她的话说，仿佛脱胎换骨，不仅性格有了改变，成绩也有了进步。后来孩子毕业升入初中了，还时常会回来和我聊聊现在的老师和同学怎么相处，我也是耐心地点拨，让孩子尽可能是忧心而来，舒心而归。

现在想想，如果当时我们两个针尖对麦芒，也许结果会很不尽如人意，也许我们两个都讨不到什么好。我曾在一篇文章里看过：教育的情怀其实是一种巧妙的忍耐与让步。在学生犯错时，在自己即将"火山爆发"时，提醒自己：忍耐，再忍耐，给学生一个辩白的理由和宣泄的出口。忍耐看似无奈，其实是一种技巧，也是一种智慧，而在这令人难以忍耐的忍耐中，定会出现"润物无声"的效果，达到"柳暗花明"的美妙境界。

靳海霞评点

　　媛媛老师的教育故事，让我深切感受到媛媛的成长。在我的印象中，媛媛是一个中规中矩、很传统的老师。但是，通过了解媛媛与孩子们的日常点滴，我越来越感受到她的教育过程中充满着灵动、智慧还有幽默。这是媛媛为了孩子们的成长，个人性格上的改变，看到媛媛为教育而做出的巨大改变。我由衷地感到高兴。

　　同时，故事当中这种"有个性"孩子的案例，对所有老师都是启发，希望这个教育故事能够分享给更多的老师。陶行知说过："捧着一颗心来，不带半根草去。"媛媛老师正是用她的尊重和爱心，在坚持原则中不忘给孩子一个台阶，这个用理解与包容铸就的台阶，托起孩子们炽热向上的心。

纸飞机上的梦想

周时宇　讲述

　　我刚走到教室门口，突然从教室里飞出了一只纸飞机，差点儿撞到我脸上。真能胡闹！这可是上课时间！

　　我捡起飞机走进了教室。班级里顿时安静极了，大家仿佛知道接下来将会发生什么。按照惯例，我对全班进行一次狂风骤雨般的思想洗礼是少不了的。

　　我一声不吭，环视一周，拿出了教材。我看到学生们面面相觑，他们不知道我葫芦里卖的什么药。我破天荒平静地上完了这堂课。

　　下课时间到了，我笑着拿出一张彩纸对大家说："下节课，我们进行一次纸飞机表演吧！"同学们都不敢相信这是真的。然而，看到我并没有和他们开玩笑的意思之后，他们立刻欢呼起来。不大一会儿，每个同学的桌子上都放着一架等待起飞的纸飞机。看到同学们的杰作，我故作神秘地说："纸飞机还有一个神奇的作用，就是把自己的梦想写在上面，纸飞机飞出去后，我们跑着去追它，谁追得到，谁的梦想就能实现。"话一说完，同学们就迫不及待地奋笔疾书。

　　不一会儿，大家都准备好了。我把孩子们带到操场，操场上飞舞着五颜六色的纸飞机，也飞舞着孩子们的希望。

　　回教室的路上，刘博一直跟在我身后默不作声，我转过头，发现他白胖的两颊略微泛红。我停下脚步，他低着头站在那里，看得出来心事重重，似乎有话要说。我微笑着说："刘博，你有话要对老师说，是吗？"他红着脸，低着头吞吞吐吐地说："周老师，对不起，那个纸飞机是我的……"看得出来，他很诚恳。

刘博的确是班级里的"问题生"，每天都有好几个学生来告状："老师，刘博把××打了。""老师，刘博没交作业。""老师，刘博……"大事不犯，但小事不断，所以这件事出在他的身上，我一点儿都不吃惊。

这时，他又说道："老师，我以为您会狠狠地教训我，可是您没有，我以后再也不这样了，您看我的表现吧……"

我仿佛看到了刘博眼眸里真诚的光芒……让我吃惊的是，从那件事之后，他像换了个人似的，变得比较爱学习了，也不太会违反纪律了。我就势把他的座位调到我最能关注到的地方。讲课时，我尽可能站在他的周围，他回答问题的时候，我会给他一个会心的微笑；课下，我会创造一些机会找他聊天谈心；留作业时，我会给他减一些作业量，留一些他能力所及的内容。随着时间的推移，我发现他脸上的笑容多了，跟我的交流也越来越自如，他的成绩也在不断提高，由原来的二三十分到后来的四五十分，再到九十多分。当我看到他得知自己成绩后如花一般的笑脸时，当家长不住地向我表达感谢时，我是幸福的。

升入中学后，他总是在遇到问题时找我帮忙，总是在逢年过节时第一个给我送来祝福。今年中考前夕，他压力特别大，总因为担心自己考不上而失眠。我每天晚上都抽时间陪他聊天，帮他释放情绪。在我的陪伴和疏解下，刘博顺利考上了高中。拿到通知书的那一天，他第一时间打电话把喜讯告诉了我。他说自从那次纸飞机事件后，每次遇到困难，他都没有放弃，因为他的心中一直坚持着追逐梦想。

虽然这只是件微不足道的小事，可是每次回想起来，我都感慨万千。因为那只纸飞机，我瞧见了"给予学生理解与宽容"的魅力。从那以后，我改变了自己的做事方法，对待犯错误的学生，我不再一味地训斥，而是更多地给予理解与宽容，结果收获的却是不一样的惊喜。其实，谁也不是天生就爱捣乱的，他们需要我们的正确教育和引导，而不是训斥。

此刻，我仿佛又看到了那天飞来飞去的纸飞机和那群阳光下追梦的少年……

靳海霞评点

年轻的老师接新班，往往会遇到这样被调皮同学耍弄的情况。时宇老师在面对这样一个与纸飞机不期而遇的情况时，能够因势利导，给孩子们上了一堂他们喜欢的手工课，进而引导孩子们在纸飞机上写梦想，并放飞梦想，这一系列充满智慧的链条式操作，感召的不仅仅是刘博一个孩子的心灵，而是用一个生命点燃整个集体的生命力量，使孩子们集体参与到智慧活动中来。刘博同学在活动过程中一定会认识到自己的问题，当孩子的心智被唤醒，自然会思考怎样与世界发生联系，自然会寻到方向，获得成长的力量，感知生命的意义。因此有了他主动向老师承认自己错误的行为，体现了他作为一个男孩子应有的责任和担当。其实孩子内心藏着的宝藏盒子一旦打开，里面的智慧、理性、意志、品格、美感、直觉等生命能量就会在老师的引导下，慢慢被唤醒。智慧的周老师就是这样用理解与宽容，通过不断地对孩子宝藏盒子进行探索和开发，持续让孩子保持向上的力量。

孔子在二千五百年前就提出"有教无类"。怎样才能做到有教无类呢？我们只有以接纳、包容和体恤的心态面对来到我们身边的每一个孩子，然后根据每一个孩子不同的特点，采用不同的方法进行教育，才会让所有的孩子每一天都有进步。最终，通过我们小学六年的教育，为初中输送合格的学生。

第九章

清晨故事会：那些了不起的小事

当学生罚我写一份检讨书……

李莉莉　讲述

　　低年级的孩子，容易信服老师。高年级的孩子有自己的见解，获得他们的信任并不容易。如果我们在学识、人格、言行等方面能得到孩子们的认可，那么我们教育孩子会更加得心应手。

　　在我长达17年的班主任生涯中，高年级的孩子们总是以他们独特的挑战性和可塑性吸引着我。我深知，在新班级成立之初，赢得学生的爱戴与信任，建立起稳固的威信，是班级管理的基石。因此，从第一次见面的精心准备到第一次集体活动的策略规划，我都力求完美，以期赢得孩子们的心。

　　我尤其重视学校组织的第一次集体活动，它不仅是展现班级凝聚力的舞台，更是加深师生情感、树立教师威信的绝佳机会。记得有一次，我新接手一个班级不久，学校宣布将举行"解手链"团建活动。面对这次机会，我暗自策划，决定通过提前编排拉手顺序的方式，让班级在比赛中大放异彩，让我在学生中树立威信。然而，现实却给了我一个深刻的教训。

　　比赛当天，当体育老师宣布规则后，我自信满满地带领孩子们上场。然而，体育老师很快发现了我们的"小聪明"，并判定我们的解手链方式无效。他强调，真正的挑战在于从随机交织的"手链"中寻求解脱，而非预设的固定模式。面对突如其来的变故，孩子们显得手足无措，他们按照我的指示行事，却忽略了比赛的核心要求。两次尝试均告失败后，孩子们沮丧地离开了赛场，而我，也陷入了深深的自责之中。

回到教室，我望着孩子们低垂的头和满脸的不悦，心中五味杂陈。我深知，此时任何责备或批评都无异于雪上加霜，只会进一步破坏我们刚刚建立起来的信任与和谐。于是，我深吸一口气，决定承担起全部责任。

"同学们，今天活动的失败，责任全在我。"我诚恳地说，"是我没有仔细研究规则，误导了大家。我向大家道歉，希望我们能一起从这次失败中吸取教训。"孩子们听后，纷纷抬起头，用惊讶而又感激的眼神望着我。

"犯了错误就要勇于承认。"我继续说道，"既然我犯了错，就应该接受惩罚。你们平时犯错我都会给予相应的惩罚，这次也不例外。你们想怎么惩罚我？"孩子们一听，都笑了，有的说不怪老师，有的则开玩笑地说要罚我写检讨书。

我认真地点点头："好，检讨书我一定写。但更重要的是，我们要从这次失败中看到积极的一面。它让我们学会了尊重规则、勇于承担。更重要的是，我看到了我们班级团结一心、不畏困难的精神。这是我们最宝贵的财富。只要我们能够正视问题，勇于改变，我相信我们一定能够成为最优秀的班集体。"

当晚回到家，尽管身体疲惫，但我还是拿起笔，认真地写下了那份检讨书。在检讨书中，我不仅深刻反思了自己的错误，更对孩子们展现出的团结协作精神给予了高度评价，并对班级的未来寄予了厚望。

第二天，当我把检讨书念给孩子们听时，教室里一片安静，孩子们的眼神中闪烁着信任与期待，我能感受到他们内心的触动和变化，教室里弥漫着一种前所未有的温暖与力量。我知道，我们已经迈出了共同成长的重要一步。

之后提及这件事时孩子们还对我肃然起敬呢："李老师你勇于担当，我们最信服你！"六年级参加新视野拓展活动，他们给自己起名"小猪佩奇队"，管我叫"莉姐"，刘千惠是他们的队长大姐，我是他们的大姐大。这"莉姐"虽然叫得有点儿不太正气，但却充分证明了我在他们心目中的分量，我已经成了他们的良师益友。

我庆幸自己抓住了"写检讨书"的机会，抓住了孩子的心。教育就应该是一分严格之水加上九分感情之蜜吧！

靳海霞评点

莉莉老师是一个特别有耐心、有爱心，对待所有孩子都能静待花开的老师，所以一直都是我们集团当中教师的楷模和榜样。通过这个教育故事的分享，我看到了莉莉的另一面，充分感受了她内心的坚定、果敢，同时也在她的言语之间，看到了她的诙谐幽默，还有与孩子一起律动的那颗永远年轻、永远充满童趣的心。

一份检讨书，既表达了老师的态度，拉近了与孩子们的距离，同时它也变成了一份特殊的教育资源，因为以身作则、做好榜样，是给孩子们最好的教育礼物。孩子们的心灵是最干净透明的，他们最通人情，老师的这种能与学生产生共情的教育行为，将成为影响他们未来最重要的精神力量，使他们成为有平等意识、有责任、有担当、有自知、有自省的人。

大凉山里的孩子

梁佳涵　讲述

民主教育集团在办师生理想学校的同时，也不忘社会责任和义务。学校采用"1+N"帮扶模式，践行社会责任与义务，从县级区域到四川凉山，共帮扶教育区域 15 个，学校百余所，送教送培送训 300 多人次，受益教师达 2 万余人，做到了既"独善其身"又"兼济天下"。

我很荣幸成为靳海霞名校长工作室赴四川省凉山彝族自治州的第一批支教老师中的一员，这是一段难忘的经历。至今，大凉山里的孩子，还牵动着我的情感。

我支教的班上有个叫则轩的男孩子，大大的眼睛，黑黑的皮肤，额头有一颗明显的黑痣，性格十分倔强。他犯错误的时候，对老师的批评教育打心眼儿里不服气，甚至还会和老师顶嘴，根本没有把老师放在眼里。

漫不经心、惹是生非，发出怪声吸引同学们的注意，这些是他最"擅长"做的事。数学课上，教室里鸦雀无声，同学们全神贯注投入新课的学习中。这时，忽然传出"嚓嚓嚓"的声音，我知道是则轩在搞怪。我想不理会可能是最好的回应，谁知随后"哐当"一声彻底打破了教室和谐良好的学习氛围。同学们目光狠狠盯住他，怒气冲冲异口同声地喊："则轩，请你安静好吗？不要那么惹人讨厌。"看到同学们把矛头都指向他，他十分激动，右手拿起文具盒往桌子上一摔，眼睛瞪得大大的，充满了怒火。这时的小则轩就像一只被惹怒的狮子，充满着"杀气"，大声喊道："不是我，我没有，谁再说我就不客气了。"

看到如此暴躁的小则轩，我心里有一种莫名的心酸。是什么原因让一个如此可爱的孩子变得异常狂暴？我知道我不能在课堂上批评他，那样肯定会再次燃起他心中怒火，我和其他孩子们似乎有一种奇特的默契，集体保持着沉默。教室里安静得能听见翻书的声音。

同学们认真做题，我轻轻地走到则轩的身边，看见他的眼睛上挂着晶莹的泪珠，拍拍他的肩膀，摸摸他的头，对他笑了笑说："孩子，我们下课时可以一起到操场上散散步吗？"

小则轩看了看我，眼泪从眼睛里掉到了桌子上。

"老师知道这是你委屈的泪水，是你伤心的泪水，我愿意倾听你的心声。"

小则轩放下心理包袱微微点头。

丁零零，下课铃响了，我拉起他脏兮兮的小手走在操场上。我们谈在学校的快乐时光，谈他家乡的独特习俗，谈和好朋友们之间的悄悄话……但每当谈及他的家庭，他总是闪烁其词，并不愿意和我谈他的爸爸妈妈。直到后来，他告诉我他的妈妈在他几个月大的时候就离开了他和爸爸，爸爸又组建家庭，生了两个弟弟。他只好和爷爷奶奶生活在一起，爸爸也很少来看他。小则轩就像一只孤独的鸟儿，能在蓝天飞翔，但迷失了前行的方向。我明白了这个孩子的原生家庭并不幸福，是一个缺少安全感的孩子，他所做的一切令人讨厌的事，可能只是想让别人关注他。他是多么单纯啊！

知道了孩子的家庭背景，我联系了他的爸爸，希望爸爸多关注、多看看自己的孩子，可是收到的都是冷冰冰的回复。没有家庭方面的支持，我就尽量在学校为他创建属于他的小舞台。虽然在学习上并不优秀，但则轩的运动天赋一流，喜欢踢足球，喜欢跑步，喜欢表现自我。

"瞧，是谁跑得那么快，多像一匹驰骋在草原的骏马，是你吗？则轩。"

"你真是我所有见过的孩子中最有运动天赋的超级运动员，你可以当四年二班的体育委员吗？"

则轩一脸吃惊："老师，您在说我吗？您确定是我，我可以吗？"

"当然！"其他同学也大声地喊，"可以，则轩你能行的。"

小则轩不敢相信自己的耳朵，不敢相信如此招人讨厌的自己能得到同学们如此大的信任。就这样，则轩担任了体育委员这一职务。体育课时，他身姿挺拔，眼里充满了自信的光芒。他组织同学们站排，喊口令，那声音在操场回荡开来。踢足球的时候，他带队和别的班级较量，整个操场数他最有小运动员的风范。看到小则轩在运动上找到了一些自信，我的心里暖暖的。

11月27日，学校举行了运动会，小则轩参加了400米跑和跳远比赛。

"小则轩，这是你展示的舞台了，冠军属于你。老师看好你哟。"

比赛结束，公布成绩，"第三名海之星，第二名王志强，第一名海来五勒……"没有则轩的名字。他垂头丧气，坐在角落里一声不出，不一会儿他坐在椅子上用手狠狠地捶自己胸口。我知道他又开始跟自己置气，更理解他的伤心难过和失落无助。

我走到小则轩的身边，将他的头稳稳地靠在我的肩上，擦掉他伤心的泪水，一直安慰他、鼓励他："虽然你没得第一名，但是你在老师心中就是第一名！你有不服输的精神，这是别人没有的，这不就是第一名吗？同学们，掌声送给则轩。"

听到同学们的掌声，他似乎也释怀了些，掌声再一次拉近了他和同学们之间的距离。

运动会后就是彝族传统的新年了，孩子们收拾好书包急匆匆走出教室奔向自己的父母，期待着与家人团圆。小则轩却迟迟未动，看着他孤单的身影，一阵心酸涌向我的心头……

孩子们都离开后，则轩走到我身边说："梁老师，我明天就要回老家过年了，到时候杀年猪，我奶奶会做腊肉，回来时候我给你带一些。"

"你自己回老家吗？路途很远，一个人安全吗？"

"习惯了……"

"谢谢你的心意，爷爷奶奶年龄大了，好吃的留给他们吃吧。"我心想：这孩子本真、善良。

终于到了上课的日子，小则轩早早来到学校。晚上下班回到出租屋，我发现包里有一块腊肉，那是一块沉甸甸、充满爱意的腊肉，也是一块不平凡的腊肉。时间一天天流逝，则轩也发生着小小的改变。他情绪逐渐稳定，变得不骄不躁，开始接受身边一切他本不愿接受的事物。

1月8日，我们就要告别了。临走之前，我给孩子们留下了联系方式，过了几个月，则轩给我发了微信："梁老师，还记得我吗？我是则轩，东北在哪儿？很远吗？我好好学习，挣钱去东北看你，你是我最好的老师。"简单的几个字饱含了则轩对我的尊敬，对我的爱意。我想：不虚此行，值了。

其实小则轩只是大凉山辽阔天际中的一颗小星星。这样的小星星还有无数颗。他们的父母有的迫于生活压力外出打工，有的婚姻出现问题导致孩子在祖辈家寄养，这些孩子们便成了留守儿童。我们特殊的关注与关爱会驱散孩子们心中的阴霾，照亮他们的成长之路。

我想对他们说："亲爱的孩子，你们身处远方，但并不孤单。请相信，这个世界上有着无数的温暖和关爱，只要你们愿意去寻找。愿你们每天都笑着面对生活，勇敢面对困难，快乐地成长。"

靳海霞评点

佳涵是我们学校派往凉山支教的几位年轻的优秀教师之一。佳涵老师在四川凉山的教育经历、付出的情感，包括教育方式方法的改变，对我们全校的老师都有一个非常好的影响，同时，对佳涵个人的成长也是非常有价值的。特别感动的是，佳涵老师至今还和这个孩子保持联系，收获师生情感与美好反馈，这就是做教师最幸福的事。

集团几位老师去凉山支教，回来后都分享了他们的教育故事，每一个故事都令人很不平静。他们的行为逐渐改变了一个地区的教育面貌，改变了一个地区的家庭教育观，这是意义非凡的事。感谢你们！

不放弃，就有奇迹

韩兵　讲述

2020 年 9 月，又是一个入学季。原本一切都是按部就班，却在某一天，一个蜷缩的身影映入我眼帘——他已经是第二次在课堂上睡着了。第一次他睡着时，我轻轻叫起他，认为只是偶有的懈怠。可是第二次同样的场景让我有了不好的预感。

下课后，我把他叫到身边，关切地问他："是不是昨晚学习太晚了，上课才会睡着？"他却毫不犹豫地回答："没有，昨天睡得很早。"我突然有些语塞，问题不是上课犯困这么简单。

此时快要上课了，我便鼓励他几句，让他上课认真听讲。这节课他没有睡觉，但我的心里还是放不下，他是一个不怎么爱与人交流的孩子，有点儿像班级里的小透明，大家总会忽略他的存在。

一周过去了，他虽然没有再睡觉，可是上课却没有精神，老师的提问，他都是以沉默应对。我犹豫了好久，还是打通了他妈妈的电话，了解到他是单亲家庭，妈妈为了维持这个家，到沈阳做月嫂，家里只有孩子和姥姥两个人。情况很明了，单亲，没有父母陪伴，缺少关注和关怀，对学习也没有兴趣。我决定找他好好谈一谈。

不谈不知道，谈完让我心情更加沉重，他不仅对学习提不起兴趣，对生活也提不起兴趣，用他自己的话说就是过一天算一天。我该怎么办？我满脑子大大的问号。可是，无论如何都不能放弃，还是要努力尝试去劝导他。

于是，很长一段时间我都在观察他，想找一个切入点去激励他，老天真的给了我一个机会。那天学校的暖气管漏水，满教室都是水，一脚下去鞋都湿透了。学校组织同学们紧急抢险，多数孩子第一次经历只当好玩，而他却不同。他拿起工具指挥大家，好像很有经验。其他孩子鞋湿了赶紧跑到没水的地方处理鞋，而他，浑身上下都湿了，还是继续干着，劝他处理下自己，他也只淡淡地说了一句："没事儿，马上收拾完了。"我突然看到了这个孩子身上的闪光点。

"抢险"结束后，我简单总结了一下，并做了一个决定，让他来当班级的劳动委员，理由是：他很有责任感，不怕苦不怕累，做事有条理。同学们都一致鼓掌同意，他眼中闪过一丝意外与惊喜。事后他告诉我，在他原来的认知里，只有学习好的同学才能当班干部。我告诉他每个人都有自己的优点长处，"学习好"只是其中的一个，不能以偏概全，我们要不断发现自己的优点。

从此，我将班级与劳动有关的事务都交给他统筹管理，哪怕出现差错被扣分了，我也告诉他没关系，想办法解决、改进就好。一段时间后，他脸上的笑容多了。由于担任劳动委员，他和班里的每一个同学都要打交道，人也慢慢开朗起来。期末评选优秀班干部，我把他推选了上去，颁发奖状的那一刻，他绽放了最美的笑容。

第一步算是成功了，帮他建立了自信，找到了自己的价值。下一步就是引导他确立学习目标，这是一个更大的难题。每一次测试后，我都会和他交流，给他分析，但成绩还是不理想——全年级 200 多名。两年很快就过去了，我们的交流还在继续，因为我相信，只要不放弃，就会有奇迹。

中考前的那个冬天，学习由线下转为线上，对九年级的孩子来说，这是一件很可怕的事，而他的转机也正是这次网课。化学是孩子们喜欢的学科，因为有各种实验满足他们的好奇心，可是线上教学后，这种好奇心就没了。一次偶然的机会，我看见朋友圈里，他用自己买来的化学试剂做实验，于是我和他联系，让他把实验视频发到群里，再给大家讲讲，他兴致很高。要想给别人讲明白，就要自己先弄明白，所以化学成了他成绩的突破口。

很快，3月全面复课，他的状态却并不好，除了化学，其他科还是不怎么理想，人好像也消沉了。我们又进行了一次谈话，他坦言时间不多了，自己的成绩根本考不上高中。我很生气，第一次声音高八度地对他说："从七年级开始，和你交流了两年半，老师都没有放弃你，你为什么要放弃自己？还有四个月，你不努力试试怎么就知道不行？要说放弃也只有我说的份儿，你没有……"

这次，我真的很生气，两天没有和他说一句话，但我没有放弃，还是默默地关注他，不知道这样的激将法对他会不会有用。

第三天，他主动找到我，说："老师，我知道错了，你都没有放弃我，我不应该放弃自己。"

我的内心是激动的，但脸上并没有表现出来，只是说："不放弃就抓紧时间学习，我相信你可以的。"他眼里有泪，却没有流下来。之后的每一天，都能看见他埋头苦读的身影，听见他与同学交流求教的声音。一次次的模拟考试，他终于闯进了前100名，那种喜悦溢于言表，我也为他高兴。

中考结束了，我们都忐忑地等待着成绩的公布。出成绩的那一天，我焦急地寻找，终于找到了他的名字，我脸上含笑，眼中有泪。他成功了！

这是我从教以来遇到的一个奇迹，九年级下学期开始发力，逆风翻盘，只因我们都没有放弃。我相信，不放弃就是最好的教育。并不是每个结局都很圆满，但只要坚持了总会有改变，总会比曾经要好。

靳海霞评点

改变一个孩子就是改变一个家庭，韩兵这个教育故事具有典型意义。

在初中，我们特别要关注一些孩子的心理问题。当我们解决一个孩子心理问题的时候，要先解决情绪，再解决问题。故事中的孩子是单亲家庭中的一员，老师在发现其表现出的种种"特殊"后，及时与孩子进行沟通，并捕捉到孩子"热爱劳动"这一闪光点，从此点切入激发其内驱力，给予大力支持，使孩子慢慢建立起自信和"存在感"。为了达成孩子做更好自己的目标，老师实施了沉浸式的持久跟踪孩子的方法，帮助孩子为人生第一次大考交上满意的答卷。苏霍姆林斯基曾说："世界上没有才能的人是没有的，问题在于教育者要发现每一位学生的禀赋、兴趣、爱好和特长。"韩兵老师就是用爱心承载了教育的使命，用不放弃诠释了教育的初心，在故事的结尾，"不放弃，就是最好的教育"，我想这就是这个故事带给我们的启发。

收到假币之后

黄吉明　讲述

今天在收饭钱的时候，无意中发现了一张 20 元的假币。这真是出乎我的意料！工作十多年第一次收到学生们交上来的假钱，对我这个班主任来说无疑是一种"致命"的打击，虽然面值不大，但带来的影响可不小。我甚至怀疑这个家长或孩子是在试探我、戏弄我。是有意还是无意？是追查还是原谅？我冷静下来，对自己说，就把它当作是一种无意吧！但是要想个办法，避免再次出现这种事件！

思忖片刻，我和颜悦色地对孩子们说："这张纸币的来源，我不想去追究，特别相信每个人的诚信与良知，但通过这件事也说明一个问题：你们对假币的鉴别区分能力还有待提高啊！"有个孩子好奇地问："老师，那该怎么办？"我笑了笑："你们自学成才呗！"

我拿出一张 20 元真钱和这张假币放在一起，然后以小组为单位传阅下去，组员们一起来探究这两张纸币存在的区别。一石激起千层浪，随着时间的推移，这两张纸币在孩子们的手中、眼前左右翻动，上下对比。"水印不一样，真的透亮，假的发暗！""背面山水的颜色也不大相同。""假币的图案模糊不清。""老师，它们的重量好像也不一样，假币轻。"就这样，我和大家一起兴趣盎然地观察着、对比着、交流着……

一堂课 35 分钟过得飞快，在下课前，我对孩子们说："同学们今天的收获非常大，学会了很多鉴别假币的技巧，你们回到家一定要把这种本领传授给你们的父母啊！"

课后，我把拍摄的孩子们一起鉴别纸币的过程视频发到家长群里，并说明了整件事的来龙去脉。家长们很惊讶，惊讶于孩子们的发现，惊讶于孩子们的语言表达，也惊讶于我的做法……

班主任每天面对个性差异的群体，随时都会有不同的教育素材呈现，关键在于我们怎样去驾驭。我这样去处理这件事，所带来的惊喜和效果远远大于 20 元的价值。

靳海霞评点

黄吉明老师对待一张 20 元假币的态度，表达了他的价值取向，也可以看出他作为教育人对他人的尊重、包容、仁爱与胸怀。这也是我们学校高品位的文化追求。

我们的教师就是这样，专注于对孩子的教育，不拘泥于教育的形式。在收到假币的时候，没有纠结于弄清真相，而是打开一个全新的视角、转换一种思维，采用了别具一格的方式，利用假币给孩子们上了一堂意义深远的课，不但让他们学会了观察、对比和交流，同时也作为教育素材为孩子和家长开启一扇自我教育的大门，唤醒他们心中的真善美。

仁爱之心是教育者的"关键道德"，唯有教师溢满大爱之心方能培育孩子们的超爱之灵，从这一个细节中可见，我们的老师做到了。黄吉明老师对教育深谋远虑的境界，使我由衷地为他感到骄傲。

这里讲述的故事，是已经发生的，正在发生的，也或许是将要发生的。这些长长短短的故事，是在季节的长卷里渐次开放的花朵。每一朵都带着爱和美，带着生命影响生命的印迹。在开原民主教育集团，这样的故事还有很多很多，而且，每天都在发生。

故事照亮师心。民主校区校长佟波说："当教师不直接谈论教育理论，只反思教育生活中发生的教育事件时，教师的教育理论常常蕴含其中，而且这些教育理论已经不是一般意义上的理论，它已经转化为教师的教育信念了。"

春山可望：
那一路各美其美的风景

本章内容，扫码聆听

"做着做着路就通了，走着走着灯就亮了。"这是靳海霞面对困难时的信念。

靳海霞说："当代的教育，我们不能再简单地鼓励学生求学问，把追求学问的快乐歪曲成知识的累加、机械式、千篇一律的、被动的劳作。我们不愿意现在的学生再重复我们以前学习时的痛苦经历，而是更愿意他们快乐，有想象力，生活情趣更丰富。站在学科美学的角度去开展教学，才能使教学有灵魂，有价值引领，才能让孩子们在学习知识的同时，精神世界得到丰满和丰润。教育，才能广泛而深入地影响学生的情感、想象、思想、意志和性格。我想，这也是我们这所学校美育的新样态。于是，我们引导教师以新视角审视学科育人价值，把审美精神、审美方法运用到各个学科的教学里面，使教学更灵动，改变的不仅仅是看待问题的视角，更是师生看待世界的态度，让科学与美、美与人生、知识与生活融合在一起。"

民主教育集团在幼儿阶段提出"以健康之美育体、以空间之美育脑、以科学之美育心"。通过动感篮球和快乐骑行课程，在旋律与肢体的协调配合中感受运动之美、力量之美；通过造型识读、视觉表现、创意实践、审美判断四大领域建构游戏课程，达成幼儿对空间之美的感悟。

小学部提出"以健康之美育体、以科学之美育脑、以文化之美育心"。

以"指向人人"的东北秧歌和篮球课程为载体，使儿童健康自信、质朴坚毅的内在美日渐而生；以自然学科的逻辑之美、对称之美、简洁之美、创新之美，让儿童在精神上悦纳、在思辨中发展。

初中部提出"以健康之美育体、以科学之美育脑、以文化之美育心、以创造之美育智"。经过幼儿、小学两个学段的浸润，初中学段的孩子具有较高的审美鉴赏力。数学本身就是一种逻辑与美的完美结合，其严谨的知识体系中蕴藏着一种令人震撼的美。如在抽象的数字、符号、公式中体会数学的统一之美，在图形的平移、旋转中感受数学中的运动之美……可以说一切美的事物都与数学有着密不可分的联系。物理中从爱因斯坦揭示的质能方程到牛顿第二定律，彰显物理的简洁之美；光的反射定律、平面镜成像以及二力平衡条件，则体现了物理世界的对称之美；宏观宇宙中天体运行规律与微观世界中分子原子的运动轨迹，共同描绘了物理的和谐之美；而控制变量法、转化法等科学研究方法则揭示了物理的探究之美……化学中的变化之美、奇异之美，生物学中的生命之美、生态之美，以绚丽的姿态存在于广袤的大自然中。通过"五育"融合的审美化课堂，抓住未来世界变化的趋势。

"学科知识走向学科文化，学科教学走向学科教育"，既是一种教育价值观，也是一种教育创新的思维方式，更是一种教育实践新范式，最终实现"五育"并举，从"五育"融合走向"五育"共生。

这样的探索并不容易，靳海霞却在辽北小城走出了一条可学可鉴的成功之路。多年的教育理念的涵养，让一群人形成共同的教育理念："当我们老师审美意识觉醒，把审美的精神、审美的方法运用到各个学科的教学中，不光美育有了更多的实现路径，这些学科的教学品位，效率也会得到空前的提高。"

从"五育"并举走向"五育"融合，到底改变了什么？

"我们的孩子更灵动了。"靳海霞校长这样描述她的学生。

"灵动"，是一个什么样的状态？"灵动"似乎是难以言传的，它没有固定的形态，也没有任何可以按图索骥的指南。

"灵动"，不仅是指向学生的生命状态，更重要的是指向学生的思维，指向学生的心灵。"灵动"，不仅表现在外在性情的活泼，更重要的是表现在思维的活跃、思考的深邃，表现在对美的感知、对科学和真知的追问。天性得到足够尊重和培育的孩子，自然而然会生发出向上的激情，生发出对世界的无限好奇。

在民主教育集团的校园，在每一间教室里，在师生、生生互动当中，那些随时生成的灵感，是原有的教学安排里无法预设的，这正是教育最为迷人的地方。正如，森林不曾限定鸟鸣的声频，它默默站立，每一片叶子都是倾听的姿态；长路从不替野花做选择，它亲密相随，指向河流蜿蜒的方向；天空不曾设计云朵的舒卷，它深情注视，借由风推动出千变万化；大海从不规范浪花的样貌，它宽厚包容，由力与力对撞成澎湃的样子。给生命的成长以耐心，以爱，以鼓励，以引领，让生命的多样更多样，让不同的孩子更不同，让十万个孩子成为十万个人，而不是让十万个孩子变成一个人。

说起自己40年的教育生涯，靳海霞说："我一直都希望能创办一所让每个生命都发光的学校，也希望能带出一支专业且充满爱的力量的队伍；我更希望学习的过程不仅仅是紧张，更是快乐且内心无比满足的经历！因此我希望通过一个群体的努力，把所有的孩子都带进新的、更为灵动的生命状态。"

辽北的山风吹拂，"灵动"有了声音，有了色彩，有了形状，有了意蕴。那是生命的花朵绽放时的声音，带着让山峦悸动的力量。通往山顶的路，遥远又切近，隐约又清晰，那是为师者淡定从容的教育智慧，那是40年筚路蓝缕的艰辛探索，而那一个个灵动的瞬间，正连缀在一起，形成了山路上各美其美、美美与共的风景。

学校荣誉

全国文明校园

全国义务教育教学改革实验校

全国教育系统先进集体

全国基础教育特色学校

全国学校艺术教育先进单位

全国体育传统项目先进学校

全国科普示范校

教育部第二批全国中小学中华优秀文化艺术传承学校

全国"科研兴教"先进单位

全国第四届和谐校园先进学校

全国科研"教育与发展"实验先进单位

全国消防安全教育示范学校

全国规范汉字书写教育特色学校

教育部中国硬笔书法示范学校

教育部"国培计划"小学音乐实践基地

教育部"助力工程"农村校长培训基地

教育部 – 中国移动中小学校长培训基地

教育部全国青少年校园篮球特色学校

教育部首批全国健康学校建设单位

学校成就

前后两任校长均是国务院特殊津贴专家

教育部首批领航校长 1 人

获部级竞赛奖 8 人

获国家级优秀课 26 人

省级骨干教师 47 人

获省级优秀课 88 人

辽宁省学科核心团队骨干成员 22 人

辽宁省名师工作站成员 5 人

参与省级以上教材编写 22 人，其中主编 5 人

省中考命题专家库成员 25 人

全国统编教材审定委员 1 人

专家寄语

2016 年，全国素质教育现场会在开原民主教育集团召开，著名教育家顾明远先生题词："营造了一个学生幸福成长的乐园。"

2017 年，教育部"首批中小学领航校长"办学思想研讨会在民主教育集团召开，与会专家称"这里有一群人用最初的心做了永恒的事，是一所人在中央，丰富而生动的领航学校"。

2023 年，中央主题教育第四巡回指导组批示："全面贯彻落实习总书记关于德智体美劳五育并举，办好人民满意教育重要论述的优秀典型，经验十分宝贵。"同时，辽宁省教育厅在民主教育集团召开全省义务教育学校推进"五育"并举暨"阳光校园"建设工作现场会，在全省推广民主教育集团办学经验。

徐丽霞

2024 年 8 月 5 日完稿

2024 年 8 月 30 日再修改

后记

春山可望：那一路各美其美的风景

附　录

靳海霞：以心交心，探寻幸福教育的符码

（《教育家》）

"五育"并举破解"双减"难题

——来自辽宁省铁岭市开原民主教育集团的一份答卷

（《中国教师报》）

开原民主教育集团让更多孩子享受到名校资源

（《辽宁日报》）

靳海霞：
以心交心，探寻幸福教育的符码

《教育家》

"教育是科学，懂教育的人应是严谨、有序、宽容的人；教育是事业，懂教育的人应是广博、大度、心志高远的人；教育是艺术，懂教育的人应是智慧、灵动、激情的人。"这是靳海霞多年来衡量自己是否是一个纯粹教育人的标准。在东北教育界，大家都喜欢称她为"靳大姐"，这不仅源于她的人格魅力，更源于她对教育的热爱与坚守。她几十年扎根铁岭开原这片黑土地，以充满人性关怀的理念，探寻着幸福教育的符码。

做好人心管理，为教师"撑伞"

20世纪80年代，年仅19岁的靳海霞来到开原市民主小学。工作伊始，她有幸遇到了一位有智慧、有担当、敢于创新、富有教育领导能力的老校长，言传身教多年，让她受益匪浅。从班主任、大队辅导员，到教务处主任、副校长，2004年4月30日她正式任校长，2011年民主教育集团成立，又成为集团总校长。靳海霞说："与什么样的人同行，在什么样的环境下生存和发展，对一个人具有重大意义。"基于这样的经历，她希望自己也能够为教师"撑伞"，成为引领教师成长的良师。

故事一：2005年4月，民主小学拟招聘的教师中，有一名毕业于佳木斯大学音乐学院的应届毕业生。她家处偏僻农村，父亲常年患病，大学毕业前还欠两万余元助学贷款。按规定，毕业时大学生必须还清助学贷款，学校方可发放毕业证书，否则就不能顺利就业。靳海霞了解情况后，马上用自己的工资帮她还清了助学贷款。这个姑娘的父母得知后，双双流下了感动的泪水，并嘱咐女儿："能遇到这样热心肠的好校长，能到这样有人情味的学校上班，是你的福气，一定要把工作做好……"

故事二："校长，我和丈夫长期分居两地，两个孩子，大宝跟我在铁岭，二宝、丈夫和婆婆在外地。大宝想爸爸，二宝想妈妈。我很心疼，却只能默默承受着思念的痛。尤其二宝生病时，我都不敢打视频电话，看见他我的眼泪就止不住。我总觉得亏欠了两个孩子，但又很无奈，力不从心的绝望时常让我感到崩溃。现在，丈夫所在地区有一所学校愿意接收我，但我自己也感到非常为难，您对我们这么好，我都不知该怎样说出辞职的话。校长，这种情况，您说我该怎么办？"2022年春节期间，靳海霞收到学校初中部一位老师发来的消息。

读完消息，靳海霞的内心翻江倒海。"于情，我想让她走，因为我也是妈妈，非常理解她的心情。于理，我又不能让她走，因为她当时带的是九年级，距离中考只有四五个月时间，在这种情况下如果她离开，班上不少学生很可能因此受到影响。"于是，她回复道："我们既是老师，也是有着深深母爱的妈妈。我特别理解你的感受，我也感同身受地纠结。但你也知道，中考对于每一个学生来说事关重大，所以这次只能先委屈你。在我心里一直都很看重你，这一点相信你是深有体会的……"

读完，这位老师又发来一段长长的文字："您发来的消息，读到后面我已经看不清了，泪水不断滴在手机屏幕上。与难过不同的是，这是有人理解的委屈，就像一个孩子在家长那里得到了安慰。谢谢您，校长。您的器重，我当然能感受得到。人们常说'千里马常有，而伯乐不常有'，我虽非'千里马'，但在您这位'伯乐'的带领下，也有了让自己成为'千里马'的愿望。让一个原本不自信的人成长为颇有一番'得意'的老师，是您的栽培、您的提携，更是您提供的平台锻造了我。您和这个平台都是可遇不可求的，是我一旦离开以后再难遇到的，如果不是真的遇到了困难，我大概永远也不会有离开您的想法。抱抱您，校长。谢谢您，让我心里纵然有委屈也充满了动力。"

圆满送走初三毕业生后，当这位老师再次提出要去丈夫所在的地区工作时，靳海霞内心虽有不舍，但更多是替她高兴，并亲自到教育局帮她盖了章。

可没想到，教师节前一天，这位老师突然发来消息说："校长，我想回去，您还要我不？"

"想你很久了，赶快回来吧。一直觉得你是个有教育理想的人。"靳海霞用"真心"和"信任"为这位老师编织了一张"托底的网"，当她带着这份感激之情再次回到学校，动力比之前更足，很快成为学校中层骨干。

倾听学生心声，让他们快乐起来

在靳海霞看来，办学的底层逻辑，是以儿童的成长逻辑和学校的发展逻辑来设计课程和教学，在坚守教育的民主性与现代性相统一的基础上，将对儿童学习与成长规律的研究作为起点，进而探究教育的规律。

北京师范大学教授顾明远在谈及"校长应有什么品质"时提到，学校的一切工作最后都要落实到学生身上。靳海霞也常常强调，学校一切工作，都是为了满足学生的需要，所以必须耐心倾听学生内心的声音。"比如在处理学校发生的突发问题或者学生之间的矛盾时，教师一定要保持清醒，我们眼睛看到的也可能有错误，我们耳朵听到的也可能与事实有出入，所以要允许学生发声。当学生把内心的声音倾诉出来，我们所做的一切才能做到学生的心坎上。著名教育家陶行知曾经说：'我们必须变成小孩子，才配做小孩子的先生。'如果一所学校的校长、干部和教师，不研究儿童的心理，不研究成长中的儿童，那么教育教学一定是盲目、低效甚至无效的。"

每逢教师节、春节等节假日，靳海霞常常收到毕业生的信件和信息。除了问候与祝福，还有不少学生向她表达对母校的感激与怀念。一位毕业于民主小学的学生在读大学期间，就曾在寄给靳海霞的新年贺卡上这样写道：今天是新年第一天，刚跟同学回忆起自己的小学，从书法练习、形体训练课、电子琴课到有意思的外教，这些都让我的大学同学羡慕不已，我感觉真骄傲。在民主小学所接受的教育让我受益终生，很感谢您和老师们开风气之先的素质教育，希望母校有更大进步！靳海霞表示："我非常愿意倾听来自毕业生的反馈，追踪他们的发展，听取他们的意见和建议，这样有利于学校不断完善教育教学改革，以更符合学生的需要，更符合教育发展对未来社会人才培养的需要。"

时代在变，环境在变，学生的需求也在变。当被问及"作为20年的老校长，您的教育理念经历了怎样的升级"时，靳海霞坦言："谁都不是一开始就擅长当校长，我也一样，是一批一批学生和老师在陪着我成长、成熟。"回顾教育生涯，她表示自己也有一些遗憾。"刚开始做校长的时候，并没有意识到要从追问教育本质的角度来审视和规划学校的发展。从教38年来，我的教育理念中最大的变化是——以前是把学生当作学生，现在是把学生当作人。二者是不一样的概念，后者强调学生是一个有尊严的生命个体，有自己的优长、短板，也有个人喜好、追求，他们需要被承认、被肯定、被赏识。当前，教育'内卷'现象愈演愈烈，很多孩子在不同程度上失去了童年的快乐和自由，教育者应该思考如何让孩子快乐起来，要鼓励学生好奇、好思、好问，并不断为其发展补充能量。教育的魅力就在于帮助孩子们找到他们可以'伟大'的地方，并使其在通往'伟大'的路上行动起来。随着中华民族伟大复兴的历史进程不断推进，我们从站起来到富起来，再到强起来，现在还要美起来。教育要培养真善美的人，我们要通过中华优秀文化的熏陶，培养学生感受幸福、创造幸福的能力。教育家苏霍姆林斯基说过，培养真正的人，让每一个自己培养出来的人都能幸福地度过一生，这就是教育应该追求的恒久性、终极性价值。"

新时代校长必不可少的"家底"

于一所学校而言，校长的办学理念起着标杆性的引领作用，有什么样的校长（尤其是在同一所学校任职多年的校长），往往就有什么样的学校风貌和教师群体。靳海霞表示："做新时代的校长，既有挑战，也有非常重要的意义。今日，国家对于人才的需求以及培养人才的标准不同以往。无论学校还是家庭，都要思考未来社会需要什么样的人。一方面，新时代校长要以专业化引领教师发展。以新一轮课程改革为例，校长必须追问新课改的背景和意义。'南辕北辙'的道理我们都懂，方向比速度更重要，当校长能够给教师讲明白新课改的逻辑与关键指向，他们才能有的放矢、事半功倍。另一方面，新时代校长在治校过程中要强调民主性与现代性。培养创新型人才，需要民主和谐的教育生态，无论学校干部、教师，还是学生、家长，都要做到彼此尊重、相互支撑。民主是以人为本的前提条件，民主的国家就要有民主的公民，而民主的公民一定来自民主的教育。同时，新时代校长应该提高自身对信息技术的驾驭能力，将现代科技手段植入教育发展当中，使教育更具科学性与现代性。"

靳海霞还强调，教育要坚守，校长要清醒，知道自己在哪里、去哪里、怎么去。担任校长的 20 年来，她一直带领学校教师队伍寻找通往理想教育的路。"开原虽然很小，但是我们从来没有看轻过自己。如果我们能把一个小地方的学校办好，那么对于中国千千万万个小地方都具有重要的意义。"

靳海霞是土生土长的铁岭开原人，她家乡情结浓厚，面对北上广深多次高薪诚聘都不为所动。对此，她表达了自己心底最朴素的想法："其一，我是这块黑土地所生所养。当年在农村上学时我就想，如果将来能过上挣工资的生活，就很知足了。后来，我不但挣工资，还成了一名人民教师、一位名校长。我自身的成长充分证明，教育可以改变一个人的一生，也可以改变一个家庭的生活。我们学校有 60% 左右的学生是农村孩子，我希望通过自己的努力，改变更多农村孩子的人生，从而改变他们的家庭面貌。教育公平是社会公平的基础，要通过教育来阻断家庭贫困的代际传递。其二，在我个人的价值观当中，一直都认为雪中送炭比锦上添花重要得多。去发达地区从教，我的个人生活条件会变得更好，但并不一定能让我成为一个快乐的人。因为发达地区也不差我一个，但是在开原，我却可以引领和改变一个地区的教育发展。其三，我离不开生命当中那些最重要的追随我的人。从当校长开始，我就设想着理想教育的模样，并不断去改变原有的老师，同化后来的老师。这个过程很艰难，但这批老员工始终追随着我、支持着我，坚守在这里。为了好的教育，他们同样付出了半生的心血，他们是我荣辱与共的战友，我舍不下他们。当然，也舍不下这所学校，它就像我十月怀胎孕育出来的孩子一样，从小到大、从弱到强、从单体小学变成幼小初一体化的教育集团，带给我的幸福感是无法用言语来表达的。"

立足当下，面向未来，靳海霞憧憬着营造一种"亲其师，信其道；尊其师，奉其教；敬其师，放其行"的教育生态，让学校充满善意、包容、理解和支持，让教师幸福从教，让学生快乐成长。

"五育"并举破解"双减"难题

——来自辽宁省铁岭市开原民主教育集团的一份答卷

《中国教师报》

　　与众多县城学校一样，要办成"家门口的好学校"，扎实推进"五育"并举，辽宁省铁岭市开原民主教育集团（简称"民主教育集团"）也面临着巨大困境。学校地处经济欠发达地区，师资薄弱、资金和资源短缺，但是记者采访中看到的一些细节和一组数字却让这所学校卓尔不同。

　　在过去的一年里，来这里参访的兄弟学校络绎不绝。2023 年 10 月 25日，辽宁省推进中小学"五育"并举暨"阳光校园"建设工作现场会在民主教育集团举行；进入 2024 年，民主教育集团里仁学校成为教育部义务教育教学改革实验校，集团总校长靳海霞在 2024 年全省教育工作会议上作经验交流。

　　民主教育集团是如何在"双减"背景下自我挖潜完善课后服务体系的？在拓展"五育"并举育人途径方面做了哪些探索？形成了怎样的学科育人新样态？

如何让不同的孩子更不同——从五大领域到八个落点

　　那天，9 岁的李泽（化名）伸出小手，迫不及待地把记者拉到学校教学楼二楼的钢琴前，流畅而自然地弹奏了一曲《天空之城》。钢琴是李泽的最爱，每周两次钢琴课他从不缺席。3年前，他从外校转到这里后，参加了萨克斯、合唱等多个社团。"我最喜欢学校里的各种社团，在这里不仅学到了艺术技能，还交到了很多朋友。"李泽说。眼前这个活泼可爱的孩子，让我们很难想象沉浸在钢琴曲中的他，3年前还在抑郁症中挣扎。

民主教育集团丰富多彩的课程是适性的、动态的，背后藏着让每个孩子的天性都得到尊重、保护和发展的故事和细节。目前学校有特色课程60余门、拓展课程100余门，各类社团210个，几乎每个孩子都参加了两种以上的第二课堂，学生自主选课率保持在95%以上。小学生在下午放学后参加各类活动，初中生的活动时间则在每周三、五下午。学生根据自己的兴趣自由结成社团，在教师的协助下制订学习计划，开展活动。现在每个学生都拥有一项艺体特长，先后有13项艺术教育成果在全国中小学生艺术展演活动中获奖，"体育大课间"连续3年荣获辽宁省一等奖，在校生体质健康达标优良率超过60%。

坚持30年之久的书法课程是民主教育集团最早开设的特色课程。

学生每天有半小时的练字时间，全体教师与学生同频共振，每日修习并纳入考核，书法作为"无声的音乐和指尖上的舞蹈"成了师生的第一张名片。"教师必须走在学生前面，才能和孩子产生共识、形成合力。"靳海霞说。

"教育就是让每一个不同的孩子变得更不同。"这句话是民主教育集团教师团队的共识。在靳海霞看来，"学校只有做到了培养途径的多元，才能实现培养结果的多元"。

于是，增加课程的选择性成为团队研讨的核心议题。如何开发更丰富的课程呢？一场场头脑风暴陆续展开。

民主教育集团的培养目标中有一句话"培养懂艺术，会欣赏的人"。

他们的课程开发首先是从艺术类课程开始的，随后"双减"政策的实施加速了课程的优化。学校逐渐建构了指向主动精神和智慧力量共生的"1358"幼小初一体化课程体系，即一个目标引领下，围绕落实三级课程，从"人格与品德、人文与科学、艺术与审美、体育与健康、劳动与实践"五个领域，实现"八个落点"的获得，即获得一流好品格、一生好习惯、一副好口才、多种好思维、一手好书写、一类好才艺、一个好体魄、多项好技能。

有效实施国家课程、规范开设地方课程、合理开发校本课程，民主教育集团构建的满足学生12年连续发展需要的一体化课程，从外部打破了时间、空间、内容、人际的边界，在内部突破了学生思维和学习方式的边界，通过劳动课程、项目学习、戏剧教育、红色文化、神奇创客等50余种校本课程的辅助，为学生成长为最好的自己提供了多种可能。

这些课程既有针对学生需要的普适性课程，也有学生、家长提出的需要性课程，旨在促使学生与课程之间的匹配度和黏合度更高。"这样的课程设计既回应了学生知识系统化新课程理念的要求，也契合了幼小、小初之间有效衔接的要求，重要的是使'五育'一以贯之地得到'并举'。"靳海霞说。

渐渐地，来自学生的积极反馈越来越多，教师也逐渐懂得了学校课程开发背后的逻辑：让课程指向树立理想，让学生明白为什么学；让教学指向掌握方法，让学生学会怎么学；让学习指向激发兴趣，让学生愿意主动学。

如何解决"双减"师资难题——从内部挖潜到家校共育

"五育"并举的落实需要更多"一专多能"的教师。民主教育集团是如何做到内部挖掘教师资源、外部开发家长资源，破解丰富课程背后的师资难题的呢？

与城市学校相比，这里的师资队伍有天然的缺陷，艺术类教师存在量和质的双重缺陷，显然师资是摆在面前的最棘手问题。怎么办？总是敢于迎难而上的靳海霞相信"问题是障碍也是成长的礼物"。

有时候限制恰恰能激发创新。靳海霞与班子成员最终选择了内部挖潜。这一过程就是为教师赋能的过程。于是，一项学校倡议逐步成为每个人的行动——45 岁以下教师人人都要具备一项艺术特长，每一位教师按照自己的爱好选修一项艺术课程。

民主教育集团有一个百人管弦乐团。与其他学校不同的是，乐团成员全部由在校教师组成，数学教师王鹤是上低音号手，副校长佟波是小号手……他们虽然不是专业乐手，但演奏起来却都有模有样。

建立教师乐团这件事发生在 2011 年，这件事成了打造学习型组织的关键事件。从那时起，学校着力放大岗位学习，使每一位教师都能快速胜任课后服务岗位，确保有质量地开展教学。

"岗位学习"说起来容易，做起来难。学校陆续采取了"线上与线下结合、外引与内联结合、素养与技能结合、培训与应用结合"四种研修方式。"专业＋才艺"成为民主教育集团教师的素养标识。每位教师都修习并熟练掌握一到两项美育、体育、劳动技能，为开展丰富的实践活动奠定了坚实基础。

"一专多能"让教师从优秀走向优雅，在学生眼中变得更可亲、更可爱了。"虽然我们的教师起点不高，但是每一位教师都心怀热爱做教育，凭着这股热情我相信他们三五年都能成为优秀教师。"副校长李飞说。

"好的教育出在教师手上，写在孩子脸上。"看着孩子们幸福的笑脸，靳海霞有感而发。

内部挖潜的同时，民主教育集团还着力开发家长资源。黄娜和李永鹏是学生家长，两人都曾工作于国内知名的交响乐团，如今的他们又多了一个身份——民主教育集团的小提琴老师。

2017年，黄娜和李永鹏被学校邀请到"家长课堂"无偿为学生指导社团活动。经过几年的实践，他们以自身素质激发了学生对小提琴的喜爱，吸引众多学生走进弦乐社团。2021年6月，他们指导的乐队在"红心向党"庆祝中国共产党成立100周年文艺展演上获最佳组织奖。

"让我们更高兴的是，自己的孩子也在其他同学家长开授的课程中学到了很多东西，这是一种双赢。"黄娜说。

家长进入学校当老师，这在民主教育集团并非个案。早在2003年，当时的民主小学就建立了以学生家长为基础的专业人才库，邀请学生家长、退休骨干教师、音体美专业人才等入库授课。2020年，课后服务正式推行，人才库进一步扩充。如今集团已有35位家长和社会专业人士开设课程，这一做法弥补了校内师资短缺，极大丰富了课后服务的内容。

不止于专业，学校还让不同职业的家长介绍自己的职业。"孩子提前了解不同的行业，对他们培养兴趣和将来选择职业很有帮助。"里仁学校校长金芙说，"我们的宗旨是让有热情、有特长的家长参与到课程建设和实施中来，让学生得到更全面的发展，从而贯通家校合作的通道。"

"家长不再只是站在校门外守望，而是走进校门，参与规划孩子的成长，逐渐形成家校协商共治的良好生态。"民主小学校长刘久远介绍，"当他们身临其境理解了学校和老师的工作，家校之间自然十分融洽。"

同时，学校还让有特长、有热情的学生参与课程建设和实施，改变了学生被动接受的状态，让学生不仅是课程的消费者，也成为课程的开发者。学生"自主申报—自我规划—组织实施"的短课程就有50余门。

如何构建学科育人新样态——从综合教学到全学科审美化浸润

四年级教师王鹤去年上的一堂名为"方圆之间"的数学实践活动课让很多孩子记忆犹新。

由图导入，王鹤向学生介绍，新疆吐鲁番曾出土了一批唐代的伏羲女娲图，女娲手中拿的是规，伏羲拿的是矩。规是用来画圆的工具，矩就是用来画方的工具。这样充满故事感的导入迅速将学生带进了"方圆世界"。

紧接着王鹤将苏州园林建筑上的两扇隔窗抽象成方圆图和圆方图，引导学生用数学的眼光观察图形，探究出图形面积之比。如何利用它们之间的面积比解决生活中的问题呢？王鹤向学生呈现了"圆中画最大的方，方中再画最大的圆"的具体案例，学生了解到五千年前红山文化中的圆形祭坛，六百年前的天坛圜丘和家乡的千年崇寿寺塔。

"方圆比例可谓是中国古代美学的密码。这样的设计体现了古人对天地、自然的崇敬。"王鹤说，"明朝数学家兼律学家朱载堉正是从这样的方圆图中重新发现了律数中失传数千年的密律——方圆率。"

一系列跨学科主题学习后，孩子们不仅感受到数学的丰盈与饱满，更体验到其美学与艺术价值。

这样的探索源于新课标的启发。《义务教育课程方案（2022年版）》指出，"原则上各门课程用不少于10%的课时设计跨学科主题学习"。这意味着新的教学要逐步打破学科壁垒，走向"五育"融合。对此，民主教育集团选择以学科审美化改造为切入点，站在学科美学的角度开展教学，提出"学科知识走向学科文化，学科教学走向学科教育，艺术教育走向教育艺术"三大美育核心理念。

在教学实践中，他们首先从优化集体教研开始，启动综合备课，跨学科、跨年级组进行备课。渐渐地，教师的学科审美意识开始觉醒。

这样的探索让教师多了一种视角，进而打破了学科间的藩篱，也催生了教师间相互信任协同的文化。

民主教育集团的美育世界不仅仅是艺术之美，他们还将美学原则渗透于各科教学，以学科之美激发学生的兴趣。靳海霞告诉记者，孩子学习的过程广泛而深入地影响情感、想象、思想、意志和性格，旨在发展知识上的鉴赏力。"这也是我们学校美育的新样态。"

幼儿阶段通过体适能、快乐骑行、建构游戏、自然科学等课程，达成以健康之美育体、以空间之美育脑的目的；小学阶段以艺体融合课程、自然学科课程的审美化研究，达成以健康之美育体、以科学之美育脑、以文化之美育心的目的；初中阶段增加了以创造之美育智，通过多元化教学方式，结合丰富多样的课外活动及跨学科实践项目，在教学中让学生体会学科的科学之美。

"学科审美化浸润让学生更爱学习，也更自信了，这只是我们从'五育'并举走向'五育'融合的开始。"靳海霞说。

开原民主教育集团
让更多孩子享受到名校资源

《辽宁日报》

"看看咱学生的字是不是又进步了？"再过几天就是春节，像往年一样，开原市民主小学校长刘久远给亲朋送去学生们写的春联。楷书雄健、隶书古拙、行书飘逸……学生们的字总能引来一片称赞。书法课是开原市民主教育集团最早开设的特色课程，集团四个校部的学生每天都要拿出半小时练字，教师的书法水平被纳入日常考核……绝大多数师生能写得一手漂亮字，练就受益终生的技能。

1950年，开原市民主小学建校。

2011年，开原市决定将新建的里仁学校交由老牌名校开原市民主小学管理，民主教育集团应运而生。

2020年，民主教育集团新建滨水校区。

经过这两次扩建，民主教育集团从一所小学成长为有四个校部，涵盖两所幼儿园、两所小学、两所初中的教育集团，优质学位从约1300个提升至7000余个。

作为省内较早建立的全公有制紧密型教育集团，民主教育集团的成功，为我省义务教育阶段集团化办学提供了大量经验，也让集团化办学真正成为扩大优质教育资源供给、推进义务教育优质均衡发展的重要举措。

如今，靳海霞是民主教育集团四个校部的"当家人"。从2004年起，她就在民主小学担任校长。"我是看着这所学校成长起来的。按照规划，里仁学校是一所九年一贯制学校，学位一次性扩增近 3000 个。"靳海霞说，"当时，我们没有初中办学的经验，大多数教师也都是刚毕业的大学生，招生时很多家长都持观望态度。"

集团初创是一场硬仗，优质教师队伍成了决定成败的奇兵。里仁学校初建时，靳海霞从全省聘请优秀专家团队，每天带领年轻教师打磨课程，传授教学经验。"我们上课时专家也听课，下午就会给出针对性的反馈，提出改进方案。"刘冰冰 2011 年入职里仁学校时刚大学毕业不久，她坦言，最初几年的磨炼，让她迅速成长为一名经验丰富的班主任教师。

随着民主教育集团不断扩大，教师队伍从 98 人扩充至 560 人。其间，集团不断强化名师、学年组长的引领作用，保证教师团队协同成长。"优质的教师队伍是各校部协同发展的关键，我们需要名师发挥引领作用，每个学科都要有一个名师做'领头雁''风向标'。"靳海霞说。长期以来，民主教育集团支持教师专注教学和课题研究，培养专家型名师，形成了"尊重学术权威"的氛围。

有了里仁学校做"样板"，民主教育集团在建设滨水校区初中时驾轻就熟，很快就得到了家长和学生的认可。"如果没有滨水校区，我们在里仁校部上初中，每天路上往返得一个半小时。现在从家到学校 5 分钟的路程，是真正在'家门口'上名校。"七年二班学生马一麟的父亲说。对于滨水新城的居民来说，民主集团投入师资建设滨水校部，解决了很多家长最关心的孩子入学的问题。

各校区之间同用一套课程体系、教师定期进行集体备课和教研活动、一以贯之的校园文化……除了优质师资的全局统筹，民主教育集团在扩大规模的同时采取多种办法，保证各校教育质量的均衡发展。"我们构建起'好教育指向人人'的幼小初一体化发展课程体系。"负责集团小学部整体教学工作的副校长李飞介绍，民主教育集团围绕立德树人根本任务，以"五育"并举为目标，在四个校区共开设基础课程、特色课程和拓展课程共200余门，其中还有民乐团、科技社团、戏曲社团等，各具特色的课程为学生们多元发展搭建起宽广的舞台。"老师教给我们很多唱歌的技巧，每次和同学们一起排练、演出都很开心，我们还代表学校出去参加演出呢。"民主小学六年一班的李洛婍是合唱团成员，各种活动不仅让她更加自信，还交到很多朋友。

"让更多学生享受优质教育资源，一直是我们的目标。"靳海霞说。在民主教育集团以外，集团还以"名校＋乡村校"联盟办学、"名校＋薄弱校"结对办学等方式，让优质教育资源惠及更多学生。

刚刚建校两年的铁岭市富力学校，理念、师资都还不够完善，民主教育集团的对口送教让他们少走了许多弯路。在语文课评课现场，李飞热情分享自己的教案设计，"我们可以让学生先分享喜欢的句子，再逐步引导他们进行合理联想体会文字背后的美感。"讲台下，十几名教师认真观摩，时不时低头做笔记。"几次培训和评课之后，我不仅教学思路打开了，也学到很多操作性极强的教学方法。"富力学校语文教师李平说。

这是民主教育集团帮助乡村校、薄弱校、新建校提升办学质量诸多案例中的一个。近几年，民主教育集团已为15个区域、百余所学校送教送培300多人次，累计培训校长教师9200余名，带动140余所乡村学校共同发展，助力70余所新优质学校成为市级以上体育、美育、劳动教育示范校。

"寒假期间老师们也会交流，总结问题、琢磨对策。等到开学，集团各校之间的集体教研、结对学校之间的帮扶送教又开始了，大家会现场交流心得，为新学期的协作打下一个好的基础。"说起新的学期，靳海霞充满热情。

新的一年里，民主教育集团像往年一样，将见证一批学生成长、离开母校，也将迎来新的学生走进校园，一笔一画练起书法，兴致勃勃走进课堂，开启自己的校园学习生活。

《春山可望》

（有声版）

这是一个人带领一群人不断向上、向美、向善的成长故事。

这是在 40 年的时光里，用智慧、责任和深情写就的教育诗篇。

在辽北开原市，教育部首批中小学名校长靳海霞带领她的伙伴们，宁静致远，用最诚挚的爱探索出一条求知与求美高度融合的教育之路。

辽宁出版集团辽海出版社、辽宁广播电视集团（台）辽宁之声联合制作长篇纪实文学——《春山可望》（有声版）。本书每章的篇章页均附有二维码，用手机、平板等电子设备扫描后，即可欣赏本章演播音频。

总策划　　郭文波　赵文进

作　者　　佟丽霞

演　播　　陈　红　中国播音主持"金话筒"奖获得者、播音指导

　　　　　　富　馨　著名主持人、资深配音演员

编　辑　　富　馨　李辰辰　秦红玉　胡佩杰　吴勇刚

制　作　　潘　兵

录　音　　梁　川　朱泓源

监　制　　南秀婷　袁丽娜

总监制　　王晓岱　柳青松